Arno Strobel
SPY – Hotspot Kinshasa

Von Arno Strobel sind im
***Loewe Verlag* bisher erschienen:**

Abgründig
Schlusstakt
SPY – Highspeed London
SPY – Hotspot Kinshasa

ARNO STROBEL

SPY

HOTSPOT KINSHASA

Loewe

FSC
www.fsc.org
MIX
Papier aus verantwortungsvollen Quellen
FSC® C014496

ISBN 978-3-7855-8221-3
1. Auflage 2019

Dieses Werk wurde vermittelt durch die Literarische Agentur
Thomas Schlück GmbH, 30161 Hannover
Umschlagfotos: conrado / Shutterstock.com, issam elhafti / Shutterstock.com,
Madrugada Verde / Shutterstock.com
Umschlaggestaltung: Michael Dietrich
Printed in the EU

www.loewe-verlag.de

PROLOG

Der Mann blieb stehen, beugte sich nach vorne und stützte die Hände auf den Oberschenkeln ab. Die unerträgliche Schwüle machte das Atmen zur Tortur, Schweißtropfen lösten sich von seiner Stirn und verschwanden im nächsten Moment im matschigen Untergrund des unbefestigten Weges.

Es war erst wenige Minuten her, dass der sintflutartige Regen so plötzlich aufgehört hatte, als wäre ein Schalter umgelegt worden. Nun brannte sein Nacken unter den sengenden Strahlen der senkrecht am Himmel stehenden Sonne.

Der Atem des Mannes ging noch immer keuchend, als er nach einer Weile den Kopf hob und seine Umgebung betrachtete. Das Bild hatte sich in den letzten Stunden kaum verändert.

Zu beiden Seiten des aufgeweichten Pfades erhoben sich grüne Wände aus Blättern und Gestrüpp. Jetzt nach dem Regen waberten hier und da neblige Schwaden aus verdunstendem Wasser kniehoch über den Schlamm. Hinter den Blätterwänden schien alles in Bewegung zu sein, die Luft war erfüllt von Rascheln und Knacken, Kreischen und Fiepen. In unregelmäßigen Abständen war das Gebrüll eines Tieres zu hören, so tief und zornig, dass es ihm trotz der Hitze einen kalten Schauer über den Rücken trieb.

Der Mann wusste nicht, wie lange er schon unterwegs war, aber er spürte, dass seine Kräfte schwanden.

Er richtete sich vollends auf, saugte die feuchtigkeitsschwere Luft so tief ein, wie es ging, und setzte sich wieder in Bewegung. Bei jedem Schritt umschloss der Schlamm seine Schuhe und gab sie nur widerwillig mit einem schmatzenden Geräusch wieder frei. Aber es war ein von Menschenhand angelegter Pfad, auf dem er sich mühsam vorwärtskämpfte, und das bedeutete, dass er irgendwann auf Behausungen stoßen musste. So lange würde er durchhalten.

Seine Oberschenkel schmerzten, die Lunge brannte. Moskitos umschwärmten ihn und versuchten immer wieder, einen Platz auf seiner schweißbedeckten Haut zu finden, wo er sie nicht erreichen und verscheuchen konnte.

Der Pfad knickte nach rechts ab, dann wichen die Büsche und Bäume plötzlich immer mehr zurück und gaben den Blick frei auf eine gerodete Fläche, auf der nur noch vereinzelte Sträucher herumstanden. In einiger Entfernung glaubte er, ein kleines Flugzeug zu erkennen.

Wenige Augenblicke später stoppte er mitten in der Bewegung und starrte die drei Männer an, die wie aus dem Nichts hinter einem Busch aufgetaucht waren und ihm den Weg versperrten.

1

Nick drückte sich hinter den Mauervorsprung, der gerade breit genug war, dass der Mann, der in der Tür des alten Fabrikgebäudes aufgetaucht war, ihn nicht sehen konnte.

Der Kerl hielt eine AK-12 in den Händen, eines der russischen Sturmgewehre, die der Grund für Nicks Anwesenheit auf dem ehemaligen Fabrikgelände nur wenige Kilometer südlich von Berlin waren. Wenn die Informationen stimmten, die der BND von einer geheim gehaltenen Quelle aus dem Ausland erhalten und an die Spezialabteilung weitergegeben hatte, mussten bald die Abnehmer der illegalen Waffen auftauchen.

Zu seinem Leidwesen bestand Nicks Auftrag lediglich darin, *zu beobachten und zu lernen*, wie es der Leiter der Spezialschule, Direktor Faber, ausgedrückt hatte.

Nick hörte das Motorengeräusch im gleichen Moment, in dem der Innenhof ins Licht starker Autoscheinwerfer getaucht wurde. Er drückte sich noch enger in die Nische. Das mussten die Käufer sein.

»Alles klar, jetzt Ruhe bewahren«, hörte er die Stimme des BND-Agenten, der über das *Computer Based Personal Interface* mit ihm verbunden war, direkt in seinem Kopf. *Bruno*, wie Nick sein CBPI getauft hatte, war ein hochentwickeltes Computersystem, das als hauchdünnes Armband wie eine zweite Haut um sein Handgelenk lag und mit seinen Nervenzellen verbunden war. Bruno kommunizierte mit Nick über einen winzigen Lautsprecher, der unter der Haut hinter seinem Ohr saß. Da der Agent mit Bruno verbunden war, hörte Nick auch dessen Stimme auf die gleiche Weise.

»Keiner rührt sich.«

Der Deckname des Mannes war *Milchmann,* was immer er sich auch dabei gedacht hatte. Andererseits … Nick hatte sein CBPI ja auch Bruno getauft.

Insgesamt waren zehn Agenten auf dem Gelände, aber *Milchmann* war als Einsatzleiter der Einzige, der mit Nick in Kontakt stand. So konnte Nick alle Befehle mithören, die *Milchmann* den Agenten und Agentinnen seines Teams gab.

Der Wagen, eine schwarze Limousine, parkte direkt neben dem Eingang. Vier Männer stiegen aus und sahen sich auf dem Vorplatz um, bevor drei von ihnen dem Kerl mit dem Gewehr zunickten und gemeinsam mit ihm in dem alten Ziegelsteingebäude verschwanden.

Der vierte, ein bulliger Typ mit Glatze in schwarzem Sakko, postierte sich neben der Tür und beobachtete mit grimmiger Miene den Platz.

»Abwarten«, befahl die ruhige Stimme. »Wir geben ihnen noch zwei Minuten, dann müsste die Übergabe in vollem Gange sein.« Einen Atemzug später hörte Nick ein Knacken, dann wieder die Stimme des Einsatzleiters. »SPY, hörst du mich?«

»Ja«, antwortete Nick mit einiger Verzögerung leise. Den Decknamen durfte er seit seinem Einsatz in London tragen. Da der aber erst drei Monate her war, hatte er sich noch nicht wirklich daran gewöhnt, dass er im Einsatz so genannt wurde.

»Wir gehen jetzt rein. Du bleibst, wo du bist, bis ich mich wieder bei dir melde.«

»Aber ich könnte doch …«, setzte Nick an, wurde jedoch von *Milchmann* unterbrochen. »Du bist fünfzehn Jahre alt und noch in der Ausbildung. Du tust, was ich dir gesagt habe, und wartest. Ende.«

»Ich weiß ja, dass ich nur …«

»Das kannst du dir sparen«, hörte Nick nun Brunos Stimme. »Er hat dich abgeschaltet.«

Nick verkniff sich einen Fluch und beugte den Kopf ein kleines Stück vor. Der Glatzkopf stand noch immer am gleichen Platz. Er wollte sich schon wieder in die Nische drücken, als er aus den Augenwinkeln eine Bewegung am Ende des Gebäudes wahrnahm. Nick kniff die Augen zusammen und blickte angestrengt in die Richtung. Ohne Zweifel, es handelte sich um einen menschlichen Körper, der am Ende des Gebäudes so hinter einem Baum stand, dass Nick ihn von seiner Position aus zwar sehen konnte, jemand, der von vorne kam, aber wahrscheinlich nicht.

Er hatte keine Ahnung, wo der Mann hergekommen war, aber wahrscheinlich hatten die BND-Leute ihn noch nicht entdeckt. Und er trug ebenfalls ein Gewehr.

»*Milchmann*, hören Sie mich?«, zischte Nick aufgeregt mit gedämpfter Stimme.

»Nein«, antwortete Bruno. »Wie ich schon bemerkte, hat …«

»Ja, ja«, fiel Nick seinem CBPI ins Wort. »Verdammter Mist, was mache ich denn jetzt?«

Erneut lugte er um den Mauervorsprung. Der Kerl stand noch immer so, dass die Agenten ihn nicht sehen würden.

»Am besten das, was man dir gesagt hat: warten.«

Nick antwortete nicht, seine Gedanken überschlugen sich. Er hatte keine Möglichkeit, *Milchmann* zu warnen. Wenn die Agenten jetzt …

Ein kaum wahrnehmbares *Plopp* war von rechts zu hören, wo die BND-Männer sich hinter den Resten der ehemaligen Begrenzungsmauer des Fabrikgeländes versteckt hielten, dann brach der Türsteher lautlos zusammen, zuckte noch einmal mit den Beinen und blieb reglos liegen.

Elektrogeschoss, wusste Nick. Diese neu entwickelte Munition verletzte den Getroffenen nicht ernsthaft, versetzte ihm beim Auftreffen aber einen Stromschlag, der ihn sofort und für eine Weile außer Gefecht setzte. Was blieb, war ein blauer Fleck vom Aufprall des Geschosses.

Nick blickte zu dem Kerl hinter dem Baum hinüber, der das Zusammenbrechen des Türstehers ebenfalls gesehen hatte und das Gewehr in Anschlag brachte, während er sich dichter an den Baum drückte.

Gleichzeitig lösten sich von rechts mehrere Gestalten aus den Mauertrümmern und näherten sich in geduckter Haltung dem Gebäude. Sie sahen den Mann hinter dem Baum nicht, so viel war jetzt sicher. Nick spürte einen Anflug von Panik in sich aufsteigen, schaffte es aber, ihn zu unterdrücken. Er musste einen klaren Kopf bewahren, davon konnte jetzt nicht nur das Gelingen des Einsatzes abhängen, sondern auch das Leben der Agenten.

Wenn er die BND-Männer warnte, würde der Mann womöglich das Feuer eröffnen. Er hatte von seinem Platz aus freies Schussfeld. Die Agenten waren ungeschützt und hätten keine Chance, sich rechtzeitig in Sicherheit zu bringen. Nein, das war keine Option. Es gab nur eine Möglichkeit, und er durfte keine Sekunde zögern.

Bis zum Ende des Gebäudes auf seiner Seite waren es nur wenige Meter. Nick verließ seine Deckung und lief dicht an der Mauer entlang, bis er um die Ecke schlüpfen konnte. Dann spurtete er los, lief seitlich an dem Gebäude entlang und gelangte schließlich zur Rückseite. Hier gab es keine Beleuchtung, aber der fast volle Mond spendete genügend Licht, sodass Nick halbwegs erkennen konnte, wohin er seine Füße setzte. Er hatte das Ende der Rückseite beinahe erreicht und näherte sich dem bewaffneten Mann somit von hinten, als er über einen am Boden liegenden Stein stolperte und fast gestürzt wäre. Im letzten Moment schaffte er es, sich an der Gebäudemauer abzustützen. Er konnte nur hoffen, dass der Kerl mit der Waffe die Geräusche nicht gehört hatte. Aber er hatte keine Zeit für solche Gedanken, jede Sekunde zählte.

Er stieß sich ab und lief weiter, bog mit Schwung um die Ecke und … stand vor dem Mann, der das Gewehr im Anschlag hatte. Die Mündung war auf Nicks Kopf gerichtet.

Noch während Nick vom eigenen Schwung getrieben einen letzten Schritt auf den Kerl zumachte, spürte er, dass sich etwas veränderte, und er wusste auch, was anders war.

Er war *gesprungen*. Dieses außergewöhnliche Phänomen, seine *Begabung*, war zum Glück zum richtigen Zeitpunkt aufgetreten. Noch immer verstand Nick nicht völlig, was genau passierte, wenn sein Körper in Gefahrensituationen im Bruchteil einer Sekunde ein Vielfaches der normalen Menge an Adrenalin produzierte und ihn damit befähigte, so schnell zu reagieren und zu denken, dass es für ihn den Anschein hatte, alles um ihn herum laufe in extremer Zeitlupe ab. Leider schaffte er es noch immer nicht, diesen Prozess bewusst einzuleiten oder zu steuern, was schon in so mancher Situation hilfreich gewesen wäre.

Auch jetzt bewegte sich der Mann vor ihm plötzlich so unglaublich langsam, dass Nick seine Bewegungen kaum wahrnehmen konnte, während er um ihn herumlief und einen orangengroßen Stein vom Boden aufhob. Nur kurz zögerte er, dann hob er die Hand mit dem Stein und ließ sie auf die Schulter des Mannes niedersausen. Dann beobachtete er gespannt, was geschah.

Er wusste, es würde eine Weile dauern, bis der Effekt eintrat. Erst begann sich das Gesicht des Kerls im Zeitlupentempo schmerzhaft zu verzerren, dann lösten seine Hände sich vom Gewehr. Alleine das dauerte für Nicks Gefühl mindestens zehn lange Sekunden, während für seinen Gegner nur ein kurzer Moment verging. Als die Waffe frei war und unendlich langsam in Richtung Boden fiel, griff Nick zu, machte zwei Schritte zurück, hob das Gewehr an und zielte auf den Mann.

Gerade noch rechtzeitig, denn nur wenige Wimpernschläge später fiel er zurück in die normale Zeit.

»Scheiße!«, stieß der Überrumpelte aus und hielt sich die rechte Schulter, während er Nick anstarrte, als wäre er ein Geist. »Wie … verdammt, was …?«

»Ruhig«, sagte Nick, noch immer etwas außer Atem. »Keinen Ton.«

Wutverzerrt starrte der Mann auf das Gewehr. »Du Knirps, ich werde …«

»Den Mund halten«, sagte Nick mit fester Stimme. In der nächsten Sekunde brach im Inneren des Gebäudes ein Tumult aus, wie durch ein glasloses Fenster gleich hinter Nick deutlich zu hören war. Männer schrien wild durcheinander, Gegenstände stürzten polternd um, ein einzelner Schuss fiel, dann hörte Nick die Stimme des Agenten, der sich *Milchmann* nannte. »Alle auf den Boden, Gesicht nach unten.«

2

»Also, junger Mann.« *Milchmann* schaltete den Motor aus und sah zu Nick herüber.

Sie standen am Eingang des Vergnügungsparks, der als Tarnung der Schule diente.

»Ich werde in meinem Bericht erwähnen, dass du durch dein Eingreifen eventuell einen Angriff auf uns verhindert hast.«

»Eventuell? Der Kerl hatte ein Gewehr. Und Sie haben ihn nicht …«

»Bringt man euch in der Schule nicht bei, dass ihr den Mund zu halten habt, wenn ein Vorgesetzter mit euch redet? Also noch einmal: Du hast *vielleicht* einen Angriff verhindert, aber du hast auch meinen klaren Befehl missachtet. Was der Direktor daraus macht, ist seine Sache.«

»Was man uns vor allem beibringt«, entgegnete Nick trotzig, »ist, dass wir im Einsatz stets füreinander verantwortlich sind und dass es unsere oberste Pflicht ist, das Leben Unschuldiger und das unserer Team-Mitglieder zu schützen, und genau das habe ich getan.«

Eine Weile sahen sie sich stumm in die Augen, und Nick zwang sich dazu, den Blick nicht abzuwenden. Schließlich verzog sich *Milchmanns* Mund zu einem schiefen Grinsen. »Courage hast du ja, das muss man dir lassen. Ich werde noch mal darüber nachdenken, wie ich den Bericht formuliere. Und jetzt raus mit dir.«

»Danke«, entgegnete Nick und stieg aus.

Am Eingang zum Vergnügungspark tat er so, als halte er eine Eintrittskarte vor den Sensor, mit dem das Drehkreuz entsperrt wurde, durch das man den Park betreten konnte. Dass es keine Karte war, sondern Bruno, der das elektronische Schloss entriegelte, würde ein Außenstehender nicht sehen können.

Er lief zwischen den Fahrgeschäften und Buden hindurch, bis er schließlich die Geisterbahn erreicht hatte. Über der massiven Eingangstür war auf einem Transparent in großen roten Lettern zu lesen, dass es sich um DAS GEISTERSCHLOSS handelte.

Nick öffnete die Tür, stieg fünf steinerne Stufen hinab und folgte dem schummrigen Gang, bis er zu einer Holztür gelangte, die mit handtellergroßen geschnitzten Quadraten verziert war und auf der ein Schild darauf hinwies, dass sie *nur für Personal* gedacht war.

Als er Bruno vor eines der Quadrate im oberen Bereich hielt, schwang die Tür auf und gab den Blick auf einen kurzen Gang und an dessen Ende auf die offene Kabine eines Aufzugs frei.

Als Nick etwas später die Kabine wieder verließ, befand er sich viele Meter unter der Erdoberfläche.

Obwohl er nun schon seit über drei Jahren in dieser besonderen Einrichtung des BND ausgebildet wurde, hatte das riesige unterirdische Gewölbe nichts von seiner Faszination eingebüßt. Dieses Mal kam er jedoch nicht dazu, seinen Blick über die Kuppelbauten wandern zu lassen, über die sich in mindestens zwanzig Metern Höhe eine blaue Decke spannte.

Petra und Paula, die Zwillinge, die ihn schon bei seiner allerersten Ankunft hier unten in Empfang genommen hatten, warteten wenige Meter vor dem Aufzug und sahen ihn mit ganz eigenartigen Blicken an. Wie immer trugen sie die gleichen Kleidungsstücke, an diesem Tag dunkle Jeans, rote Shirts und blaue Sneaker.

»Hey, ich habe wieder ein Empfangskomitee?«, versuchte Nick das ungute Gefühl zu überspielen, das plötzlich in ihm wuchs. »Das ist ja fast wie am ersten Tag.«

Hatte der *Milchmann* bei Direktor Faber angerufen und sich doch über ihn beschwert? Und das, obwohl er versprochen hatte, nochmal darüber nachzudenken? »Bekomme ich Ärger?«

»Hi«, sagten die beiden gleichzeitig, bevor Paula, die Nick lediglich anhand eines Leberfleckes am Hals von ihrer Schwester unterscheiden konnte, den Kopf schüttelte, sodass ihre schwarzen, zu einem Pagenkopf geschnittenen Haare flogen.

»Nein, keinen Ärger. Der Direktor hat uns geschickt, damit wir dich gleich zu ihm bringen.«

Ihre Schwester nickte. »Auf direktem Weg.«

Nick verstand kein Wort, doch das ungute Gefühl in ihm wurde rasend schnell größer. »Also doch Ärger?«

Paula legte ihm die Hand auf den Oberarm, eine für sie außergewöhnliche Geste. »Komm einfach mit.«

Im Vorzimmer des Direktors empfing ihn Carol mit einem Blick, der endgültig alle Alarmglocken in Nick zum Schwingen brachte. Er kannte die Siebzehnjährige gut genug, um gleich zu spüren, dass etwas Außergewöhnliches passiert sein musste.

»Was ist denn hier los?«, raunte er ihr zu, nachdem die Zwillinge mit einem Kopfnicken in Carols Richtung den Raum wieder verlassen hatten.

Sie stand auf. »Geh einfach zum Direktor rein und mach dich auf eine Überraschung gefasst.«

»Wieso? Was für eine …?«

Wie zuvor schon Paula legte Carol ihm eine Hand auf den Arm. »Komm.«

In ihrer Stimme schwang etwas mit, das Nick als Mitgefühl interpretierte. Aber … welchen Grund konnte sie dafür haben? Ihm wurde flau im Magen.

Nachdem sie angeklopft hatte, sah sie Nick noch einmal lange in die Augen, dann öffnete sie schließlich die Tür und machte einen Schritt zur Seite, sodass er das Büro betreten konnte.

Direktor Faber saß der Tür zugewandt in einem der schweren, ledernen Ohrensessel, von denen insgesamt vier Stück um einen niedrigen Tisch mit Marmorplatte gruppiert waren. Wie es schien, war er gerade in ein Gespräch mit jemandem vertieft, der ihm gegenübersaß, sodass Nick ihn hinter der hohen Rückenlehne des Sessels nicht sehen konnte. Faber erhob sich und kam ihm entgegen. »Ah, da bist du ja.« Er baute sich so vor Nick auf, dass der stehen bleiben musste und den Gesprächspartner noch immer nicht sehen konnte.

»Nick, während du im Einsatz warst, ist jemand hier eingetroffen, der … nun ja …« Der Direktor erschien nervös und fast ein wenig unbeholfen, was für ihn völlig untypisch war. So, wie plötzlich *alle* sich mit einem Mal untypisch oder seltsam verhielten.

Nick versuchte, an Faber vorbei einen Blick auf die Person im Sessel zu erhaschen, was ihm aber nicht gelang. Er fragte sich, was dieses Gehabe sollte, das plötzlich alle an den Tag legten.

Während Faber noch zu überlegen schien, was er Nick sagen sollte, entstand Bewegung hinter ihm. Das Leder des Sessels gab knarzende Geräusche von sich, als die Gestalt sich erhob. Noch immer konnte Nick nicht erkennen, um wen es sich handelte. Eine Hand legte sich von hinten auf die Schulter des Direktors, dann wurde er zur Seite gedrückt. Der Blick für Nick war frei.

Ohne sein bewusstes Zutun senkte sich sein Unterkiefer herab und ein seltsames Geräusch kam aus seinem Mund. Während Nicks Verstand noch ungläubig zu verstehen versuchte, hatte sein Herz schon längst begriffen, wer da vor ihm stand.

»Papa …« Es kam so leise, dass Nick nicht sicher war, ob er es wirklich ausgesprochen hatte. Aber das war auch egal. Alles war egal. Sein Vater lebte. Er war wieder da, und als er nun nickte und sein Mund sich zu einem warmen Lächeln verzog, gab es für Nick kein Halten mehr. Mit einem wilden Satz warf er sich gegen die Brust seines Vaters und umschloss ihn mit beiden Armen, so fest er nur konnte.

Eine Weile standen sie einfach nur so da. Eng umschlungen, stumm, bis sein Vater ihn sanft zurückdrückte und ihn von Kopf bis Fuß betrachtete. »Wie groß du geworden bist. Es tut gut, dich zu sehen, mein Sohn.«

So viele Dinge schossen auf einmal durch Nicks Kopf, dass er gar nicht wusste, womit er anfangen sollte. Sein Vater hatte sich in den letzten dreieinhalb Jahren verändert. Er war schmaler geworden, das Gesicht wirkte dadurch länger, fast ein wenig eingefallen.

»Wo warst du denn die ganze Zeit?« Es war die brennendste aller Fragen, doch statt seines Vaters antwortete Direktor Faber.

»Setzen wir uns, Nick, dann kann dein Vater dir erzählen, was du wissen möchtest.«

Während sie sich in die schweren Sessel sinken ließen, konnte Nick den Blick keine Sekunde von dem Mann abwenden, der ihm so vertraut und doch auch auf eine Weise fremd vorkam, die ihn verwirrte. Vielleicht lag das aber auch einfach daran, dass sie sich so lange nicht gesehen hatten.

Ben Nader nahm einen Schluck aus dem Glas, das vor ihm stand. Als er es wieder abstellte, bemerkte Nick, dass seine Hand ein wenig zitterte.

»Ich bin die ganze Zeit über auf einer Farm gefangen gehalten worden, die weit abgelegen von der nächsten menschlichen Ansiedlung liegt. Vor einer Woche konnte ich mich befreien.«

»Vor einer Woche?«, entfuhr es Nick.

»Ja. Die letzten Tage habe ich in der Zentrale verbracht. Ich hätte mich schon früher bei dir gemeldet, aber das Prozedere in einem solchen Fall verlangt, dass man erst einmal isoliert wird, bis alles berichtet ist.«

»Hm … Und wo liegt diese … Farm?«

Ben Naders Stimme senkte sich. »Weit weg. Dort hätte man mich niemals gefunden. Sie liegt mitten im Urwald in der Demokratischen Republik Kongo.«

»Kongo?« Nick dachte sofort an London und an Djuma Bangala, den Botschafter des afrikanischen Staates, den er dort kennengelernt hatte.

»Ja. Die Leute, die mich dort festhielten, gehören einer Organisation an, hinter der ich her war, als …«

»Victor Dragos Organisation?«, fragte Nick.

Ben Nader zog überrascht die Stirn kraus. »Stimmt, du kennst diesen Namen ja mittlerweile.«

»Ja, davon erzähle ich dir später. Warum hat Drago dich dort festgehalten? Und wieso bist du jetzt wieder frei?«

»Sie haben versucht, mich umzudrehen und mich dann gegen den BND einzusetzen.« Nach einer kurzen Pause fügte er hinzu: »Wie Martin.«

»Du weißt, was er getan hat und dass ich ihm in London begegnet bin?«, fragte Nick nur zum Teil überrascht. Davon hatte man seinem Vater sicher schon berichtet.

Nick hatte auch schon geahnt, dass sein Vater Martin schon vor seiner Gefangennahme nicht mehr vertraut hatte. Warum hätte sein letzter Anruf sonst Bob in London gegolten statt seinem *Freund* Martin?

»Ja. Ich hatte in unserer letzten gemeinsamen Zeit schon einen Verdacht, war mir aber nicht absolut sicher. Irgendwann im ersten Jahr in Afrika konnte ich ein Gespräch meiner Wächter belauschen und habe gehört, dass er sich hat kaufen lassen.« Nicks Vater machte eine Pause, in der seine Augen schimmerten. »Die Gier nach Geld und Macht … Er konnte wohl nicht widerstehen.«

»Da sind wir genau an dem Punkt, an dem wir eben unterbrochen wurden«, hakte Faber ein. »Lassen wir Martins Verrat mal außen vor. Wie ist es Ihnen gelungen, nach über drei Jahren zu fliehen?«

Ben Naders Blick richtete sich am Direktor vorbei und wurde gläsern. »Ich hatte großes Glück.« Nach einer Weile, in der sie sich anschwiegen, hob Faber die Schultern. »Was genau bedeutet das?«

»Ich musste in den letzten beiden Jahren einmal in der Woche zum *Gespräch*, wie sie es nannten. Das war nichts anderes als Gehirnwäsche. Ich wurde auf einem Stuhl angekettet, dann hat mir einer von Dragos Führungsleuten vorgebetet, wie korrupt alle Regierungen dieser Welt sind und wie sehr das Volk belogen und betrogen wird, damit die wenigen, die an der Macht sind, immer mächtiger und reicher werden.« Nun richteten sich die Augen von Nicks Vater wieder auf den Direktor. »Das alles wurde untermauert mit angeblichen Beweisen. Streng geheime Regierungsdokumente, Fotos, Filme … Sehr glaubhaft aufbereitet und dargestellt.«

Fabers Braue hob sich. »Glaubhaft?«

»Ja. Ein normaler Bürger hätte wahrscheinlich schon nach wenigen Wochen wutentbrannt die Seite gewechselt, so geschickt haben sie das gemacht. Hätte ich nicht während der Ausbildung gelernt, wie diese Organisationen arbeiten, wenn sie versuchen, jemanden umzudrehen, wäre ich vielleicht auch irgendwann eingeknickt.«

»Wie muss ich mir das vorstellen? Beschreiben Sie doch bitte genauer, was dort geschehen ist.«

Nicks Vater sah kurz zu ihm herüber, dann schüttelte er den Kopf. »Eigentlich wollten Sie doch wissen, wie ich entkommen bin. Alles andere hat noch Zeit.« Er nahm einen Schluck aus seinem Glas und räusperte sich. »Wie schon gesagt, hatte ich großes Glück. Anfangs haben sie mich immer zu zweit von meinem Zimmer in den Gesprächsraum und danach wieder zurückgebracht. In den letzten Monaten wurde ich nur noch von einem Mann begleitet. Ich hatte im Laufe der Zeit zum Schein hier und da zu erkennen gegeben, dass ich entsetzt war über die *Wahrheit*, die Dragos Leute mir vor Augen führten. Offenbar glaubten sie, dass ich im Begriff war, einzuknicken. Sie lockerten die Bedingungen meiner Gefangenschaft. Ich wurde zwar nach wie vor in mein Zimmer eingeschlossen, aber ich bekam sogar einen Fernseher, in dem den ganzen Tag Nachrichtensender liefen. Vieles von dem, was dort berichtet wurde, haben sie dann beim nächsten *Gespräch* als angebliche Propaganda *entlarvt*.« Er schüttelte den Kopf. »Aber ich schweife ab. Wie gesagt, ich hatte Glück. Als ich das letzte Mal in mein Zimmer zurückgebracht wurde, stand eine der Türen, an denen wir vorbeikamen und die normalerweise immer geschlossen waren, ein Stück weit offen. Durch den Spalt konnte ich nach draußen sehen. Mir war sofort klar, dass das eine Chance zur Flucht war, die ich wahrscheinlich nie wieder bekommen würde. Mein Begleiter war von meinem Angriff völlig überrascht. Ich konnte ihn überwältigen und fliehen.«

»Hat man dich denn nicht verfolgt?« Es war das erste Mal, seit sein Vater mit den Schilderungen begonnen hatte, dass Nick es wagte, etwas zu fragen.

»Doch, aber es dauerte ein paar Minuten, bis meine Flucht bemerkt wurde. Die Farm steht auf einer Lichtung und ist von dichtem Urwald umgeben. Als sie mit der Suche nach mir begannen, war ich schon von diesem grünen Irrgarten verschluckt.«

»Tja …« Faber betrachtete seine Fingerspitzen. »Da kann man wirklich von Glück reden.« Er ließ die Handflächen auf die Oberschenkel fallen und stand auf. »Ich denke, Sie beide werden sich viel zu erzählen haben. Allerdings werden die Kollegen von den Abteilungen *Internationaler Terrorismus* und *Organisierte Kriminalität* und eine Kollegin vom *Inneren Dienst* in etwa zwei Stunden eintreffen. Sie möchten sich noch mal mit Ihnen unterhalten. Nutzen Sie also die Zeit bis dahin.«

Nicks Vater, der ebenfalls aufgestanden war, verharrte inmitten der Bewegung und sah Faber skeptisch an. »Was wollen die denn schon wieder von mir? Und wieso kommen sie hierher? Ich war doch bis gestern noch bei ihnen in der Zentrale!«

Der Direktor winkte ab. »Das werden die Ihnen selbst erzählen. Jetzt genießen Sie die Zeit mit Ihrem Sohn.«

Während Nick gemeinsam mit seinem Vater den Raum verließ, beschlich ihn ein ganz seltsames Gefühl, ohne dass er hätte sagen können, was genau es auslöste.

3

Das Vorzimmer war leer, wahrscheinlich war Carol unterwegs, um etwas zu erledigen.

Nick konnte nicht anders, er musste seinen Vater immer wieder ansehen, während sie auf den Ausgang zusteuerten. Dabei fiel ihm der angespannte Ausdruck auf, der sich wie ein Schatten über das hagere Gesicht gelegt hatte. Vor dem Gebäude blieb Ben Nader stehen und sah sich um. »Seltsam, wie bekannt mir das alles noch vorkommt. Als hätte ich die Schule erst vor einer Woche verlassen.«

»Ich habe die Tafel mit deiner Punktzahl gesehen, als ich hier vor über drei Jahren angekommen bin«, sagte Nick, obwohl er viel lieber darüber geredet hätte, wie sehr er seinen Vater in der ganzen Zeit vermisst hatte. Wie viele Nächte er wach gelegen oder in quälenden Albträumen gesehen hatte, wie Ben Nader auf immer andere Weise ums Leben gekommen war. »Du warst Jahrgangsbester 1996 mit 1002 Punkten und hast das zweitbeste Ergebnis von allen geschafft, die jemals diese Schule abgeschlossen haben.«

Ein Lächeln vertrieb die Angespanntheit aus Ben Naders Gesicht. »Ja, Lea van Rouwen hat zwei Jahre vor mir 1007 Punkte erreicht. Sie war unglaublich gut. Gott, ist das lange her. Wenn ich darüber nachdenke, was in der Zwischenzeit alles geschehen ist … Aber sag, wo ist deine Unterkunft?«

»In der dritten Ebene.«

Sein Vater nickte. »U3 … Dort sind die *Experts* untergebracht.«

Experts waren die Schülerinnen und Schüler, die die Zwischenprüfung erfolgreich abgelegt hatten. Ihr Unterrichts- und Trainingsprogramm unterschied sich von dem der *Rookies*, der Anfänger, weil es praxisnaher war. Zudem nahmen *Experts* hier und da schon an realen Außeneinsätzen als Beobachter teil.

»Ja, ich wohne da, seit …«

»Ich hörte davon.« Er wandte sich Nick vollends zu und legte ihm die Hände auf die Schultern. »Ich schlage vor, wir gehen in deine Unterkunft, und du erzählst mir von London. Und von allem anderen, was in den letzten Jahren passiert ist, in denen du von einem Kind zu einem jungen Mann geworden bist. Ich weiß, ich kann diese Zeit nicht nachholen, aber vielleicht kann ich so doch ein wenig daran teilhaben.«

»Wirst du mir dann auch erzählen, was du in dieser Zeit erlebt hast?«

Für einen kurzen Moment huschte wieder der Schatten über Ben Naders Gesicht, doch gleich darauf lächelte er. »Na klar. Also, lass uns gehen.«

Auf dem Weg zum Aufzug und in der Kabine erzählte Nick von seiner Ausbildung.

In seiner Unterkunft angekommen, sah sein Vater sich um. »Alles etwas moderner als damals bei uns. Aber die Zeiten ändern sich halt.« Dabei richtete sein Blick sich an Nick vorbei auf einen Punkt in der Unendlichkeit.

Nick beobachtete ihn ein paar Atemzüge lang und stellte erneut fest, dass sich etwas Unbekanntes in Ben Naders Wesen eingeschlichen hatte. Etwas Fremdes, eingefasst von einer Hülle aus Vertrautem.

»Erzählst du mir jetzt, was in den letzten drei Jahren geschehen ist?« Nick fragte es wie beiläufig, obwohl das genau die Frage war, die ihm wie nichts anderes unter den Nägeln brannte.

Der Blick seines Vaters richtete sich auf ihn, ohne dass Nick sicher war, dass er ihn auch tatsächlich ansah.

»Das werde ich, mein Sohn. Aber zuerst muss ich hören, was die Leute von der Inneren von mir wollen, die bald hier ankommen werden.«

»Ja, der Direktor sagte das ja schon. Wer sind die von der *Inneren*?«

»Das ist die Abteilung, die sich mit den Mitarbeitern befasst.« Als Nick ihn noch immer verständnislos anblickte, verzog sich Ben Naders Mund zu einem humorlosen Lächeln. »Die interne Polizei. Sie haben in den letzten Tagen versucht herauszufinden, ob ich denen irgendwelche Geheimnisse verraten habe. Oder ob sie es geschafft haben, mich umzudrehen.«

Und nach einer kurzen Pause fügte er hinzu: »So wie Martin.«

Nick zuckte innerlich zusammen und fragte sich, ob das mit der Erwähnung dieses Namens zusammenhing oder …

Die Hände seines Vaters legten sich auf Nicks Schultern. »Nick. Du hast mittlerweile ja erfahren, dass ich wollte, dass du diese Ausbildung machst. Ich habe recht früh entdeckt, dass du diese Begabung von mir geerbt hast. Nur dass sie bei dir schon als Kind viel ausgeprägter war, als sie es bei mir je sein wird. Ich dachte, wenn die Natur jemandem eine solche Gabe in die Wiege legt, dann hat das seinen Grund. Ich war überzeugt, dass diese Fähigkeit nicht nur ein Geschenk ist, sondern auch die Verpflichtung mit sich bringt, sie zum Wohle der Menschen einzusetzen.«

Sein Blick wurde wieder gläsern. »Vielleicht habe ich mich getäuscht.«

Nick riss die Augen auf. »Was? Aber … warum?«

»Später. Ich werde dir alles erklären.«

»Nick«, meldete sich Bruno. »Dein Vater soll ins Büro des Direktors kommen.«

»Du sollst zum Direktor«, gab Nick gehorsam weiter. »Wo ist eigentlich dein CBPI? Du hattest doch eins, oder?«

Dabei versuchte er, sich daran zu erinnern, ob ihm während ihrer kurzen gemeinsamen Aktivitäten einmal im Jahr das flache Armband am Handgelenk seines Vaters aufgefallen war, schalt sich aber gleich darauf einen Narren, weil er vergessen hatte, dass Agenten, die ihre Ausbildung abgeschlossen hatten, ihr Interface unter die Haut im Nacken implantiert bekamen.

»Du hast wohl vergessen …«, setzte Bruno auch gleich an, verstummte aber, als Nicks Vater sagte: »Sie haben es mir gleich am Anfang rausgeschnitten«, und sich abwandte.

»Warte hier auf mich. Wenn ich zurückkomme, werde ich dir alles erzählen, was du wissen möchtest.«

Er wandte sich ab, hielt aber nach zwei Schritten inne und drehte sich noch einmal zu Nick um. »Wir werden ein paar Tage irgendwohin fahren. So wie früher, nur du und ich, okay?«

»Ja«, antwortete Nick. »Sehr gerne.« Es waren nie nur *du und ich* gewesen, dachte er. Martin war doch immer dabei.

Nachdem die Tür sich hinter seinem Vater geschlossen hatte, ließ Nick sich auf sein Bett fallen und starrte durch das

Glas des Kuppeldaches gegen die blaue Decke der Ebene, die sich etwa zwanzig Meter über ihm befand.

Was war nur los mit ihm? Sein Vater, von dem er nicht einmal sicher gewusst hatte, dass er überhaupt noch am Leben war, tauchte nach über drei Jahren wieder auf, und es ging ihm verhältnismäßig gut. Aber anstatt sich vorbehaltlos darüber zu freuen, anstatt vor Glück herumzuhüpfen und zu jubeln, verhielt er sich, als ob … ja, als ob was eigentlich?

Als ob dein Vater dir nicht die ganze Wahrheit erzählt, ergänzte eine Stimme in seinem Inneren. Sie klang leise, zischelnd wie eine hinterhältige Schlange, aber sie war da und sie kam aus ihm selbst. Aber er wird mir alles erzählen, wenn er zurückkommt, antwortete Nick gedanklich. Das hat er doch gesagt.

»Worüber grübelst du nach?«, riss Bruno ihn aus diesen Gedanken, als hätte er etwas gespürt, und Nick war ihm dankbar dafür.

»Ach, ich weiß nicht …«

»Das ist seltsam, um nicht zu sagen unmöglich. Da es deine eigenen Gedanken sind, *musst* du wissen, worüber du nachdenkst, denn es ist wissenschaftlich gesehen unmöglich, dass …«

»Ja, ja, ja, ist ja schon gut. Ich denke über meinen Vater nach, okay?«

»Das erscheint mir logisch, nachdem er nach so langer Zeit wieder aufgetaucht ist. Aber ich höre in deiner Stimme einen seltsamen Unterton. Worüber machst du dir Sorgen?«

»Ich weiß es nicht genau. Und sag mir jetzt bloß nicht, dass das unmöglich ist. Es *ist* so! Ich weiß es wirklich nicht.«

»Wenn du es sagst …«

Nick fragte sich, ob Computer in der Lage waren zu grummeln. Zumindest hörte sich das Geräusch, das anschließend aus dem winzigen Lautsprecher hinter Nicks Ohr kam, wie ein unzufriedenes Grummeln an. Aber was Bruno betraf, hatte Nick sich das Wundern mittlerweile sowieso abgewöhnt.

Irgendwann musste er eingeschlafen sein, denn als Bruno seinen Namen nannte, schrak Nick zusammen und sah sich verwirrt um, bis er sich wieder erinnerte.

»Nick?«

»Ja, ich bin wach. Was gibt's?«

»Jetzt verlangt Direktor Faber nach dir.«

»Nach mir?«

»Das sagte ich doch gerade.«

Nick richtete sich auf und schüttelte die letzte Benommenheit von sich ab. »Was will Faber denn von mir?«

»Ich bin nun seit über drei Jahren mit deinem Nervensystem verbunden, kann also annehmen, dass du weißt, dass ich dir den Grund gesagt hätte, sofern er mir bekannt gewesen wäre. Da ich aber nichts dergleichen …«

»Bruno!«

»Ja?«

»Halte bitte dein geschwätziges Sprachmodul.«

Nick schwang die Beine aus dem Bett, verharrte einen Moment in dieser Position, dann stand er auf. Sein Vater war gerade bei Faber, und nun sollte er dazukommen. Was konnte das zu bedeuten haben? Nick verließ sein Zimmer und machte sich auf den Weg zum Aufzug. Ein flaues Gefühl zog in seinen Bauch ein. Schon wieder. Er hoffte, dass das kein Dauerzustand wurde.

Gab es etwas zwischen ihm und seinem Vater zu klären, bei dem der Direktor anwesend sein sollte? Blödsinn. Was sollte das denn sein? Nein, es musste mit der Befragung seines Vaters durch die *Innere* zu tun haben.

Mit etwas, was dabei herausgekommen war?

Als Nick in die Kabine stieg, war aus dem flauen Gefühl ein Band geworden, das sich um seinen Magen gelegt hatte und das nun begann, sich zuzuziehen.

Carol saß wieder oder noch immer nicht an ihrem Platz, als er das Vorzimmer betrat. Sie hätte ihm vielleicht schon eine Andeutung machen können, worum es ging. Sie arbeitete zwar nur im Büro neben Faber als seine Assistentin, aber Nick hatte mittlerweile gelernt, dass es kaum etwas gab, das die Siebzehnjährige nicht in Erfahrung bringen konnte, wenn sie es wollte.

Nie zuvor hatte er ein Computergenie erlebt, wie sie es war. Ihre Begabung bestand darin, wie ein Computer, also in Bits und Bytes, denken zu können, womit sie jedes Programm gedanklich sofort in seine kleinsten Bestandteile zerlegen und verstehen konnte. So war es für sie meist ein Leichtes, ein Hintertürchen zu finden.

Vor der Tür zu Fabers Büro blieb Nick stehen und lauschte mit angehaltenem Atem, doch aus dem Inneren waren weder Stimmen noch sonst ein Laut zu hören. Erst, nachdem er angeklopft hatte, drang Fabers Stimme dumpf durch die Tür. »Ja, bitte.«

Noch im Eintreten hielt Nick überrascht inne. Wie es aussah, war der Direktor alleine.

»Bitte, Nick, komm und setz dich. Wir müssen uns unterhalten.«

Nick machte ein paar Schritte, blieb aber neben dem Besucherstuhl stehen. »Ist irgendetwas mit meinem Vater? Wo ist er?«

»Das ist der Grund, warum ich dich kommen ließ. Aber bitte.« Er deutete auf den Stuhl. »Nimm erst mal Platz.«

Nun klang es schon nicht mehr wie eine Bitte, sondern eher wie eine nachdrückliche Aufforderung.

Nick setzte sich und sah Faber erwartungsvoll an.

»Du wirst leider noch ein wenig auf deinen Vater verzichten müssen. Er musste sofort zu einem Einsatz.«

Nick fuhr in seinem Stuhl hoch. »Was? Wohin? Er ist doch gerade erst zurückgekommen, nach drei Jahren in Gefangenschaft. Wie können Sie ihn da schon gleich wieder …?«

»Nicht ich habe deinen Vater in diesen Einsatz geschickt, dazu hätte ich auch gar nicht die Befugnis, sondern die Herrschaften aus der Zentrale. Und wohin, das kann ich dir leider nicht sagen.«

»Aber … Er ist mein Vater. Ich hatte nicht einmal eine halbe Stunde mit ihm. Ich habe ein Recht darauf zu erfahren, wo er ist.«

»Nein, das hast du nicht, und ich empfehle dir, dich zu mäßigen und dich daran zu erinnern, wo und wer du bist. Dein Vater wird sich bald bei dir melden und dir erklären, was du wissen darfst. Du kannst jetzt gehen.«

Nick wäre am liebsten über den Schreibtisch gesprungen, hätte den Direktor am Kragen gepackt und ihn so lange durchgeschüttelt, bis er mit der Sprache herausgerückt wäre. Aber er wusste, dass er damit nur das Gegenteil erreicht hätte. Es blieb ihm nichts anderes übrig, als gute Miene zum bösen Spiel zu machen. Im Moment zumindest.

Ohne den Direktor eines weiteren Blickes zu würdigen, wandte er sich ab und ging auf den Ausgang zu. Er hatte die Tür fast erreicht, als Faber hinter ihm sagte: »Ich erwarte von einem angehenden Spezialagenten, dass er Entscheidungen, die an höherer Stelle getroffen werden, nicht infrage stellt. Hast du das verstanden?«

»Ja, ich habe verstanden«, antwortete Nick, dann verließ er den Raum.

4

Als Nick die Tür zum Büro des Direktors hinter sich zugezogen hatte, blieb er überrascht stehen. Carol saß hinter ihrem Schreibtisch und sah ihm mit seltsamem Blick entgegen.

»Hi«, sagte Nick, schaffte es aber nicht, sich zu einem Lächeln durchzuringen.

»Schau mal bitte, ich möchte dir etwas zeigen«, sagte sie, und auch ihre Stimme klang dabei merkwürdig. Nick fragte sich, was dieses sonderbare Verhalten sollte. Zudem hatte er im Moment auch keinen Nerv, sich irgendwelche Dinge anzuschauen. Als er nicht reagierte, rollte Carol mit den Augen. »Du solltest dir das wirklich mal ansehen.« Dabei deutete sie auf einen Zettel, der vor ihr lag. »Es könnte wichtig sein.«

»Carol, ich … also gut.«

Letztendlich konnte es nicht schaden, wenn er einen Blick auf den Zettel warf, egal, was darauf stand. Zumindest für Carol schien es ja wichtig zu sein.

Sie wartete, bis er vor ihrem Schreibtisch stand, dann drehte sie den Zettel so, dass er lesen konnte, was sie von Hand daraufgeschrieben hatte. Es war nur ein Satz, aber der elektrisierte ihn:

Ich weiß, wo dein Vater ist.

Nick riss die Augen auf, doch bevor er etwas sagen konnte, schüttelte Carol den Kopf.

»Wir können uns ja später noch darüber unterhalten. Ich komme nachher bei dir vorbei.«

Nick verstand, dass sie nichts sagen wollte, solange sie sich in Fabers Einflussbereich befand. Wo immer sie ihre Informationen herhatte, Nick hätte sein letztes Hemd darauf verwettet, dass es kein offizieller Weg gewesen war.

Also nickte er ihr zu, so schwer es ihm auch fiel, und sagte: »Okay, ich warte auf dich.«

Es dauerte eine Dreiviertelstunde, in der Nick in seiner Unterkunft auf und ab ging und sich den Kopf darüber zerbrach, warum sein Vater sich nicht wenigstens kurz von ihm verabschiedet hatte, bis Carol endlich an seine Tür klopfte.

Sie kam nicht herein, sondern blieb vor der Tür stehen, als er ihr öffnete, und deutete mit dem Kopf zur Seite. »Lass uns ein bisschen spazieren gehen.«

Kaum, dass sie den Kuppelbau verlassen hatten, sprudelte es aus Nick heraus. »Also, wo ist mein Vater? Nun sag schon. Geht es ihm gut? Oder haben diese Leute von der *Inneren* ihn etwa mitgenommen? Und warum hat er mir nicht wenigstens gesagt, was los ist? Nun rede doch endlich.«

Nach einigen Metern blieb Carol stehen und wandte sich Nick zu.

»Ich denke, ihm geht es gut. Und von Leuten von der *Inneren* weiß ich nichts. Als du eben aus Fabers Büro kamst, wusste ich nur, dass man ihn nach Kinshasa geschickt hat.«

»Kinshasa?« Nicks Gedanken begannen zu rasen. Schon wieder kam dieses afrikanische Land ins Spiel. »Das ist die Hauptstadt der Demokratischen Republik Kongo. Von dort ist er doch gerade erst geflüchtet.«

Carol nickte. »Hör dir an, was ich mittlerweile alles in der Datenbank der Zentrale … gefunden habe.«

»Gefunden? Bist du dort etwa …?«

»Möchtest du nun mehr wissen oder nicht?«

Nick hob beide Hände. »Ja, klar, entschuldige.«

»Also: In Kinshasa findet ein kurzfristig einberufenes Treffen der Staatsoberhäupter der wichtigsten Industrienationen statt. Mit dabei sein wird auch der König der Mongos. Die Mongos …«

»… sind ein Bantu-Volk, das im Nordwesten des Kongobeckens in der ehemaligen Provinz Équateur lebt«, fiel Nick ihr ins Wort. Er hatte die Ausführungen von Bruno noch gut im Kopf, die der in London für ihn in verschiedenen Datenbanken gefunden hatte. Dass er nun wieder mit dem Thema konfrontiert wurde, konnte kein Zufall sein. »Das weiß ich doch. Dort gilt das Farbolit, hinter dem Victor Drago und Martin so her waren, als Heiligtum, weil es ganz nebenbei noch die effektivste Energiequelle ist, die wir auf der Erde kennen, wenn es richtig aufbereitet wird. Anfang des 19. Jahrhunderts haben britische Archäologen da gegraben und winzige Mengen des Erzes entdeckt. Kurz darauf sind alle verstorben. Die Mine gilt seitdem als verflucht und wird von den Mongos und auch vom Militär weiträumig abgeriegelt und bewacht.«

Carol hatte die Arme vor der Brust verschränkt und geduldig gewartet, bis Nick mit seinem Vortrag fertig war. Nun neigte sie den Kopf zur Seite. »Fertig?«

»Ähm … ja.«

»Gut. Wie es scheint, haben diese *führenden Nationen*, zu denen sich natürlich auch Deutschland zählt, beschlossen, dass es an der Zeit ist, diese seltene und geradezu unglaublich effiziente Energiequelle unter sich aufzuteilen.«

»Und was hat mein Vater damit zu tun?«, fragte Nick, obwohl er die Antwort schon ahnte.

»Er reist als Diplomat mit der deutschen Delegation nach Kinshasa. Seine alte Tarnung. Diese … *Konferenz* findet im Kinshasa Grand Hotel statt. Man hat deinen Vater wohl ausgesucht, weil er gerade erst von dort kommt und man sich dadurch Vorteile erhofft.«

Nick schüttelte energisch den Kopf. »Aber … das ist doch Schwachsinn. Er war dort drei Jahre in Gefangenschaft. Welche Vorteile kann das bringen? Außerdem ist er vollkommen … fertig. Hast du ihn gesehen? Er ist nur noch ein Schatten seiner selbst, und wenn …«

Carol hob beide Hände. »Ich weiß es nicht, Nick. Ich verstehe deine Gedanken vollkommen und sehe es genauso wie du, aber … Das sind lediglich die Fakten, die ich gefunden habe. Wessen Idee das war und was derjenige sich dabei gedacht hat, ist leider nicht in der Datenbank gespeichert.«

Nick richtete den Blick an Carol vorbei. »Ich muss mit Direktor Faber reden. Ich muss wissen, warum man ihn schon wieder dahin schickt und warum er mir nicht einmal Tschüss gesagt hat.«

Carol schüttelte energisch den Kopf. »Er wird wissen wollen, woher du diese Informationen hast. Faber ist kein Idiot. Egal, was du ihm sagst – er wird sofort vermuten, dass du es nur von mir haben kannst.«

Nick stieß einen Fluch aus. Carol hatte recht. Wer konnte schon ahnen, wie Faber reagieren würde.

Er musste nachdenken. Das hieß … eigentlich brauchte er

das nicht. Er sah ihr fest in die Augen und nickte. »Okay. Dann muss ich dahin.«

Sie sah keineswegs überrascht aus. »Das dachte ich mir schon«, sagte sie mit einem Schulterzucken. »Ich komme zwar nicht mehr an den Zweitschlüssel des Direktors heran wie bei Bauer, weiß aber mittlerweile, wie ich die elektronische Sperre umgehen kann, die verhindert, dass wir mit unserem Aufzug ganz nach oben kommen. Danach bist du allerdings auf dich allein gestellt.« Sie machte eine kurze Pause, bevor sie hinzufügte: »Es sei denn, du möchtest, dass ich mitkomme.«

Nick dachte daran, dass sein Freund Michael in Berlin noch den Schlüssel des ehemaligen Direktors hatte, mit dem Nick bei seiner Zwischenprüfung nach oben gelangt war. Um anschließend in London zu landen. Der nutzte ihm zwar nichts, aber Michael hatte auch noch etwas anderes: das Geld aus dem Schließfach, das ein geheimnisvoller Helfer am Berliner Hauptbahnhof für ihn gemietet hatte.

Er legte ihr eine Hand auf die Schulter. »Du weißt aber, dass dich das deine Ausbildung hier kosten könnte.«

»Dich doch auch.«

»Ja, aber es geht um *meinen* Vater.«

»Trotzdem könnte ich …« Sie stockte, weil sie wohl bemerkte, dass Nicks Entschluss feststand, und nickte schließlich. »Schon gut.«

Nick lächelte sie an. »Danke! Kannst du in einer halben Stunde am Aufzug sein?«

»Ja«, antwortete sie nur, dann wandte sie sich von ihm ab und war kurz darauf hinter dem nächsten Kuppelbau verschwunden.

Nick ging in seine Unterkunft zurück, um die nötigsten

Dinge in seinen Rucksack zu packen. Er würde nicht viel mitnehmen können, denn wenn er mit einem Koffer durch den Vergnügungspark spazierte, würde Direktor Faber innerhalb einer Minute davon erfahren.

»Du weißt, dass du eine Menge Ärger bekommen wirst?«, fragte Bruno wie beiläufig, während Nick gerade zwei frische Shirts in den Rucksack steckte. »Kann sein«, antwortete er einsilbig. Er hatte keine Lust, mit Bruno über dieses Thema zu diskutieren, weil er ahnte, dass ihm das gleich sowieso noch mit Carol bevorstehen würde.

»Du weißt auch, dass ich verpflichtet wäre, dein Vorhaben an Direktor Faber zu melden.«

»Ja, und du weißt, dass du das nicht tun wirst, weil Carol dein Basisprogramm modifiziert hat.«

»Was ebenso illegal war«, entgegnete Bruno und fügte nach einem kurzen Moment hinzu, als hätte er darüber nachgedacht: »Carol hat mich damit wohl ein weiteres Stück menschlicher gemacht.«

»Menschlicher?«

»Ja. Ich denke, das ist ein Dilemma, in dem die Menschen auch immer wieder stecken. Oder besser gesagt, in dem DU auch immer wieder steckst. Obwohl du genau weißt, dass etwas, das du tust, falsch ist, machst du es trotzdem. Weil du offenbar nicht anders kannst.«

»Wenn du so weitermachst, wirst du noch der erste Philosoph unter den künstlichen Intelligenzen.«

»Pah, du sagst das in einem Ton, als sei es unmöglich.«

Nick musste grinsen. »Nein. Seit Carol angefangen hat, an deinen Programmen herumzuspielen, halte ich nichts mehr für unmöglich.«

Er öffnete eine Schublade, hob einen Stapel Unterhosen an, zog ein kleines Bündel Geldscheine heraus, das er nach seiner Rückkehr aus London dort versteckt hatte, und ließ es in seiner Hosentasche verschwinden.

Pünktlich zum verabredeten Zeitpunkt erschien Carol am Aufzug. »Können wir?«, fragte sie knapp und deutete mit dem Kinn zur offen stehenden Tür der Kabine.

Nick blieb jedoch stehen und sah ihr in die Augen. »Du bist sauer, weil ich das alleine machen möchte, nicht wahr?«

»Nein, bin ich nicht«, antwortete sie in einem Tonfall, der das genaue Gegenteil sagte.

»Du hast mir schon so viel geholfen, und ich weiß, dass du mir auch dieses Mal sicher eine große Hilfe sein könntest, wenn du mitkommen würdest, aber … kannst du nicht verstehen, dass ich es mir nie verzeihen würde, wenn du wegen dieser Sache von der Schule fliegst? Und das würdest du wahrscheinlich.«

Wie schon bei ihrem vorherigen Gespräch verschränkte sie die Arme vor der Brust. »Bist du sicher, dass es wirklich nur darum geht? Ich habe das Gefühl, da ist noch etwas anderes, weswegen du alleine hinter deinem Vater herreisen möchtest.«

»Quatsch!«, entgegnete Nick so schnell, dass er sich gleich darauf selbst fragte, ob Carol nicht vielleicht sogar recht hatte. Gab es vielleicht tatsächlich noch einen anderen Grund, den er sich aber selbst nicht eingestehen wollte?

Darüber konnte, darüber musste er sich später Gedanken machen.

»Also gut, aber du wirst trotzdem auf meine Hilfe angewiesen sein. Hast du noch den Pass, mit dem du in London unterwegs warst? Wie war noch mal der Name darauf? Marco?«

»Marc. Marc Rücker. Aber den Pass habe ich nicht mehr. Er war bei den Sachen, die Martin in London aus dem Hotel geholt hat.«

Ein verschmitztes Grinsen legte sich auf Carols Gesicht, als sie etwas aus der hinteren Tasche ihrer Hose zog und ihm entgegenhielt. Es war ein Reisepass. »Ich sage doch, du brauchst meine Hilfe. Den habe ich aus dem Tresor, in dem die Blankodokumente für Auslandseinsätze liegen. Ich habe ihn noch schnell mit einem Foto für dich fertig gemacht. Du heißt jetzt Dominik Maas und bist sechzehn. Ich werde dir einen Flug nach Kinshasa buchen und mit einer der Kreditkarten bezahlen, die auf Tarnidentitäten ausgestellt sind und ebenfalls von unseren Agenten im Außeneinsatz benutzt werden. Bis das auffällt, bist du schon wieder zurück. Melde dich, wenn du in Berlin bist, dann gebe ich dir die Daten für deinen Flug durch.«

»Okay, mache ich.«

Sie grinste. »Und *wie* machst du das?«

»Ich …« Ja, wie machte er das? Anrufen konnte er Carol nicht. Mobiltelefone hatten in den unterirdischen Ebenen der Schule keinen Empfang, und wenn er sich über eine der Festnetz-Geheimnummern meldete, würde das sofort auffallen.

»Was wärst du nur ohne mich?«, sagte sie lächelnd.

»Verloren?«, gab Nick ebenfalls lächelnd zu.

»Hand hoch«, befahl Carol. Nick ahnte, was sie vorhatte, und streckte ihr den Arm mit Bruno entgegen, während sie schon ein Kabel aus der Hosentasche nestelte.

»Ich protestiere!«, maulte Bruno, als Carol ein Ende des Kabels an Bruno befestigte und das andere in ihr CBPI steckte. »Ich protestiere aufs Schärfste dagegen, dass schon wieder an mir herumgepfuscht wird. Das ist …«

»Still!«, befahl Nick, woraufhin Bruno tatsächlich verstummte.

»Ich spiele ein Programm ein, das ich schon vor einiger Zeit geschrieben habe. Damit kannst du mein CBPI über Bruno kontaktieren, ohne dass es über den Schulserver läuft. Und umgekehrt. Außerdem kannst du ab jetzt über Bruno telefonieren. Ebenfalls unabhängig vom Schulserver.«

»Wow. Wird Müller das nicht bemerken?«, fragte Nick vorsichtig. Carol runzelte die Stirn. »Hat er von den anderen Modifikationen etwas gemerkt?«

Hatte er nicht. Nach knapp zwei Minuten trennte Carol die CBPIs wieder von dem Kabel und nickte zufrieden. »So, fertig. Jetzt kannst du mich über Bruno jederzeit erreichen. Wenn ich nicht antworten sollte, heißt das nicht, dass es nicht funktioniert, sondern dass ich in dem Moment gerade nicht reden kann. Alles klar?«

»Alles klar«, bestätigte Nick und sah zum Aufzug hinüber.

Jetzt galt es, das Gebiet der Schule zu verlassen, ohne erwischt zu werden.

»Also los.« Mit wenigen entschlossenen Schritten stand er in der Aufzugkabine. »Dann starte das Ding mal.«

Als Carol sich zu ihm gesellte, hob Nick die Brauen. »Was tust du?«

»Na, ich sorge dafür, dass du nach oben gelangst. Dazu muss ich allerdings mitkommen.«

Als Nick ansetzen wollte, etwas zu entgegnen, hob sie die

Hand. »Keine Angst, ich fahre wieder runter. Ich habe verstanden, dass du meine Hilfe nicht möchtest.«

Daraufhin sagte Nick nichts mehr, sondern beobachtete sie nur stumm dabei, wie sie in einer für ihn vollkommen unverständlichen Sprache ihrem CBPI einige Befehle gab. Sekunden später setzte der Aufzug sich in Bewegung.

5

Tanja Buschmann riss die Augen auf, als sie die Tür öffnete. »Nick? Ich dachte, du bist wieder zurück in Amerika. Was tust du in Berlin?«

Nick lächelte und winkte ab. »Ach, nur ein kurzer Besuch, aber ich kann doch nicht wieder abreisen, ohne kurz bei Michael vorbeizuschauen. Ist er da?« Nick fiel auf, wie unkompliziert Michaels Familie war. Hier konnte er jederzeit klingeln und wurde empfangen, als sei er nie lange weg gewesen.

Michaels Mutter machte eine einladende Geste und ging einen Schritt zur Seite. »Ja, komm rein, er ist in seinem Zimmer und macht Hausaufgaben.« Sie blinzelte ihm verschwörerisch zu. »Das sagt er zumindest. Geh ruhig zu ihm, du kennst dich ja aus. Er wird sich freuen.«

Nick klopfte kurz an Michaels Zimmertür, öffnete sie aber, ohne auf eine Reaktion zu warten. Sein Freund lag mit hinter dem Kopf verschränkten Händen auf seinem Bett und hatte die Augen geschlossen.

»Deine Mutter meinte, du machst Hausaufgaben«, sagte Nick laut, woraufhin Michael erschrocken die Augen aufriss und ihn anstarrte, als sei er ein Geist.

»Für welches Fach war das gerade? Elementares Traumdeuten?«

Endlich schien Michael zu begreifen, wer da vor ihm stand. Sein Gesicht verzog sich zu einem breiten Grinsen, während er aufsprang, Nick kurz umarmte und gleich darauf wieder von sich wegdrückte. »Mensch, Dom … ähm … Nick! Ich glaub's ja nicht. Was tust du denn hier?«

Nick sah sich verschwörerisch nach beiden Seiten um und flüsterte dann: »Streng geheime Mission. Ich habe den Auftrag, dich zu eliminieren. Also, mach es mir nicht unnötig schwer, okay?«

Beide lachten, dann schüttelte Michael den Kopf. »Ja, schon klar. Aber im Ernst. Was tust du hier? Wieder ein … *Fall*?«

Nicks Gesicht wurde ernst, während er nickte. »Ja, so was in der Art.«

»In der Art?«

»Mein Vater ist wieder aufgetaucht.«

Michaels Mund klappte auf. »Was? Aber das ist ja … geht es ihm gut?«

»Ja, schon, aber er hat sich verändert. Die drei Jahre haben ihn ziemlich mitgenommen, aber statt ihm die Möglichkeit zu geben, sich ein wenig zu erholen, haben die ihn gleich wieder in einen Einsatz geschickt. Eine Woche, nachdem er zurückgekommen ist.«

»Oh, das … tut mir leid. Wohin musste er denn?

»In die Demokratische Republik Kongo. Ich muss da auch hin, aber vorher brauche ich einiges von dem Geld aus dem Schließfach.«

Michael nickte. »Verstehe, deshalb bist du gekommen. Klar, kein Problem.«

»Hey!« Nick sah seinem Freund in die Augen. »Ich habe mich auch so gefreut, dich wiederzusehen.« Als er Michaels skeptisches Gesicht sah, lächelte er. »Das ist die Ausnahme. Das nächste Mal niste ich mich für ein paar Tage bei dir ein und falle dir so lange auf die Nerven, dass du dir wünschen wirst, ich hätte nur etwas aus dem Schließfach gewollt.«

»Schon gut. Also komm, schauen wir mal, ob noch was da ist.«

»Wie, was soll das heißen, ob noch …?« Erst als sich nun Michaels Gesicht zu einem Grinsen verzog, verstand Nick, dass sein Freund ihn gerade verschaukelt hatte, und boxte ihm auf den Oberarm. »Mensch, mach nicht solche Scherze mit mir.«

Sie verließen Michaels Zimmer und gingen durch den Flur zur Kellertreppe. Als sie dabei am Wohnzimmer vorbeikamen, streckte Michael den Kopf in den Raum und rief seiner Mutter zu: »Wir gehen mal runter in den Keller, ich hab da irgendwo noch was von Nick.«

Tanja Buschmann nickte. »Okay. Was hast du denn noch von ihm?«

»Ach, nur ein Bündel Geldscheine und eine Agentenausrüstung«, erklärte Nick, woraufhin alle drei herzhaft lachten, bevor er mit Michael weiterging.

Manchmal ist es am effektivsten, die Wahrheit zu sagen, wenn das in einer Situation geschieht, in der man sie wahrscheinlich für einen Scherz halten wird, erinnerte sich Nick an einen der vielen wichtigen Sätze, die er im Laufe seiner bisherigen Ausbildung gehört hatte.

Der Keller der Buschmanns war größtenteils renoviert und gut aufgeräumt. Lediglich im hinteren Bereich gab es zwei Räume, die sich noch im gleichen Zustand befanden wie zur Bauzeit des Hauses gleich nach dem Zweiten Weltkrieg.

Michael öffnete die linke der beiden Holztüren, ertastete hinter dem Türrahmen einen Lichtschalter und betätigte ihn. Eine nackte Glühbirne, die an einem grauen Kabel von der Mitte der gewölbten Decke baumelte, tauchte den etwa fünfzehn Quadratmeter großen, modrig-feucht riechenden Raum in kaltes, abweisendes Licht.

Die Wände bestanden aus unverputztem Sandstein und waren fast komplett mit mannshohen, windschiefen Regalen zugestellt. In ihnen sammelte die Familie Buschmann offensichtlich alles, was eigentlich auf den Sperr- oder Sondermüll gehört hätte. Unzählige alte Farbdosen stapelten sich neben allerlei mit einer rostroten Schicht überzogenem Werkzeug und Maschinen, die von einem derart dicken Gemisch aus Schmieröl und Staub bedeckt waren, dass man größtenteils nicht einmal mehr erahnen konnte, wozu sie mal gedient hatten. Dazwischen lag massenweise anderer, undefinierbarer Kram.

Michael ging zielstrebig auf eines der Regale zu, ging in die Hocke und zog einen halb verrotteten grauen Koffer ein Stück weit nach vorne, damit er ihn aufklappen konnte. Als Nick einen Blick hineinwarf, entdeckte er die Aktentasche, die vor nicht allzu langer Zeit ein geheimnisvoller Unbekannter für ihn in einem Schließfach am Berliner Hauptbahnhof deponiert hatte.

»Wow!«, stieß er aus und deutete auf die Ledertasche. »Unverschlossen. Hast du keine Angst, dass deine Eltern das Ding finden könnten?«

»Nein. Die gehen hier nie rein, weil alles, was hier liegt, Schrott ist. Irgendwann werde ich mit meinem Vater zusammen mal hier ausmisten, aber vorher möchte er noch das Badezimmer im ersten Stock renovieren. Also keine Gefahr.«

Nick klappte die Aktentasche auf und betrachtete die beiden Bündel aus Geldscheinen. Einer bestand aus Pfund-, der andere aus Euronoten, beide im Wert von mehreren Tausend Euro.

Er griff das Bündel mit der englischen Währung und steckte etwa die Hälfte davon in die Tasche, den Rest legte er wieder zurück. Da er die Währung sowieso tauschen musste, konnte er ebenso gut britische Pfund benutzen.

Dann blickte er an seinem Freund vorbei und sagte: »Bruno, ich muss mit Carol reden.«

»Ich warte schon seit einer Weile«, hörte er zu seiner Überraschung Carols statt Brunos Stimme. »Bruno hat mich schon kontaktiert, als du das Geld aus der Tasche genommen hast.«

»Sehr gut, Bruno«, lobte Nick sein CBPI. »Manchmal denkst du ja doch mit.«

»Selbstverständlich, und das ungefähr eine Million Mal schneller als ein Mensch«, belehrte Bruno ihn und Nick glaubte, dabei einen hochnäsigen Ton in der künstlichen Stimme zu hören. »Du bemerkst es nur in den meisten Fällen nicht.«

»Du hast also jetzt das Geld«, unterbrach Carol das kleine Scharmützel.

»Ja, habe ich. Hast du einen Flug gebucht?«

»Ja. Hast du ein Handy?«

»Nein, ich brauche ja keines mehr, nachdem du Bruno umfunktioniert hast. Du kannst alles an das Mailpostfach von Michael schicken.« Er nannte ihr die Mailadresse seines Freundes, der ihm einen fragenden Blick zuwarf.

»Ich bin nicht umfunktioniert!«, beschwerte sich Bruno. »Außerdem habe ich mein Missfallen darüber zum Ausdruck gebracht, dass an meiner Programmierung herumgespielt wird.«

»Da ist noch etwas«, sagte Carol und ließ Bruno damit verstummen.

»Ja?«

»Für die Einreise in die Demokratische Republik Kongo brauchst du ein Visum.«

»Hm …«, machte Nick. »Wird so was von Touristen nicht im Flugzeug ausgefüllt?«

»In dem Fall nicht. Das Visum muss vor der Reise bei der Botschaft beantragt werden.«

»Mist«, entfuhr es Nick.

»Wäre es. Wenn es da nicht Möglichkeiten gäbe.« Warum wunderte diese Aussage Nick nicht übermäßig?

»Ich habe mich in der Datenbank der Botschaft etwas umgesehen.«

Nick schüttelte den Kopf. Carol hackte sich in die Datenbank einer ausländischen Botschaft ein und plauderte darüber, als erzählte sie ihm von einem Einkauf beim Bäcker.

»Den Vordruck zu finden, war echt easy, das kann ich dir also problemlos nachmachen. Ich schicke dir dein Visum mit der Bordkarte per Mail. Die entsprechende Registrierung im System der *Direction Générale de Migration*, also der Einwanderungsbehörde, ist auch gemacht. Müsste passen. Ach, und noch etwas: Du solltest dir am Berliner Flughafen US-Dollar besorgen. Damit kannst du dort fast überall bezahlen und es ist besser, als ein Riesenbündel Kongo-Franc mit dir herumzutragen.«

»Ein Riesenbündel?« Nick verstand nicht, was Carol meinte.

»Ja. Ein Euro entspricht etwa eintausendneunhundert Kongo-Franc.«

»Das ist eine Menge.«

»Ja, vor allem, wenn man bedenkt, dass der größte Schein ein Fünfhunderter ist. Du kannst dort ja ein paar Euro oder Dollar eintauschen, für alle Fälle. Alles andere zahlst du in Dollar.«

Nick dachte kurz nach. »Das heißt, wenn ich hundert Euro wechsle, bekomme ich dreihundertachtzig Scheine?«

»Du verstehst also, was ich meine.«

»Tue ich.«

»Fein. Also dann … pass auf dich auf.«

»Danke.« Mehr brachte Nick angesichts Carols Fähigkeiten nicht heraus.

Als Bruno die Verbindung zu Carol beendet hatte, sagte Michael: »Kinshasa? Ähm … wo liegt das denn? Sagtest du nicht was von Kongo?«

Michael lächelte, in Gedanken noch immer halb bei Carol. »Kinshasa ist die Hauptstadt der Demokratischen Republik Kongo.«

»Und dein Vater ist auch dort … Ihr habt also einen gemeinsamen Einsatz, habe ich recht?«

»So ähnlich«, erwiderte Nick mit ernster Miene. »Aber bitte – mehr kann ich dir nicht sagen.«

»Schon gut, ich verstehe. Geheimagentengeheimnissache.«

Nick nickte lächelnd. »Ja, genau. Und du bist mein geheimer Geheimpartner.«

Mittlerweile war es schon früher Abend und der nächstmögliche Flug von Berlin nach Kinshasa, den Carol für Nick buchen konnte, ging am kommenden Morgen um sechs Uhr fünfunddreißig mit einer Maschine der Air France. Die Reise würde zwölf Stunden fünfundvierzig betragen inklusive eines fast dreistündigen Zwischenstopps in Paris. Rechnete man die eine Stunde Zeitverschiebung hinzu, würde Nick also voraussichtlich gegen zwanzig Uhr zwanzig Ortszeit in Kinshasa landen. Recht spät, aber eben nicht zu ändern.

Den Abend verbrachten sie nach dem gemeinsamen Essen kurz mit Michaels Eltern, die aber so viele Fragen über Nicks Leben in den USA stellten, dass er heilfroh war, als Michael ihm nach etwa zwanzig Minuten vorschlug, in sein Zimmer zu gehen. Hätte Bruno ihm bei manchen speziellen Fragen zum Küstenstädtchen Camden im Bundesstaat Maine nicht assistiert und die Antworten vorgesagt, wäre Nicks Geschichte wahrscheinlich irgendwann aufgeflogen. Zwar wusste er genug über seinen angeblichen Aufenthaltsort in den Staaten, um ein oberflächliches Gespräch führen zu können, aber einige der Fragen, die vor allem Michaels Vater ihm stellte, hätte er ohne Brunos Hilfe nicht beantworten können.

Zum Beispiel, ob es dort auch Parks gibt, in denen man spazieren gehen kann. Bruno hatte innerhalb von zwei Sekunden herausgefunden, dass der *Camden Hills State Park* mit dreiundzwanzig Quadratkilometern sogar recht groß war.

»Danke«, sagte Nick, als sein Freund die Tür hinter sich geschlossen hatte.

»Kein Problem.« Michael kam zu ihm und setzte sich neben ihm aufs Bett. »Ich konnte nicht mehr länger mitansehen, wie du immer neue Details aus deinem Leben in Amerika erfinden musstest. Wie bist du überhaupt auf diese Stadt, wie heißt sie noch mal … Camden gekommen?«

»Das haben die in der Schule sich ausgedacht, gleich, als ich dort angefangen habe. Als Erklärung für alle, denen mein plötzliches Verschwinden erklärt werden musste. Sie meinten, es solle ein Ort an der Ostküste sein, wegen des Klimas und weil ich ja nicht gerade sonnengebräunt bin.«

Ein paar Atemzüge lang saßen sie stumm grinsend nebeneinander, bis Michael unvermittelt sagte: »Ist mit deinem Vater wirklich alles okay?«

Nick dachte über die Frage nach und wurde sich dabei bewusst, dass alleine diese Tatsache im Grunde schon eine Antwort war. »Ich weiß es nicht«, antwortete er schließlich wahrheitsgemäß, woraufhin Michael die Brauen hochzog.

»Weil er schon in Kisch… also im Kongo ist und du nicht weißt, ob es ihm dort gut geht?«

»Ja, das auch. Aber auch sonst …« Nick schüttelte den Kopf und winkte mit einer Hand ab. »Ach, ich weiß es doch selbst nicht. Ist nur so ein Gefühl, das ich nicht erklären kann. Können wir bitte das Thema wechseln?« Er merkte, dass seine Stimme gereizt klang.

»Klar, entschuldige. Ich wollte dich nicht sauer machen.«

»Das machst du ja auch nicht. Aber ich habe meinen Vater über drei Jahre nicht gesehen und in dieser ganzen Zeit immer Angst gehabt, dass er nie wiederkommen würde. Aber ich habe mir in dieser Zeit auch immer vorgestellt, wie es wohl wäre, wenn er dastünde. Wie wir uns in die Arme fallen und erst einmal gar nicht mehr loslassen würden. Und wie wir tagelang zusammensitzen und er mir alles erzählen würde, was in diesen Jahren passiert ist. Und dann taucht er plötzlich auf, und es ist … na ja, irgendwie so ganz anders.«

»Wie? Seid ihr euch nicht in die Arme gefallen?«

»Doch, schon. Aber als ich ihn nach dieser Zeit gefragt habe … irgendwie hat er ganz komisch reagiert. Und dann musste er auch gleich wieder weg und konnte sich nicht einmal von mir verabschieden.«

»Verstehe«, murmelte Michael und starrte ebenso wie Nick eine Weile vor sich hin, bis sein Gesicht sich plötzlich aufhellte. »Aber morgen bist du bei ihm und ihr könnt alles nachholen.«

»Ja, das stimmt«, antwortete Nick und bemühte sich ebenfalls um ein Lächeln.

Wie hätte er seinem Freund auch erklären sollen, was er sich selbst nicht erklären konnte! Dieses komische Gefühl, wenn er an seinen Vater dachte. Und an Martin.

6

Der Abschied fiel recht kurz aus.

Michael hatte darauf bestanden, Nick mit der S-Bahn zum Flughafen zu begleiten, nachdem der schon das Angebot von Michaels Vater abgelehnt hatte, ihn mit dem Auto zu bringen. Nick wusste, dass es für Dirk Buschmann einen ziemlichen Stress bedeutet hätte, weil er gleich im Anschluss zur Arbeit und dafür mit dem Auto kreuz und quer durch Berlin gemusst hätte.

Ein weiterer Grund für seine Ablehnung war allerdings auch die Befürchtung gewesen, Michaels Vater während der ganzen Fahrt von Amerika erzählen zu müssen.

»Hey, komm bloß heil wieder zurück, klar?«

Nick umarmte seinen Freund und klopfte ihm kumpelhaft auf den Rücken. »Na klar, was denn sonst?«

»Wann treffen wir uns wieder?«

»Lass dich überraschen.«

Michael nickte. »Ja, das dachte ich mir schon. Typisch Geheimagent.«

Sie sahen sich noch einmal in die Augen und nickten sich zu, dann wandte Nick sich ab, ging, ohne sich noch einmal umzusehen, zum Schalter einer Wechselstube und tauschte eintausend Pfund in US-Dollar. Das sollte reichen. Notfalls konnte er vor Ort in einer Bank mehr eintauschen.

Anschließend begab er sich zur Passkontrolle. Einen Koffer musste er nicht aufgeben und das Check-in hatte Carol schon online für ihn erledigt.

Den Aufenthalt im Pariser Flughafen Charles de Gaulle verbrachte Nick größtenteils schlafend, lang ausgestreckt über drei Sitze in einem etwas abseits gelegenen Gate.

Als der Airbus A330 von Paris dann am Abend um kurz vor halb neun auf der Rollbahn des Flughafens Kinshasa N'djili aufsetzte, rutschte Nick nervös auf seinem Sitz hin und her und konnte es nicht erwarten, endlich aussteigen und sich auf den Weg zu seinem Vater machen zu können.

Zehn Minuten später konnte er das Flugzeug verlassen. Nick atmete die drückend warme Luft ein und augenblicklich brach ihm der Schweiß aus. Die Temperatur betrug gefühlte dreißig Grad, die hohe Luftfeuchtigkeit tat ihr Übriges.

Während er die Treppe hinabstieg, sah er sich um.

Der Flughafen war kleiner, als Nick ihn sich vorgestellt hatte. Auch dass für ein große Maschine wie den Airbus kein Gateway zur Verfügung stand, sondern Treppen herangerollt worden waren, wunderte ihn.

Nachdem er in einer langen Schlange mit den anderen Reisenden ein Stück über das Flugfeld gegangen und das Flughafengebäude betreten hatte, wurden sie zu vier nebeneinanderstehenden Kabinen geleitet, in denen Beamte saßen, die die Reisepässe und die Visa kontrollierten.

Nick stellte sich an und beobachtete die vier Beamten der Zollbehörde, wie sie jeden einzelnen Ausweis mit kritischem Blick begutachteten und mit denjenigen verglichen, die vor ihren Kabinen standen. Er hoffte, dass man ihm die Geschichte abnahm, die er sich zurechtgelegt hatte. Und dass mit dem gefälschten Visum, das zusammengefaltet in seinem gefälschten Reisepass lag, alles in Ordnung war.

Als Nick nach etwa zwanzig Minuten an der Reihe war, lächelte er dem jungen Mann freundlich zu, dessen Blick mehrmals zwischen dem Reisepass, dem Visum und Nicks Gesicht wechselte.

»Reisen Sie alleine?«, fragte der Mann in einem Französisch, das von einem Akzent gefärbt war, den Nick bisher noch nicht gehört hatte. Er hatte sich während des Fluges von Bruno mit allen wichtigen Informationen zur Demokratischen Republik Kongo versorgen lassen und wusste, dass die Sprache der ehemaligen belgischen Kolonialherren auch nach der Unabhängigkeit die Amtssprache geblieben war, dass aber in großen Teilen des Landes und auch in Kinshasa überwiegend Kikongo und Lingála gesprochen wurde.

»Ja, ich besuche meinen Vater. Er arbeitet in Kinshasa«, antwortete Nick, woraufhin der Mann ihn neugierig musterte.

»Sie sprechen recht gut Französisch für einen Deutschen.«

»Danke. Das hat mein Vater mir beigebracht«, sagte Nick. »Er sagt immer zu mir, wenn du die Menschen in einem Land kennenlernen möchtest, musst du ihre Sprache sprechen. Und die Menschen in Kinshasa kennenzulernen, lohnt sich auf jeden Fall.«

Als er beobachtete, wie sich ein wohlwollender Ausdruck auf das Gesicht des Mannes legte, dachte er daran, dass es sich bezahlt machte, dass sie in der Schule nicht nur stupide die Vokabeln und Grammatik der drei Sprachen paukten, die sie sich aneignen mussten, sondern ab dem zweiten Jahr auch verschiedene Fächer in den unterschiedlichen Sprachen unterrichtet wurden, damit sie Sprachpraxis bekamen. So kam es vor, dass der Mathematikunterricht in Spanisch gehalten wurde, während der Lehrer in Geografie Englisch mit ihnen sprach und die Lehrerin eines anderen Fachs Französisch.

Der Mann reichte ihm seinen Reisepass zurück und nickte zum Zeichen, dass er weitergehen konnte. »Angenehmen Aufenthalt in Kinshasa.«

»Schleimer«, kommentierte Bruno trocken. »*Und die Menschen in Kinshasa kennenzulernen, lohnt sich auf jeden Fall …* Pah.«

Nick hob die Schultern. »Wenn es was nützt. Immerhin bin ich ohne Probleme durchgekommen.«

An einer Wechselstube innerhalb der Ankunftshalle tauschte Nick fünfzig britische Pfund ein, wofür er immerhin rund einhunderttausend Kongo-Franc in Fünfhunderter-Scheinen bekam. Nachdem er das unhandlich dicke Bündel in seinem Rucksack verstaut hatte, verstand er, warum Carol ihm geraten hatte, besser US-Dollar mitzunehmen.

Als Nick das Flughafengebäude verließ und sich nach einem Taxi umsah, wurde ihm zum ersten Mal die Andersartigkeit der Umgebung bewusst. Mittlerweile war es kurz nach neun Uhr am Abend. Große Scheinwerfer tauchten das hektische Treiben auf dem Vorplatz des Flughafens in helles Licht.

Die drückend heiße Luft war erfüllt vom Hupen abenteuerlich aussehender bunter Fahrzeuge und dem Rufen und dem Geschrei unzähliger Menschen, die in farbenfrohe Gewänder gehüllt waren oder schlichte, teilweise verschlissene Kleidung trugen und in Grüppchen zusammenstanden. Von der Sprache, die rings um ihn herum gesprochen wurde, verstand er kein Wort.

»Bruno, was sprechen diese Leute?«

»Es wird dir nicht aufgefallen sein, aber wir hören verschiedene Sprachen. Insgesamt werden in der Demokratischen Republik Kongo zweihundertvierzehn bekannte Sprachen und Dialekte gesprochen. Aufgrund der kolonialen Vergangenheit nimmt das Französische den Rang der Amts-, Literatur- und Bildungssprache …«

»Ja, schon gut«, fuhr Nick dazwischen und bereute es schon, die Frage überhaupt gestellt zu haben. »Kannst du mir nicht einfach nur sagen, was diese Leute hier sprechen? Ohne langen und vor allem überflüssigen Vortrag?«

»Wie du möchtest.« Nicht zum ersten Mal klang Brunos Stimme beleidigt. »Es gibt vier offizielle Nationalsprachen: Lingála, Kikongo, Tschiluba und zu guter Letzt noch eine kongolesische Variante des Swahili. Ich denke, wir hören hier von jedem etwas.«

»Danke.« Nick verzichtete auf weitere Fragen, die wahrscheinlich wieder einen Redeschwall nach sich gezogen hätten.

Er entdeckte ein recht neu aussehendes Taxi ganz in der Nähe und erklärte dem Fahrer, dessen Alter er beim besten Willen nicht schätzen konnte, auf Französisch, wohin er wollte. Der Mann nickte emsig und nannte ihm dreißig Dollar als Fahrpreis, was Nick ohne weitere Verhandlungen akzeptierte.

Auf dem Weg vom Flughafen zum Kinshasa Grand Hotel, das sich im Stadtteil Gombe in unmittelbarer Nähe des Kongo-Flusses befand, betrachtete Nick durch die Seitenscheibe die vorbeihuschenden Bilder der drittgrößten Stadt Afrikas, ohne die Eindrücke aus den ärmlichen zusammengezimmerten Baracken der Slums wirklich wahrzunehmen, die fast entlang der gesamten Strecke die Straße säumten.

Nun, wo er ihm so nahe war, kreisten seine Gedanken wieder um seinen Vater. Um diese Konferenz, in der sich die sogenannten Industrienationen geradezu überschlugen, um sich einen Teil vom Kuchen dieser unglaublichen Energiequelle zu sichern. Jetzt, wo sie mitbekommen hatten, welche Riesenkräfte in Farbolit steckten, wenn man wusste, wie man es behandeln musste.

Aber er dachte auch über dieses seltsame Gefühl nach, das er noch immer nicht wirklich greifen konnte, das aber jedes Mal, wenn es ihn überkam, dazu führte, dass sein Magen sich unangenehm zusammenzog.

Drei Jahre Gefangenschaft. Sie hatten ihre Spuren bei seinem Vater hinterlassen, und das nicht nur äußerlich. Dragos Männer hatten ihn gefoltert und einer massiven Gehirnwäsche unterzogen, um ihn umzudrehen. Und dann, ganz plötzlich, kam ihm der Zufall zu Hilfe und er konnte fliehen. Einfach so. Nach der langen Zeit. Zufall …

Eine Vollbremsung des Fahrers, die dazu führte, dass Nicks Oberkörper mit einem Ruck in den Gurt gepresst wurde, und der sofort eine lautstarke Schimpftirade des Fahrers folgte, die er mit erhobener Faust untermalte, beendete diese Gedanken, und Nick war nicht böse darum.

Erneut blickte er nach draußen, betrachtete die wieder schneller vorüberziehenden Symbole einer fremden, unbekannten Welt.

Etwa bei der Hälfte der Strecke überkam Nick eine solche Müdigkeit, dass er sich in den Sitz sinken ließ und die Augen schloss.

Es dauerte nicht lange, da tauchten Bilder auf von ihm und seinem Vater. Wie sie lachend mit Mountainbikes durch die Alpen fuhren, sich mit lauten Schreien in viertausend Metern Höhe aus einem Flugzeug stürzten, Nick vor dem Bauch seines Vaters festgegurtet, oder wie sie an einem abgelegenen See schweigend nebeneinandergesessen und geangelt hatten. Glückliche Momente. Unbeschwerte Momente, in denen …

Der Fahrer bremste erneut so scharf, dass Nicks Oberkörper nach vorne gedrückt wurde, doch es war kein Hindernis auf der Straße daran schuld, sondern die Tatsache, dass sie ihr Ziel erreicht hatten, wie der Fahrer so fröhlich verkündete, als könne er es selbst kaum fassen. Nick sah sich für einen Moment verwirrt um, bis er wieder vollkommen in der Realität angekommen war.

Die Vorderfront des acht- oder neunstöckigen Hotelgebäudes war völlig verglast und wirkte sehr modern. Der großzügig überdachte Ankunftsbereich vor dem Eingang war zu beiden Seiten gesäumt von mannshohen Palmen in großen weißen Blumenkübeln. Zwei Hotelangestellte in Livree sahen ihnen entgegen, machten allerdings keine Anstalten, ihre Plätze neben dem Eingang zu verlassen, als das Taxi kurz vor ihnen anhielt. Das taten dafür zwei der vier bulligen Männer in schwarzen Anzügen, die mit vor den Körpern verschränkten Händen ebenfalls vor dem Eingangsbereich postiert waren. Security, dachte Nick sofort. Und zwar von der Sorte, die nicht lange fackelte, da war er sicher, als die beiden neben dem Taxi stehen blieben und Nick mit starren Mienen dabei beobachteten, wie er den Fahrer bezahlte. Einer von ihnen hatte kurz geschorene blonde Haare, die Glatze des anderen glänzte wie frisch poliert.

Als er sich seinen Rucksack griff und die Tür zum Aussteigen öffnete, gingen die beiden einen Schritt zurück, ließen ihn aber nicht aus den Augen. Erst, als er sich vor ihnen aufrichtete und ihnen dabei nur bis zur Brust reichte, zuckten ein paar Muskeln im Gesicht des Blonden. Nachdem das Taxi hinter Nick weggefahren war, ging der Glatzkopf um ihn herum und postierte sich hinter ihm.

»Ja, bitte?«, sprach der Blonde Nick auf Englisch an.

»Ich möchte in das Hotel«, antwortete Nick und bemühte sich, seiner Stimme einen lockeren Klang zu geben.

»Aha. Bist du Gast?«

»Ja«, antwortete Nick ohne Zögern. Angriff war die beste Verteidigung.

»Wer sind deine Eltern?«

»Ich bin alleine hier.«

Die Augen des Mannes verengten sich kurz. »Alleine also. Ein Junge in deinem Alter.«

Die beiden Männer tauschten einen schnellen Blick, der Nick nichts Gutes erahnen ließ. »So, das reicht jetzt. Hier findet gerade eine Konferenz statt. Zutritt nur für Mitglieder der Delegation. Du solltest jetzt nach Hause gehen.«

Einen kurzen Moment war Nick versucht, den Namen seines Vaters zu nennen, der schließlich offiziell als Diplomat zur deutschen Delegation gehörte, doch er überlegte es sich anders. Noch sollte niemand wissen, dass er in Kinshasa war. Auch nicht sein Vater.

»Also los, Junge.« Der Glatzkopf war neben ihm aufgetaucht und deutete in die Richtung, aus der Nick gerade mit dem Taxi gekommen war. Nick sah ein, dass jede Diskussion zwecklos war.

»Du solltest tun, was er sagt«, riet Bruno. »Ich erkenne in seiner Stimme eindeutig Aggressionspotenzial.«

»Ist ja schon gut, ich gehe ja schon.« Das galt Bruno und dem Security-Mann gleichermaßen. Er wandte sich ab und trottete los. Im Grunde genommen hätte er sich denken können, dass er nicht so einfach in das Hotel spazieren konnte, in dem die Regierungsmitglieder der wichtigsten Industrienationen wohnten.

Als er sich weit genug vom Eingang entfernt hatte, dass die Security-Typen ihn nicht mehr sehen konnten, verließ er den Weg, huschte über eine gepflegte Rasenfläche und kehrte im Schutz von Bäumen und Sträuchern in einem großen Bogen wieder so weit zurück, bis er geschützt von einem großen Busch den Eingangsbereich einsehen konnte.

Dort ließ er sich ins Gras sinken und lugte durch eine Lücke in der sonst dichten Blätterwand. Ein guter Platz. Hier würde er warten und beobachten.

7

Nick saß hinter dem Gebüsch und beobachtete, wie im Minutentakt Autos vorfuhren – meist dunkle Limousinen mit getönten Scheiben –, aus denen Männer ausstiegen, die den vier Gorillas vor dem Eingang sehr ähnlich sahen. Dienstbeflissen öffneten sie die hinteren Türen und sahen sich nervös um, während gut gekleidete Frauen und Männer ausstiegen, die zu den Delegationen gehören mussten.

Nick fragte sich, ob die Gruppe aus Deutschland schon im Hotel war oder erst ankommen würde. Und ob sein Vater mit ihnen zusammen oder alleine gereist war.

Sein Vater. Wieder zog dieses beklemmende Gefühl in Nick auf, doch bevor es sich in ihm einnisten konnte, wurde er durch die nächste Limousine abgelenkt, die den Weg zum Hotel entlangkam und vor dem Eingang hielt. Während auch hier wieder ein Personenschützer vom Beifahrersitz sprang, um gleich darauf die hintere Tür zu öffnen, schoben sich die Glaselemente des Hoteleingangs geräuschlos zur Seite und jemand kam heraus, bei dessen Anblick Nick einen überraschten Laut ausstieß.

Er hatte den Mann, der nach einem kurzen Blick auf die Limousine losmarschierte, sofort an seiner blonden Strubbel-Frisur erkannt. Nick hatte ihn bei seinem ersten Besuch in der *Aspen Music Factory* in London kennengelernt. Sein Name war Ian, und er gehörte mit ziemlicher Sicherheit zu Victor Dragos Leuten.

»Was ist?«, erkundigte sich Bruno.

»Ian ist hier, von der …«

»*Music Factory* in London«, fiel Bruno ihm ins Wort.

Während Nick versuchte, sich einen Reim darauf zu machen, was Ians Anwesenheit in Kinshasa und in diesem Hotel zu bedeuten hatte, entfernte der sich immer weiter vom Hotel. Nick zögerte keine Sekunde mehr.

Geduckt verließ er sein Versteck und nutzte wie zuvor natürliche Deckungen aus, um von den Gorillas am Eingang nicht gesehen zu werden. Gleichzeitig achtete er darauf, Ian nicht aus den Augen zu verlieren. Der Engländer ging etwa zwanzig Meter schräg vor ihm. »Was zum Teufel tut der hier?«, stieß er mit gesenkter Stimme aus.

»Wenn wir davon ausgehen, dass er zu Victor Dragos Leuten gehört und der noch immer ein starkes Interesse an Farbolit hat, erscheint mir Ians Anwesenheit in dem Hotel, in dem eine Konferenz wegen ebendieses Erzes abgehalten wird, doch gar nicht so überraschend.«

»Ja, klar, aber wie kam er da rein? Er gehört doch zu keiner Delegation. Warum ist er nicht abgewiesen worden, so wie ich?«

»Weil er im Gegensatz zu dir kein Jugendlicher, sondern ein erwachsener Mann ist?«

»Haha«, flüsterte Nick humorlos.

Mittlerweile hatten sie das Hotel schon ein Stück weit hinter sich gelassen und die Rasenfläche endete an einer Mauer, sodass Nick nichts anderes übrig blieb, als die Straßenseite zu wechseln und Ian auf dem befestigten Weg zu folgen.

Zum Glück hatten sie ein belebteres Gebiet erreicht, in dem auch noch andere Fußgänger unterwegs waren. Trotzdem nutzte Nick, als es möglich war, sicherheitshalber wieder die andere Straßenseite, für den Fall, dass Ian sich plötzlich umdrehte. So konnte er leicht versetzt fast neben ihm hergehen, ohne Gefahr zu laufen, gleich von ihm bemerkt zu werden.

Als sich von hinten ein blaues Fahrzeug mit gelbem Dach näherte und neben Ian abbremste, machte Nick noch ein paar Schritte, bis er etwa auf gleicher Höhe mit dem Fahrzeug vom Schatten eines großen Werbeschildes verschluckt wurde.

Ian wandte sich dem hinteren Bereich des Taxis zu und schien ein paar Worte mit jemandem im Wagen zu wechseln, bevor er um das Heck herumging.

Er öffnete die hintere Tür so weit, dass Nick einen Blick ins Innere erhaschen konnte. Nick erstarrte.

Er sah das Gesicht des Mannes nur kurz von der Seite, aber dieser Moment genügte. Nick kannte den Mann auf der Rückbank des Taxis noch bedeutend besser als Ian. Besser als jeden anderen. Zumindest glaubte er das.

Der Mann war Ben Nader, sein Vater.

Nick stand wie benommen da und beobachtete, wie Ian einstieg und das Fahrzeug sich kurz darauf in Bewegung setzte.

»Bruno, merk dir die Nummer«, stieß er heiser aus, während er dem Wagen hinterherblickte, bis er um die nächste Ecke verschwunden war. Während er noch immer zu keiner Bewegung fähig war, überschlugen sich seine Gedanken bei dem Versuch, eine Erklärung für das zu finden, was er gerade beobachtet hatte.

Seinen Vater in Kinshasa zu sehen, war an sich ja keine Überraschung, aber zu beobachten, wie er gemeinsam mit einem von Dragos Männern in einem Taxi davonfuhr, traf Nick so unerwartet, dass er sich für einen Moment vollkommen aus der Bahn geworfen fühlte. Er ließ sich mit dem Rücken gegen einen der beiden Metallpfosten sinken, die das große Werbeschild trugen, und ließ sich daran hinabgleiten, bis er auf dem unebenen Boden saß.

Seine Ahnung, seine schlimmste Befürchtung … traf sie tatsächlich zu? Hatte es einen Grund, dass sein Vater nach so langer Zeit ausgerechnet zu diesem Zeitpunkt aus der Gefangenschaft *fliehen* konnte?

War es Drago gelungen, auch Ben Nader …?

Nein! Nick würde diesen Gedanken nicht weiterführen. Alles in ihm bäumte sich dagegen auf, das vermeintlich Offensichtliche zu akzeptieren, es auch nur ernsthaft in Erwägung zu ziehen. Das konnte, das durfte einfach nicht sein. Und doch …

Nick spürte ein Kitzeln auf seinen Wangen und wischte sich mit einer langsamen Bewegung die Tränen aus dem Gesicht.

Er fühlte sich so kraftlos wie selten zuvor. Als wäre mit einem Schlag alle Energie aus ihm hinausgeflossen. Am liebsten hätte er sich dort, wo er gerade saß, einfach auf dem Boden zusammengekauert, die Augen geschlossen und die Welt ausgesperrt.

Er wusste nicht, wie lange er am Fuße des Schildes gesessen und ins Leere gestarrt hatte, als ihn eine Stimme aus seinen Gedanken riss.

Nick sah verwirrt nach oben und blickte in das Gesicht einer jungen Frau, die ihm freundlich zulächelte. Der Mann neben ihr sah in die andere Richtung und schien sich nicht sonderlich für den Jungen zu interessieren, der da auf dem Boden hockte.

»Ist alles in Ordnung?«

»Ja, alles gut«, versicherte Nick und stand auf. »Ich war nur … müde.«

»Gehen wir«, forderte ihr Begleiter die Frau ungeduldig auf. Nach einem letzten Blick auf Nick ließ sie sich schließlich mitziehen.

Während Nick den beiden nachsah, überlegte er, was er jetzt tun sollte. Natürlich konnte er versuchen, ein Hotelzimmer zu bekommen, würde dabei aber wahrscheinlich in den meisten Häusern an seinem Alter scheitern. Er wusste nicht, wie die Menschen in dieser Stadt tickten, konnte aber nicht darauf hoffen, wieder solch ein Glück zu haben wie in London. Zudem war ihm allein schon der Gedanke, sich wieder irgendeine rührselige Geschichte ausdenken und glaubwürdig erzählen zu müssen, zuwider.

Er blickte auf seine Uhr. Zwanzig nach elf, schon fast Mitternacht. Als hätte er es die ganze Zeit über einfach nur vergessen, wurde ihm schlagartig bewusst, wie unglaublich müde er doch war. Wie auch immer – irgendwo musste er einen Platz zum Übernachten finden.

Ohne darüber nachzudenken, setzte er sich in Bewegung und folgte einfach der Straße. Auch wenn es ihm widerstrebte, er würde es im nächsten Hotel einfach versuchen.

»Kann ich dir behilflich sein?«, meldete sich Bruno.

»Ich brauche ein Bett«, antwortete Nick.

»Falls du es im nächsten Hotel versuchen möchtest, das befindet sich gleich vor dir in der Querstraße, nur zweihundertdreißig Meter entfernt.«

»Okay.«

»Nick?«

»Ja?«

»Gehe ich recht in der Annahme, dass du dir Sorgen um deinen Vater machst?«

»Sorgen? Ich weiß nicht. Ich … denke einfach über ihn nach. Und ich bin hundemüde.«

»Verstehe«, entgegnete das CBPI, und trotz aller Müdigkeit dachte Nick daran, dass Bruno ihm manchmal nicht wie eine Maschine, sondern eher wie ein guter Freund erschien.

Schon der Blick, mit dem der ältere Mann hinter der Rezeption Nick beim Betreten der Hotellobby musterte, ließ ihn ahnen, dass es schwierig werden würde. Seine Vermutung stellte sich als richtig heraus. Jugendlichen ohne Begleitung Erwachsener würde er keine Zimmer vermieten, erklärte der Mann und sah Nick dabei an, als sei er ein lästiges Insekt. Sein Blick sagte deutlich, dass eine Diskussion sinnlos war. Also verließ Nick das Hotel.

»Das war zu befürchten«, kommentierte Bruno.

»Ja«, sagte Nick nur und trottete müde die Straße entlang. »Ich werde es auch in keinem anderen Hotel mehr versuchen.«

»Und wo willst du schlafen?«

»Keine Ahnung. Irgendwas werde ich schon finden.«

»Zum Glück befinden wir uns in Gombe.«

»Zum Glück?«

»Ja. Gombe ist eine der sichereren Gemeinden Kinshasas, weil hier viele Regierungsgebäude stehen. In den meisten anderen Stadtteilen wäre es nicht ratsam, nachts alleine herumzulaufen.«

Nick hatte das Gefühl, dass die Straßen, durch die er lief, sich alle glichen. Nach etwa zwanzig Minuten erreichte er den Rand einer unbebauten, mit einigen Büschen und Bäumen bewachsenen Fläche von zwei- oder dreihundert Metern Breite und blieb stehen. Auf der gegenüberliegenden Seite glänzte das Wasser des Kongo silbern im Mondlicht.

Er sah sich um. Hier waren kaum Menschen unterwegs, alles sah ruhig und friedlich aus.

»Na also«, sagte er und setzte sich wieder in Bewegung. »Da habe ich doch mein Hotel gefunden.« Zu seiner Verwunderung entgegnete Bruno nichts.

Am Ufer entlang verlief ein schmaler Pfad, der in regelmäßigen Abständen von Holzbänken gesäumt war, auf denen jedoch um diese Zeit niemand mehr saß. Als Nick eine der breiten Sitzgelegenheiten erreicht hatte, nahm er seinen Rucksack ab und legte ihn an ein Ende der Bank. Er würde ein prächtiges Kopfkissen abgeben. Frieren würde er auch nicht, es war mindestens noch fünfundzwanzig Grad warm.

Nachdem er noch einmal ausgiebig die Umgebung betrachtet und nichts Verdächtiges entdeckt hatte, setzte er sich auf die Holzfläche, ließ sich zur Seite sinken und legte den Kopf auf den Rucksack. Zwei, drei Mal musste er die Liegeposition noch korrigieren, dann lag er halbwegs bequem mit Blick auf das Wasser.

Sofort legte sich die bleierne Müdigkeit wie eine Decke über seinen ganzen Körper und machte es ihm schwer, die Augen noch offen zu halten.

»Bruno?«, murmelte er mit schon halb geschlossenen Lidern.

»Ja?«

»Nichts, ich habe mich nur gewundert, dass du noch nichts gesagt hast.«

»Was würde es nützen? Mir ist bewusst, dass alles, was ich hinsichtlich der Gefährlichkeit sagen könnte, die es mit sich bringt, hier zu schlafen, bei dir auf taube Ohren stoßen würde.«

»Stimmt.«

»Ich passe auf.«

»Gut.«

Nick registrierte verschwommen, dass Bruno noch etwas sagte, verstand aber nicht mehr, was es war. Die Welt um ihn herum versank in dunkler Watte.

8

Er liegt an einem See auf einer Wiese und kaut auf einem Grashalm herum. Die warme Luft ist erfüllt von Vogelgezwitscher und dem dunklen Brummen unzähliger Hummeln. Neben ihm, so nah, dass ihre Arme sich berühren, liegt sein Vater und blickt ebenso wie Nick in einen Himmel, dessen strahlendes Blau nur von einigen wenigen Wolken unterbrochen wird. Eine davon hat die Form eines Elefantenkopfes mit erhobenem Rüssel. Er hebt den freien Arm und zeichnet die Konturen mit dem ausgestreckten Finger nach.

»Wo fahren wir von hier aus hin?«, fragt er seinen Vater, ohne seine Beschäftigung zu unterbrechen.

»Wohin du möchtest«, antwortet der.

»Und wann musst du wieder weg?«

»Nie wieder. Wir werden ab jetzt immer zusammen sein und uns gemeinsam die ganze Welt ansehen.«

»Wie lange?«

»Bis wir keine Lust mehr haben.«

Nick muss lachen und dreht seinem Vater das Gesicht zu. »Das kann aber sehr lange dauern.«

Auch Ben Nader lacht herzhaft. »Ja. Es ist egal. Du und Mama und ich.«

Als sei es ihr Stichwort gewesen, taucht das Gesicht seiner Mama über ihm auf. Auch sie lächelt, aber es sieht komisch aus, unscharf, als blicke er sie durch ein Kameraobjektiv an, das nicht scharf gestellt ist. »Mama? Was ist mit dir?«, fragt er, doch sie antwortet nicht, sondern lächelt weiter ihr verschwommenes Lächeln.

»Papa, was ist mit ihr?«, versucht er es erneut und sieht zu seinem Vater herüber, doch statt in dessen Gesicht blickt er in die feindseligen Augen von … Martin.

»Deine Mama ist tot!«, stößt Martin aus. »Du hast sie umgebracht, als du zur Welt gekommen bist.« Dann beginnt er, gemein zu lachen.

Nick reißt den Mund auf, möchte schreien, aber aus seiner Kehle kommt kein Ton. Stattdessen öffnet sich Martins Mund und sagt etwas, ruft etwas. Seinen Namen.

»Nick!«, und gleich noch einmal: »Nick!« Plötzlich wird sein Körper angehoben und immer schneller nach oben gezogen wie von einem straff gespannten Gummiband. Von unten ruft Martin ihm zu: »Wach auf!«

Nick riss die Augen auf und sah sich verwirrt um. Sein Atem ging stoßweise, während er versuchte, sich zu orientieren. Da war keine Blumenwiese mehr und kein blauer Himmel. Um ihn herum herrschte Nacht, die nur vom Licht des Halbmondes spärlich erhellt wurde. »Na endlich!« Brunos Stimme. »Los, beeil dich, sonst ist er weg.«

»Was? Wer?« Mit einem Ruck richtete Nick sich auf und wurde sich erst in diesem Moment bewusst, dass er mit dem Kopf nicht auf seinem Rucksack, sondern auf dem blanken Holz der Bank gelegen hatte.

»Der Dieb. Er rennt mit deinem Rucksack davon. Rechts von dir.«

Nick blickte zur Seite und sah schemenhaft eine dunkle Gestalt, die schon etwa fünfzig Meter entfernt gerade an einem Baum vorbeirannte.

Mit einem Satz war er auf und spurtete los. In dem Rucksack steckten alle wichtigen Dinge. Fast sein ganzes Geld, der Reisepass ... Wenn er es nicht schaffte, ihn zurückzuholen, war er in ernsthaften Schwierigkeiten. Der Gedanke jagte ihm eine heiße Welle durch den Körper, er legte alle Kraft in seine Beine und lief, so schnell er konnte.

Gehetzt blickte er nach vorne und sah, dass der Dieb gerade das Ende der unbebauten Fläche erreicht hatte und die Straße überquerte. Im Schein der Laternen war deutlich zu erkennen, dass er sich Nicks Rucksack über den Rücken geworfen hatte.

Nick kam ihm zwar langsam näher, doch der Kerl war noch immer viel zu weit weg. Gerade schlug er einen Haken und verschwand in einer schmalen Seitengasse.

Nick stieß einen Fluch aus. Er war wütend über sich selbst. Über die Sorglosigkeit, mit der er alle gelernten Sicherheitsregeln missachtet hatte. Wie konnte er nur so dumm sein zu vergessen, seinen Rucksack zumindest ansatzweise zu sichern? Zum Beispiel, indem er einen der Trageriemen um seine Schulter gewickelt hätte, während er mit dem Kopf darauf lag. Er hatte die Straße fast erreicht und sah sich im Laufen nach allen Seiten um, suchte hektisch nach einer Möglichkeit, die Seitengasse abzukürzen. Dabei achtete er zu wenig auf sein unmittelbares Umfeld, was sich schon im nächsten Moment schmerzhaft rächte.

Er übersah den kantigen Betonklotz, der – warum auch immer – am Rand des Bürgersteigs aus dem Boden ragte, stieß zur gleichen Zeit, in der Bruno ihm eine Warnung zurief, erst mit dem Fuß und dann mit dem Schienbein dagegen, stolperte und versuchte, sich mit rudernden Armen auf den Beinen zu halten. Noch während von seinem Schienbein aus ein glühend heißer Feuerstrahl durch sein ganzes Bein jagte, veränderte sich seine Umgebung in einer Art, die Nick schon kannte.

Obwohl es auch zuvor recht still gewesen war, schien es nun, als hätte jemand eine riesige Glocke über ihn gestülpt. Gleichzeitig verschwand der Schmerz in seinem Bein.

Er war *gesprungen*. Und das genau zum richtigen Zeitpunkt. Der Grund musste die Kombination aus Stress und Schmerz gewesen sein. Es war nicht das erste Mal, dass er in einer solchen Situation *sprang*.

Wie auch immer, das war die Chance, den Dieb einzuholen, und Nick musste sie nutzen, bevor er wieder in den normalen Zeitfluss zurückfiel.

Er spurtete wieder los und bog in die Seitengasse ein, in der kurz zuvor der Kerl mit seinem Rucksack verschwunden war. Schon nach wenigen Sekunden sah er ihn vor sich, den schmalen Körper fast unbeweglich schräg nach vorne gerichtet. Wenige Atemzüge später hatte er ihn erreicht.

Der Dieb war nicht nur sehr schmal, sondern sogar noch etwas kleiner als er selbst. Seiner dunklen Hautfarbe und der Kleidung nach schien es sich um einen einheimischen Jungen zu handeln. In Superzeitlupe bewegte sich ein Bein gerade nach vorne, während sein Körper über dem Boden schwebte. Obwohl Nick diese Situation nicht zum ersten Mal erlebte, wirkte sie doch immer wieder skurril.

Er lief um die Gestalt herum, blieb einige Meter vor ihr stehen und verschränkte die Arme vor der Brust.

Der Dieb war tatsächlich noch ein Junge, vielleicht dreizehn oder vierzehn Jahre alt. Er hatte kurze schwarze Haare. Unter einem mindestens zwei Nummern zu großen, schmutzig roten T-Shirt lugten dünne Beine heraus. Die Füße steckten in Flipflops und Nick fragte sich, wie der Junge es geschafft hatte, in diesen Dingern so schnell zu rennen.

Sein dunkelbraunes Gesicht war vor Anstrengung verzerrt, der Mund öffnete sich gerade ganz langsam, um Luft in die Lungen zu pumpen, als Nick wieder in die normale Zeit zurückfiel.

Einen Wimpernschlag später prallte der schmale Körper gegen ihn. Im Gegensatz zu Nick, der auf den Aufprall vorbereitet gewesen war, taumelte der Junge benommen zur Seite, konnte sich nicht mehr auf den Beinen halten und fiel krachend auf den Hintern.

Dann sah er Nick mit weit aufgerissenen Augen an.

»Un fantôme«, stammelte er ängstlich.

»Er hält dich für einen Geist«, kommentierte Bruno, und es klang belustigt. »Eine interessante Überlegung. Du solltest ihn in dem Glauben lassen. Zumindest, bis du deinen Rucksack wiederhast.«

Mit einer hektischen Bewegung drückte der Junge sich mit den Füßen auf dem Boden ab, sodass er rückwärts auf dem Hintern von Nick wegrutschte. Um den Rucksack, der von seinem Rücken geglitten war und neben ihm auf dem Boden lag, kümmerte er sich nicht mehr. »S'il te plaît, ne me fait rien!«

»Ich bin kein Geist«, antwortete Nick auf Französisch und bemühte sich erst gar nicht, den Ärger in seiner Stimme zu verbergen.

»Ich bin der, den du gerade dahinten beklaut hast.« Er deutete auf den Rucksack. »Das ist meiner. Gib ihn mir zurück.«

»Kein Geist?« Der Ausdruck im Gesicht des Jungen änderte sich von erschrocken zu argwöhnisch.

Nick machte zwei Schritte auf ihn zu, ging in die Hocke und griff sich seinen Rucksack, wobei er den Jungen keine Sekunde aus den Augen ließ. Der wartete, bis Nick sich wieder aufgerichtet hatte, stand dann ebenfalls auf und musterte sein Gegenüber von Kopf bis Fuß. »Wenn du kein Geist bist …« Er deutete zur Seite die Gasse entlang, von wo sie gekommen waren. »… wie hast du das dann gemacht? Du bist auf einmal aus dem Nichts aufgetaucht. So etwas tun normalerweise nur Geister.«

»Ich bin eben sehr schnell, vor allem, wenn man versucht, mich zu beklauen.«

»Schon gut, du kannst ihn haben.«

Nick hatte sich den Rucksack gerade über die Schulter geworfen und war schon im Begriff zu gehen, stockte aber inmitten der Bewegung und sah den Jungen mit hochgezogenen Brauen an. »Ach, ich darf *meinen* Rucksack haben? Wie großzügig von dir.«

»Kwesi.«

»Was?«

»Kwesi ist ein männlicher ghanaischer Vorname«, belehrte Bruno ihn sogleich. »Er bedeutet so viel wie Sonntag. Das ist wahrscheinlich der Tag, an dem er …«

»Ich heiße Kwesi«, sagte der Junge und veranlasste Bruno damit zu schweigen, wofür Nick ihm fast dankbar war. Dabei lächelte er auf eine Art, die es Nick schwer machte, weiterhin sauer auf ihn zu sein. Ein breites Grinsen legte sich auf Kwesis Gesicht. »Und wie heißt du?«

»Warum sollte ich dir meinen Namen sagen? Du hast gerade versucht, mich zu beklauen.«

»Weil du noch mal beklaut wirst, wenn du dich wieder dahin legst.« Kwesi machte einen Schritt zurück und musterte Nick von Kopf bis Fuß. »Du kannst bei mir schlafen.«

»Bei dir?« Nick stieß einen zischenden Laut aus. »Was soll das denn heißen? Hast du hier vielleicht eine Wohnung?«

»Tu bloß nicht so überheblich. Ich wohne mit meiner Mama in der Nähe. Wir haben ein … kleines Haus. Für zehn Dollar kannst du bei uns schlafen. Das ist ein guter Preis. Also, was ist? Möchtest du?«

»Seine Stimme klingt ehrlich«, bemerkte Bruno.

»Warum bietest du mir an, bei dir zu übernachten, nachdem du versucht hast, mich zu beklauen?«

Er grinste noch breiter. »Rein geschäftlich.« Dann huschte ein Schatten über Kwesis Gesicht. »Und weil du nicht versucht hast, mich zu verprügeln, obwohl du mich erwischt hast.«

»Verprügeln?«

»Ja, ein paarmal bin ich schon verprügelt worden.«

Nick schüttelte den Kopf. »Wäre das nicht ein Grund, mit dem Klauen aufzuhören?«

Erneut legte sich das sympathische Lachen auf Kwesis Gesicht. »Ich denke darüber nach. Was ist jetzt? Kommst du mit?«

Nick musste nicht lange überlegen. Alles war besser, als sich wieder auf die Bank zu legen und vielleicht wirklich wieder beklaut zu werden. Dann aber vielleicht von einem erwachsenen Mann.

»Also gut. Gehen wir.«

Kwesi nickte zufrieden, dann hielt er Nick die offene Handfläche entgegen. Der blickte ihn verwundert an.

»Was?«

»Macht zehn Dollar. Zahlung im Voraus.«

»Ich müsste verrückt sein, wenn ich jemandem, der gerade versucht hat, mich zu beklauen, Geld im Voraus geben würde.«

»Und ich müsste verrückt sein, wenn ich einen wildfremden Weißen mit zu mir nach Hause nehme.«

Nick konnte nicht anders, er musste lachen, während er überlegte, wie viel Geld er noch in der Hosentasche hatte. Das dicke Dollarbündel aus dem Rucksack zu nehmen, hielt er für keine gute Idee. »Also gut. Fünf Dollar jetzt und fünf morgen früh. Okay?«

Damit war Kwesi einverstanden, und nachdem Nick ihm das Geld gegeben hatte, marschierten sie nebeneinander los.

»Wo kommst du her?«, wollte der Junge nach ein paar Schritten wissen. »Und was tust du in Kinshasa?«

»Ich komme aus Deutschland und bin hier, weil ich meinen Vater besuchen möchte«, erklärte Nick, womit er zumindest recht nahe an der Wahrheit blieb.

»Wo ist dein Vater?«

»Eigentlich in einem Hotel hier in der Nähe, aber er scheint noch nicht da zu sein.«

»Ah. Und warum übernachtest du dann nicht in dem Hotel?«

»Weil … weil dort eine wichtige Konferenz stattfindet und man mich nicht reingelassen hat.«

»Weil du noch zu jung bist?«

»Ja.«

»Hm … Dann bekommst du auch in keinem anderen Hotel ein Zimmer.«

»Wahrscheinlich nicht.«

Kwesi schüttelte den Kopf und stieß etwas aus, das Nick nicht verstand.

»Was ist los?«, fragte er, woraufhin der Junge zu ihm herübersah.

»Ich hätte mehr Geld von dir verlangen sollen.«

9

Sie erreichten das kleine Haus, das Kwesi mit seiner Mutter und zwei kleineren Schwestern bewohnte, nachdem sie etwa eine halbe Stunde in der Nähe des Kongo-Ufers marschiert waren. Erst waren die großen Hotel- und Regierungsgebäude nach und nach immer weniger geworden und kleineren, weniger schicken Häusern gewichen, dann verschwanden auch die.

Kwesis Zuhause stellte sich als kleiner, immerhin aus massiven Wänden bestehender Bau heraus, der zwischen mehreren Reihen teils abenteuerlich aussehender Behausungen auf einer Fläche von der Größe von vielleicht zwei Fußballfeldern am Flussufer stand. Viele dieser Unterkünfte waren nicht mehr als Bretterverschläge, deren Eingänge lediglich mit Stoff verhängt waren. Ausgetretene, unbeleuchtete Sandwege trennten die Reihen der dunklen Hütten voneinander, das spärliche Mondlicht verstärkte noch den Eindruck der Trostlosigkeit. Dagegen erschien das Häuschen, vor dem Kwesi stehen blieb, fast schon komfortabel.

Nick wartete am Eingang, bis Kwesi die Lampe eingeschaltet hatte – eine nackte Glühbirne, die an einem kurzen Kabel von der Decke hing –, bevor er den Raum betrat, der gleichzeitig Küche, Wohn- und Esszimmer war.

Kwesi strahlte ihn stolz an und deutete auf den linken von zwei türlosen, schmalen Durchgängen. »Mein Zimmer ist nebenan, da schlafen auch meine Geschwister. Und heute kannst du auch …«

Eine noch recht junge Frau in einem hellblauen Gewand tauchte in dem anderen Durchgang auf. Sie sah aus, als hätte sie schon geschlafen. Sie musterte erst Nick von Kopf bis Fuß und sah dann zu Kwesi hinüber, der sofort begann, aufgeregt in einer Sprache auf sie einzureden, die Nick nicht verstand. Dabei deutete er immer wieder auf Nick.

Als er die fünf Ein-Dollar-Noten aus der Hosentasche zog, die Nick ihm gegeben hatte, und sie der Frau entgegenhielt, verfinsterte sich ihr Gesicht.

Mit einer unwirschen Bewegung nahm sie ihm das Geld aus der Hand und zischte ihm ein paar Worte zu, die Nick zwar ebenfalls nicht verstand, die aber nicht eben begeistert klangen.

Als sie sich ihm daraufhin zuwandte, befürchtete er schon, sie würde ihn auffordern, sein Geld zu nehmen und wieder zu verschwinden, doch stattdessen lächelte sie ihn freundlich an.

»Guten Morgen«, begrüßte sie ihn mit plötzlich sanfter Stimme auf Französisch. »Mein Sohn hat mir erzählt, dass er dir angeboten hat, bei uns zu übernachten, weil du keinen Schlafplatz hast.«

»Wenn es Ihnen nicht recht ist, kann ich …«

»Du bist herzlich eingeladen«, unterbrach sie ihn und hielt ihm das Geld entgegen. »Aber du musst natürlich nichts für unsere Gastfreundschaft bezahlen. Ich entschuldige mich für Kwesi, dass er so unhöflich war und Geld von dir verlangt hat.« Zur Unterstreichung warf sie ihrem Sohn einen finsteren Blick zu.

»Nein, das ist schon …«

»Keine Widerrede. Wir lassen uns Gastfreundschaft nicht bezahlen.« Erneut warf sie ihrem Sohn einen Blick zu, der dieses Mal allerdings deutlich sanfter ausfiel.

»Seit sein Vater uns verlassen hat, versucht Kwesi, Geld zu verdienen, so gut er kann. Dabei übertreibt er manchmal und vergisst seine Erziehung. Er sagte, dein Vater ist in Kinshasa und du möchtest zu ihm?«

»Wir sind getrennt hierhergeflogen. Er ist noch nicht angekommen, deshalb wusste ich nicht, wo ich schlafen soll.«

»Dann solltet ihr euch jetzt hinlegen. Die Nacht ist ja schon fast vorbei. Du kannst auch nebenan schlafen. Ich nehme Kwesis Schwester zu mir, dann hast du Platz.«

Daraufhin verschwand sie im Nachbarraum und tauchte kurz danach mit einem etwa zweijährigen Mädchen auf dem Arm wieder auf, das mit dem Kopf auf ihrer Schulter einfach weiterschlief.

Das Nachtlager bestand aus Matratzen, die nebeneinander auf dem Boden lagen und den winzigen Raum fast vollkommen ausfüllten.

Auf dem Platz direkt an der Wand ragte ein Wust aus schwarzen Haaren unter der Decke heraus. Kwesi legte sich so wie er war gleich daneben, sodass Nick genug Platz am Rand der Matratze hatte. Er zog Schuhe und Hose aus und legte sich in T-Shirt und Boxershorts auf die dünne Decke. Zudecken musste er sich nicht, es war noch immer drückend warm.

»Schlaf gut«, sagte er leise.

»Du auch«, antwortete Kwesi und fügte nach einer kurzen Pause hinzu: »Die fünf Dollar, die du mir noch schuldest, kannst du mir ja morgen geben.«

Mit einem Grinsen schloss Nick die Augen und spürte schon kurz danach, wie der Schlaf mit samtenen Händen nach ihm griff.

Als Nick aufwachte, brauchte er einen Moment, bis er sich daran erinnerte, wo er war und wie er dorthin gekommen war. Das Schlaflager neben ihm war leer. Kwesi und seine Schwester waren also schon aufgestanden. Nick fühlte sich unausgeschlafen und vollkommen verschwitzt. Er hätte sonst etwas für eine erfrischende Dusche gegeben, befürchtete aber, dass das ein Wunschtraum bleiben würde.

»Bruno, wie spät ist es?«, sagte er leise und mit noch verschlafen klingender Stimme.

»Es ist sieben Uhr dreiundvierzig«, kam die prompte Antwort.

»Dein … neuer Freund und seine Schwester haben ihren Schlafplatz vor einundfünfzig Minuten verlassen.«

Nick schob die Beine aus dem Bett, griff nach seiner Jeans und zog sie widerwillig an. Es war viel zu warm für den dicken Stoff. Er würde sich Shorts besorgen müssen.

Aber das Wichtigste war, dass er herausfand, was mit seinem Vater los war und warum er sich mit einem von Dragos Leuten getroffen hatte.

Als er die Wohnküche nebenan betrat, lächelte ihm Kwesis Mutter entgegen. »Ich hoffe, du hast gut geschlafen.«

»Ja, danke noch mal, dass ich hierbleiben durfte. Wo ist Kwesi? In der Schule?«

Sie stieß ein bitteres Lächeln aus. »Der muss zusehen, dass er irgendwo einen Job für heute findet. Vielleicht hat er Glück.«

Nick wunderte sich. »Aber … *muss* er denn nicht zur Schule, so wie bei uns?«

»Eigentlich schon, aber die Wahrheit sieht anders aus. Er war eine Weile dort, aber als sein Vater sich davongemacht hat, konnten wir das Schulgeld nicht mehr bezahlen und er durfte nicht mehr kommen.«

Sie deutete in eine Ecke des Raumes, wo mehrere Kissen auf dem Boden lagen. »Aber jetzt setz dich, ich habe Frühstück für dich.«

Am liebsten hätte Nick sich sofort auf den Weg zurück zum Hotel gemacht, aber er hatte zum letzten Mal im Flugzeug etwas gegessen und spürte, wie sein Magen knurrte. Auf ein paar Minuten würde es nun auch nicht mehr ankommen.

Während er sich auf eines der Kissen setzte, dachte er daran, wie Kwesis Zukunft wohl aussehen würde. Nick war nie ein begeisterter Schüler gewesen, aber gar nicht zur Schule gehen zu *dürfen* …

Er beobachtete Kwesis Mutter dabei, wie sie mit einem großen Holzlöffel etwas aus einem verbeulten Topf in eine Holzschale füllte, das sich gummiartig zog, so, als wehre es sich dagegen, vom restlichen Inhalt getrennt zu werden.

Anschließend reichte sie ihm die Schüssel und nickte ihm dabei zu. »Hier, das ist *Fufu*.«

Zögernd nahm Nick die Schale aus ihrer Hand und betrachtete die helle Masse darin.

»Fufu ist ein fester Brei, der aus Maniok-Mehl hergestellt wird«, begann Bruno sofort zu erklären. »Dazu werden Süßkartoffeln, Bananen oder anderes Obst oder Gemüse gegessen. Da das Fufu hier als Frühstück gereicht wird, ist anzunehmen, dass Obst enthalten ist.«

»Lass es dir schmecken«, sagte Kwesis Mutter lachend, als sie seinen skeptischen Blick bemerkte. »Es ist lecker und gesund.«

Damit verließ sie den Raum und ging nach draußen.

Nick verzichtete darauf, bei Bruno nachzufragen, was Maniok ist, dachte allerdings über etwas anderes nach.

»Hast du auch eine schlaue Idee, wo ich einen Löffel herbekommen kann?« Er sprach so leise, dass die Frau vor der Hütte ihn nicht hören würde.

»Hier isst man für gewöhnlich alles mit den Händen, selbst Suppe. Genauer gesagt, mit der rechten Hand. Die linke Hand ist für schmutzigere Geschäfte vorgesehen und sollte deswegen beim Essen nie zum Einsatz kommen. Am besten formst du kleine Bällchen. Ich wünsche guten Appetit.«

Nick betrachtete den Inhalt der Schüssel und überlegte, ob er vielleicht einfach auf ein Frühstück verzichten sollte, aber der Hunger war zu groß. Also tauchte er vorsichtig zwei Finger in die klebrige Masse und zog ein Stück davon heraus. Er hielt es unter die Nase, konnte aber nicht einordnen, wonach es roch.

Wie von Bruno vorgeschlagen, rollte er die Masse zwischen den Fingern und steckte den Klumpen widerwillig in den Mund. Zu seinem Erstaunen schmeckte es nach Bananen. Und es war scharf.

Diese Kombination war für Nicks Geschmacksnerven zwar ungewöhnlich, aber nicht schlecht.

Als er fertig war, stellte er die Holzschüssel auf einem überfüllten Tischchen ab und ging nach draußen.

Kwesis Mutter saß zusammen mit einer älteren Frau neben der Hütte an einem kleinen, schiefen Holztisch und bog Drahtstücke zurecht, während die andere Frau bunte Federn daran befestigte.

Die beiden kleinen Mädchen saßen daneben auf dem Boden und spielten mit Holzstückchen.

»Hat es dir geschmeckt?«, fragte sie lächelnd.

»Ja«, versicherte Nick, auch wenn ihm das Zeug gerade wie ein Stein im Magen lag.

Kwesis Mutter zog etwas aus einer Pappkiste, die neben ihr auf dem Boden stand, und erhob sich. »Hier, ein Geschenk für dich.«

Nick betrachtete den Gegenstand, den sie ihm entgegenhielt. Er kannte diese Mobile-ähnlichen, mit Federn und bunten Perlen besetzten Gebilde. Es war ein Traumfänger.

»Damit du keine bösen Träume mehr hast.«

»Oh, danke!« Nick nahm das Geschenk an sich. »Böse Träume habe ich zum Glück selten.«

Kwesis Mutter wiegte den Kopf. »Heute Morgen hattest du bestimmt einen. Du hast im Schlaf nach deinem Vater gerufen und dabei geklungen, als hättest du große Angst.«

»Echt?« Nick war ehrlich verwundert. »Davon weiß ich gar nichts.«

»Es stimmt, was sie sagt«, bestätigte Bruno. »Du hast sehr unruhig geschlafen und immer wieder nach deinem Vater gerufen.«

Sie lächelte nachsichtig. »Häng den Traumfänger über deinen Schlafplatz.«

»Das tue ich, danke. Jetzt muss ich aber los.«

Sie nickte ihm mit ernster Miene zu. »Pass auf dich auf. Kinshasa kann gefährlich sein für einen fremden weißen Jungen.«

Er dachte an die vergangene Nacht am Ufer des Kongo und an Kwesi und bedauerte es, sich von dem Jungen nicht mehr verabschieden zu können. Obwohl er versucht hatte, ihn zu bestehlen, mochte er ihn.

»Das tue ich. Ach, da ist noch etwas.« Nick zog die fünf Dollar aus seiner Tasche und legte sie auf den Tisch. »Bitte geben Sie das Kwesi.«

Bevor die Frau reagieren konnte, hatte Nick sich schon abgewandt und marschierte davon.

Nach etwa zehn Minuten hatte er eine der viel befahrenen Straßen erreicht und folgte ihr in die Richtung, in der seiner Meinung nach das Hotel liegen musste. Er hoffte, dass er sich nicht irrte.

Seine Gedanken drehten sich wieder um seinen Vater. Man würde Nick auch an diesem Morgen nicht in das Hotel hineinlassen. Sich wieder davor zu verstecken und darauf zu hoffen, dass sein Vater irgendwo auftauchte, brachte auch nichts, also blieb ihm nur eine Möglichkeit: Er musste ihn direkt kontaktieren und ihn mit der Tatsache konfrontieren, dass er ihn mit Ian zusammen gesehen hatte. An seiner Reaktion würde Nick schon merken, ob er ihm die Wahrheit sagte oder nicht.

Er verlangsamte seine Schritte und blieb schließlich stehen. Was hatte er sich da gerade überlegt? Nick war schockiert von seinen eigenen Gedanken. Nie hätte er es für möglich gehalten, dass er einmal darüber nachdenken würde, ob sein Vater ihm die Wahrheit sagen würde.

Es war immer die selbstverständlichste Sache der Welt gewesen, dass er ihm bedingungslos vertrauen konnte. Die Erkenntnis, dass in den vergangenen drei Jahren vielleicht etwas mit seinem Vater geschehen war, dass das geändert hatte, ließ den Kloß in seinem Magen noch schwerer erscheinen. Aber es nutzte nichts, er musste etwas unternehmen, wenn er Gewissheit haben wollte.

»Bruno, kannst du meinen Vater im Hotel erreichen?«

»Einen Moment, ich versuche, mich in das Netz des Hotelservers einzuklinken, um eine Telefonnummer zu finden.«

Es dauerte wirklich nur einen kurzen Moment, dann sagte Bruno: »Ich habe die Nummer des Bereichs, in dem die deutsche Delegation untergebracht ist.« Gleich darauf ertönte der typische elektronische Ton eines Telefonanrufs.

»Ist ja abgefahren«, entfuhr es Nick.

»Ja, bitte?« Eine männliche Stimme, nicht eben freundlich.

»Könnte ich bitte Ben Nader sprechen?«

»Wer sind Sie? Und woher haben Sie diese Nummer?« Der Mann schien zum Sicherheitspersonal zu gehören.

»Mein Name ist ... Dominik Nader. Ben Nader ist mein Vater. Kann ich ihn bitte sprechen? Es ist dringend.«

»Ben Nader? Bleib mal dran.«

Es dauerte etwa eine halbe Minute, als die vertraute Stimme sagte: »Nick? Bist du das?«

Nicks Herz machte einen Sprung. Trotz aller Merkwürdigkeiten tat es gut, die Stimme seines Vaters zu hören.

»Ja, ich bin in Kinshasa, in der Nähe des Hotels.«

»Was?«, platzte es aus seinem Vater hinaus, doch schon im nächsten Moment senkte er wieder seine Stimme. »Was zum Teufel tust du hier?«

»Du bist einfach verschwunden und hast dich nicht von mir verabschiedet.«

»Nick, du weißt doch mittlerweile selbst, dass es Situationen gibt …«

»… in denen man einfach so wieder verschwindet, obwohl man sich über drei Jahre nicht gesehen hat?«

»Das werde ich dir alles erklären, aber erst erklärst du mir, was du in Kinshasa zu suchen hast. Und wie du überhaupt hierhergekommen bist.«

»Ich habe mir einen Flug gebucht und bin hergeflogen. Kann ich dich sehen?«

»Und davon weiß man in der Schule wahrscheinlich nichts, habe ich recht?«

»Hast du.«

»Das war eine verdammt schlechte Idee. Ich habe von dir eigentlich erwartet, dass du bei deinem Ausbildungsstand professioneller mit einer solchen Situation umgehst. Offenbar ist es dir nicht bewusst, aber es kann sein, dass du hier in großer Gefahr bist. Ich kann mich unmöglich auch noch um deine Sicherheit kümmern.«

»Das kann ich selbst«, entgegnete Nick trotzig.

Sein Vater schien einen Moment nachzudenken, bis er schließlich murmelte: »Das ist nicht gut. Gar nicht gut.« Es klang, als hätte er mit sich selbst geredet.

»Okay, pass auf. Etwa einen Kilometer vom Hotel entfernt, in nordöstlicher Richtung, gibt es einen Basar. Gleich am Eingang ist ein großer Gewürzhändler, du kannst ihn nicht verfehlen. Dort treffen wir uns. In einer Viertelstunde. Hast du was zum Schreiben?«

»Das brauche ich nicht, ich rufe dich über Bruno an, er speichert die Adresse.«

»Du rufst über … egal.« Er nannte Nick die Adresse und beendete das Gespräch mit einem »Bis gleich«.

10

Der Basar fand in einer riesigen Halle statt. Vor dem breiten Eingang standen Menschen in Gruppen zusammen und unterhielten sich so aufgeregt, als stritten sie miteinander. Andere verließen mit Tüten beladen den Markt oder drängten sich hinein. Alles wirkte hektisch und laut.

Nick sah sich nach allen Seiten um, bevor er die Halle betrat, und fragte sich selbst, wonach er Ausschau hielt. Nach Dragos Männern vielleicht, die auf ihn warteten, um ihn zu überwältigen? Aber woher hätten die wissen sollen, dass Nick an diesen Ort kam? Irgendjemand hätte ihnen das gesagt haben müssen. Nick schüttelte den Kopf, als könne diese Geste die Gedanken vertreiben.

Sein Vater stand schon bei dem Händler, den er Nick beschrieben hatte, vor einem breiten Tisch, auf dem wohl an die hundert Schüsseln mit den verschiedensten Gewürzen aufgebaut waren. Der Duft, der Nick schon einlullte, als er noch einige Meter entfernt war, war intensiv und fremdartig, aber nicht unangenehm.

Als sein Vater ihn entdeckte, kam er ihm sofort entgegen, wobei Nick die beiden Männer in seinem Schlepptau bemerkte. In ihren leichten Leinenhosen und hellen Hemden, die locker über die Gürtel fielen, sahen sie aus wie ganz normale Touristen, aber Nick erkannte sofort an der Art, wie sie sich bewegten und mit den Blicken die Umgebung scannten, dass es sich um Agenten handeln musste. Zudem beulte sich bei einem von ihnen das Hemd seitlich in Gürtelhöhe verdächtig aus. Nick war sicher, dass der Mann eine Waffe trug. Aber … waren die beiden wirklich Agenten? Oder gehörten sie zu Dragos Organisation?

Nick hielt sich die Hand vor den Mund und flüsterte: »Bruno, kannst du herausfinden, ob die beiden Männer bei meinem Vater BND-Agenten sind?«

»Sie tragen Waffen, haben aber keine CBPIs. Die bekommen aber auch nur die Spezialagenten der Sonderabteilung. Das heißt also nicht, dass sie nicht zum BND gehören.«

Es hieß aber auch nicht, dass sie nicht zu Dragos Leuten gehören konnten. Nicks Herzschlag beschleunigte sich. Würde sich in der nächsten Minute schon zeigen, was mit seinem Vater los war?

»Nick!« Ben Nader blieb vor ihm stehen und schloss ihn in die Arme. Die beiden Männer standen links und rechts von ihnen. Als er ihn wieder ein Stück zurückdrückte, war Ben Naders Blick streng geworden, doch bevor er etwas sagen konnte, kam Nick ihm zuvor. »Ich muss mit dir reden.«

»Ich habe auch mit dir zu reden«, entgegnete sein Vater harsch. »Wie kommst du …?«

»Nein!«, unterbrach Nick ihn bestimmt und erschrak ein wenig über sich selbst. »Ich zuerst. Es ist wichtig.«

Sein Vater zog die Brauen hoch, verstummte aber tatsächlich. So hatte Nick noch nie mit ihm geredet. Er schien zu spüren, dass es ihm sehr wichtig war.

Nick atmete tief durch. »Ich habe dich gestern Abend gesehen.«

»Das heißt, du warst gestern schon hier? Das wird ja immer toller. Wo hast du übernachtet?«

»Darum geht es jetzt nicht«, wiegelte Nick ab. »Ich habe gesehen, wie jemand aus Dragos Organisation zu dir in ein Taxi gestiegen ist.«

Die Augen seines Vaters verengten sich für einen kurzen Moment zu Schlitzen.

»Ihr seid zusammen weggefahren. Was hast du mit diesen Leuten zu tun, nachdem du angeblich geflohen bist?«

Nick hatte die Worte kaum ausgesprochen, da taten sie ihm schon leid. Das Gesicht seines Vaters veränderte sich auf eine Weise, wie er es noch nie gesehen hatte. Der Ausdruck darin wechselte innerhalb von zwei Sekunden von streng zu überrascht.

»Was hast du da gesagt?«, fragte er ungläubig. »Nachdem ich *angeblich* geflohen bin? Was möchtest du damit sagen?«

Nick verfluchte sein loses Mundwerk. Wie konnte er einfach so etwas aussprechen, das er sich vorher nicht einmal zu Ende zu denken gewagt hatte? Aber nun gab es kein Zurück mehr.

»Was würdest du denn an meiner Stelle denken? Du kannst nach drei Jahren, in denen man dich gefoltert und scharf bewacht hat, plötzlich einfach so aus deinem Gefängnis fliehen, tauchst in der Schule auf und verschwindest gleich darauf wieder, ohne mir ein Wort zu sagen. Hierher, wo eine Konferenz stattfindet, in der es um genau das Zeug geht, hinter dem Drago her ist. Ich reise dir nach und sehe hier, wie du dich mit einem Mann triffst, der zu denen gehört, die dich gefangen gehalten hatten. Und so, wie es aussah, habt ihr euch super verstanden. Sag mir, was du an meiner Stelle denken würdest.«

Traurigkeit legte sich wie ein Schatten auf Ben Naders Gesicht, während Nicks Herz gegen seine Brust hämmerte.

»Ich sage es dir. Ganz egal, wonach es aussieht, ich würde *wissen*, dass mein Vater mich niemals belügen würde und dass es einen triftigen Grund dafür geben muss, wenn er mir etwas nicht erzählt. Ich würde darauf vertrauen, dass mein Vater niemals etwas tun würde, das seinem Land oder – und das ist das Allerwichtigste – seinem Sohn in irgendeiner Weise schaden würde. Das würde ich an deiner Stelle denken.«

Nick fühlte sich mit einem Mal, als hätte er einen Schlag in den Magen bekommen. Er hatte seinem Vater gerade eine Ungeheuerlichkeit an den Kopf geworfen und damit vielleicht etwas zerstört, was nur sehr schwer oder gar nicht wieder zu reparieren sein würde. »Ich …«, begann er, ohne zu wissen, was er eigentlich sagen wollte.

»Nein«, enthob sein Vater ihn von weiteren Überlegungen, wie er den angefangenen Satz weiterführen sollte.

»Über all das können wir später reden. Jetzt werden dich meine beiden Begleiter auf direktem Weg zum Flughafen bringen und bei dir bleiben, bis du in der nächsten Maschine nach Berlin sitzt. Ich werde Direktor Faber anrufen und ihn bitten, jemanden zu schicken, der dich dort am Flughafen abholt und in die Schule bringt. Sobald ich hier fertig bin, komme ich zurück, und dann werden wir einiges zu besprechen haben.«

Nick fühlte sich so kraftlos, dass er gar nicht daran dachte, dagegen zu protestieren. Zu sehr lastete diese Situation auf ihm, die er selbst unnötigerweise provoziert hatte.

Nun legte sein Vater ihm die Hände auf die Oberarme und sah ihm tief in die Augen. »Die letzten drei Jahre haben mich vielleicht verändert, aber es ist kein einziger Tag vergangen, an dem ich nicht an dich gedacht hätte, und keine Folter oder Gehirnwäsche dieser Welt könnten mich dazu bringen, dich zu belügen. Ich wünschte, du wüsstest das.«

In diesem Moment, beim Blick in die Augen seines Vaters, wusste Nick, dass er einen riesigen Fehler gemacht hatte, als er auch nur im Ansatz an diesem Mann gezweifelt hatte.

Noch bevor er sich so weit gesammelt hatte, dass er in der Lage gewesen wäre, sich zu entschuldigen, nickte sein Vater den beiden Männern zu, wandte sich ab und ging los. Nick sah ihm mit hängenden Schultern nach und hätte heulen können vor Verzweiflung.

»Na, komm, Jungchen«, sagte einer der beiden, ein schlanker, sehniger Typ mit schwarzen, zurückgegelten Haaren, und legte ihm die Hand auf die Schulter. »Gehen wir.«

Mit einem Mal brandete unkontrollierbare Wut in Nick auf. Reflexartig packte er in einer schnellen Bewegung mit der einen Hand die Finger des vollkommen überraschten Agenten und mit der anderen sein Gelenk und verdrehte ihm die Hand so weit, dass er das Gesicht schmerzhaft verzog, und dann noch ein Stückchen weiter.

»Ich bin kein Jungchen«, zischte er ihm zu, bevor er ihn wieder losließ.

Während der Überrumpelte sich noch das schmerzende Handgelenk rieb, betrachtete er Nick, als sei er ein Außerirdischer.

»Naders Sohn«, bemerkte sein ebenfalls schwarzhaariger, aber um einiges stämmigerer Partner grinsend. »Was hast du erwartet?« Und an Nick gewandt: »Also los, gehen wir zum Auto. Und Nick … versuch nicht, abzuhauen. Nur weil du meinen unvorsichtigen Kollegen überraschen konntest, heißt das nicht, dass du den Hauch einer Chance hast, uns zu entkommen.«

»Sicher?«, fragte Nick provokant und wandte sich ab zum Zeichen, dass er keine Lust auf weitere Gespräche hatte.

Die beiden Agenten nahmen ihn in die Mitte und dirigierten ihn durch eine schmale Gasse zu ihrem geparkten Wagen, einer verbeulten Karre, die sicher schon etliche Jahre auf der Karosserie hatte.

»Das war gerade nicht sehr klug von dir«, kommentierte Bruno Nicks Aktion. »Sich als Teenager mit einem voll ausgebildeten Agenten anzulegen, kann böse enden.«

Nick verzichtete auf eine Antwort, weil er nicht wusste, ob seine Bewacher überhaupt darüber informiert waren, dass er ein CBPI hatte. Nach einer Weile fügte Bruno hinzu: »Aber cool war es schon.«

Der Sehnige, den Nick überrumpelt hatte, öffnete die hintere Tür des Wagens und warf ihm einen feindseligen Blick zu, während er ins Innere deutete. Ohne Widerstand zog Nick seinen Rucksack vom Rücken, stieg ein und ließ sich gegen die ausgeleierte Rückenlehne fallen. Sekunden später setzte der Kräftigere sich von der anderen Seite wortlos neben ihn, dann fuhr der Sehnige los.

Nick blickte durch das Seitenfenster nach draußen, betrachtete die primitiven Behausungen, die an ihm vorbeizogen. Sie bestanden aus Holz, Blech, Plastikplanen und offenbar allen Materialien, die man gefunden hatte. Hier sah es fürchterlich aus, weitaus schlimmer noch als in der Gegend, in der die Hütte von Kwesis Familie stand. Überall türmte sich Müll, alles sah elend und schmutzig aus.

Im Grunde genommen konnte er froh sein, wieder zurück nach Deutschland und in die Schule zu kommen. Ja, sein Vater tat ihm sogar einen Gefallen damit, dass er ihn von hier wegschickte. Wie hatte er auch nur auf den dämlichen Gedanken kommen können, hier irgendetwas auszurichten? Er hatte es ja noch nicht einmal in die Eingangshalle des Hotels geschafft. Ein toller Agentenschüler war er.

»Du gehst noch zur Schule, stimmt's?«, versuchte sein Sitznachbar ein Gespräch in Gang zu bringen.

»Ist geheim«, antwortete Nick einsilbig, woraufhin der Mann ein zischendes Geräusch ausstieß. »Kleiner Witzbold, was?«

Statt darauf zu antworten, lehnte Nick den Kopf zurück und schloss die Augen zum Zeichen, dass die kurze Unterhaltung beendet war.

Er fühlte sich so schlecht wie selten zuvor in seinem Leben. Wie hatte er nur so mit seinem Vater reden, wie hatte er an ihm zweifeln können? Nur Ben Nader selbst und Drago wussten, was er in den letzten Jahren alles durchgemacht hatte. Dass er Nick keine Einzelheiten davon erzählten wollte, hatte mit Sicherheit nur einen einzigen Grund: Er wollte sie ihm ersparen.

Und was tat er, sein Sohn? Unterstellte ihm, ihn zu belügen und ein Doppelagent zu sein.

In ein paar Stunden würde er in einem Flugzeug nach Deutschland sitzen und wer weiß wie lange keine Möglichkeit mehr haben, sich bei seinem Vater zu entschuldigen und ihm zu erklären, wie das alles zustande gekommen war. Bis dahin würde diese Dummheit wie eine Mauer zwischen ihnen stehen und …

Nick riss die Augen auf. Was, wenn seinem Vater in Kinshasa etwas passierte? Wenn er nicht von diesem Einsatz zurückkam? Dann würde das Letzte, was er von seinem Sohn gehört hatte, eine infame Unterstellung sein.

Das durfte nicht passieren. Auf keinen Fall.

Nick warf einen Blick zur Seite. Sein Bewacher saß mit vor der Brust verschränkten Armen und grimmiger Miene da und starrte nach vorne. Es schien, als sei er mit den Gedanken weit weg.

Als der Sehnige den Wagen zum wiederholten Mal abbremsen musste, weil Menschen über die Straße gingen, brachte Nick seine rechte Hand am Türgriff in Stellung, umfasste mit der linken langsam den Trageriemen seines Rucksacks und spannte die Muskeln an. Kurz bevor die Gruppe die andere Seite erreicht hatte, blieb das Fahrzeug nur für einen Moment stehen, doch der genügte Nick schon, um die Tür mit einem Ruck aufzustoßen, sich samt Rucksack nach draußen zu schwingen und, ohne sich noch einmal umzublicken, loszurennen.

Auch hier reichten die schäbigen Behausungen bis an den Straßenrand. Nick schlüpfte zwischen zwei der Bretterbuden hindurch, duckte sich unter aufgehängten Wäschestücken weg und lief, so schnell es der schmale, ausgedorrte Sandweg zuließ, an weiteren Behausungen vorbei, während er sich im vollen Lauf seinen Rucksack auf den Rücken schwang.

Augenpaare folgten ihm, Köpfe flogen zu ihm herum, ein kleines Kind schrie gellend auf, als er knapp an ihm vorbeihastete.

Nick ignorierte all das, konzentrierte sich nur darauf, den Abstand zwischen sich und seinen Verfolgern so schnell wie möglich größer werden zu lassen, denn dass sie ihn verfolgten, daran zweifelte er keine Sekunde.

»Was hast du denn jetzt schon wieder vor?« Bruno.

»Ich muss zurück zu meinem Vater«, stieß Nick keuchend im Lauf aus. »Check mal die Umgebung hinter mir. Kannst du die Agenten irgendwo finden?«

»Meine Scanner reichen nicht sehr weit, innerhalb dieses Bereichs sind sie aber nicht.«

Nicht zum ersten Mal wünschte Nick sich sehnlichst, seine Gabe, das *Springen*, besser kontrollieren und bewusst einsetzen zu können.

Als er seinen Lauf scharf abbremsen musste, weil der Weg an einem wackelig aussehenden Holzzaun endete, nutzte er den Moment und sah sich schnell um, doch außer ein paar Einheimischen, die ihm misstrauische Blicke zuwarfen, war da niemand.

Nick wandte sich nach links, lief ein Stück am Zaun entlang und gelangte an dessen Ende schließlich auf eine freie, hier und da mit Grasbüscheln bewachsene Sandfläche, die wie der Bolzplatz aus seiner Kinderzeit aussah. Nur dass dieser Platz hier mit Müll und Unrat übersät war.

Er lief am Rand des Platzes weiter, sah sich dabei immer wieder nach allen Seiten um und bog dann in einen weiteren Sandweg ein, der wieder von Hütten gesäumt wurde. Obwohl Nick dies kaum für möglich gehalten hatte, schienen sie noch einfacher zu sein als die in Straßennähe. Doch dafür hatte er ebensowenig einen Blick wie für die Menschen, die ihn mit unverhohlener Neugier anstarrten. Seine Gedanken drehten sich nur darum, seinen Verfolgern zu entkommen und zurück zu seinem Vater zu gelangen. Er musste sich bei ihm entschuldigen, bevor er zurück nach Deutschland flog.

Als Bruno plötzlich »Achtung!« rief, war es für Nick schon zu spät zum Abbremsen. In vollem Lauf rannte er gegen den Sehnigen, der unmittelbar vor ihm aus einem schmalen Seitenweg gesprungen war.

11

Die Arme des Kerls schlossen sich wie Stahlklammern um Nicks Oberarme und Rücken. Nick war von der Kraft des schlanken Mannes überrascht, doch schon im nächsten Moment änderte sich die Situation vollkommen.

»So, *Jungchen*«, hörte Nick den Agenten noch sagen, dann wurde es schlagartig still um ihn herum. Auch der Agent gab keinen Laut mehr von sich und schien plötzlich erstarrt zu sein. Nick hatte das mittlerweile oft genug erlebt, um sofort zu wissen, was geschehen war.

Er war *gesprungen*.

Mühelos tauchte Nick unter den ringförmig ausgebreiteten Armen des Agenten weg und richtete sich vor ihm wieder auf. Nun sah es aus, als führe er einen seltsamen Tanz mit einer unsichtbaren Partnerin auf, zu dem diese fast komisch wirkende Stellung gehörte, in der er verharrte.

Ohne Zögern ging Nick um den Mann herum, brachte sich hinter ihm in Stellung und trat ihm mit Schwung mit der Fußsohle gegen den Hintern, der sich fest wie Stein anfühlte. Der Effekt würde für ihn selbst erst in einigen Sekunden sichtbar, für den Sehnigen nach seinem Zeitempfinden aber sofort spürbar sein und ihn nach vorne stolpern lassen.

»Das war für das *Jungchen*«, murmelte Nick, wandte sich ab und rannte wieder los. Er wusste vorher nie, wie lange der

Zeitvorteil für ihn anhielt, aber es konnte nicht schaden, jede Sekunde davon auszunutzen.

Er war schon wieder mindestens eine Minute an den Hütten des Slums entlanggelaufen, als er wieder in den normalen Zeitfluss zurückfiel.

»Ich habe es noch immer nicht geschafft, dieses Phänomen zu begreifen«, begann Bruno sofort zu plappern. »Ich merke, dass sich deine Bewegungen um ein Vielfaches beschleunigen und dein Puls plötzlich wie eine Nähmaschine rattert, aber wie genau das möglich ist, kann ich mit meinen Programmen nicht analysieren. Offenbar wusste mein Programmierer nichts darüber. Außerdem scheint es so, als ob du deine Verfolger endgültig abgehängt hast.«

Nick verlangsamte seinen Lauf, bis er schließlich in normalem Tempo ging. Sein Atem ging stoßweise.

»Ich finde es beruhigend, dass es Dinge gibt … von denen du selbst zugeben musst, dass du sie nicht beherrschst … Es freut mich sogar. Bescheidenheit … gehört sonst ja nicht gerade zu den Eigenschaften, die deine Emotions-Chips dir verleihen.«

»Pah!«

»Sicher, dass ich die beiden abgehängt habe?«

»Ja.«

»Ich dachte, deine Sensoren reichen nicht so weit, um sicher zu sein!«

»Das hat nichts mit meinen Sensoren, sondern ausschließlich mit Logik zu tun. Du hast eine Strecke von rund einem halben Kilometer zurückgelegt, bevor dieser Agent auch nur ansatzweise kapiert hat, dass du verschwunden bist. Er weiß weder, wohin du gelaufen bist, noch, wie groß dein Vorsprung ist. Ich schätze, er weiß überhaupt nicht, was da gerade geschehen ist.«

»Das leuchtet mir ein«, entgegnete Nick. »Wie weit ist es zurück zu dem Hotel, in dem die Konferenz stattfindet?«

»Drei Kilometer und sechshundertzwanzig Meter, wenn du den Weg nimmst, den ich dir vorschlage. Und ich würde dir raten loszugehen.«

Nick bemerkte, dass sich immer mehr der Bewohner in seiner Nähe versammelten, ihn anstarrten und offensichtlich über ihn redeten. Er konnte die Blicke nicht einschätzen, mit denen sie ihn ungeniert musterten, aber sehr freundlich wirkten sie nicht auf ihn.

»Okay. Wo muss ich lang?«

»Jedenfalls nicht über die normalen Straßen. Auch wenn die Wahrscheinlichkeit nach meinen Berechnungen mit 0,0074 Prozent recht gering ist, kann es trotzdem sein, dass die beiden …«

»Bruno!«

»In sechsunddreißig Metern rechts.«

Zwanzig Minuten später – Nick hatte etwa die Hälfte der Strecke zum Hotel zurückgelegt und lief gerade einen Pfad zwischen hohen Büschen entlang – hörte er plötzlich Carols Stimme.

»Nick, kannst du mich hören?«

Vor Überraschung blieb er stehen. »Carol? Ja, ich höre dich. Du kannst von der Schule aus mit mir über Bruno reden?«

»Könnte ich.«

Ein eigenartiges Gefühl machte sich in Nick breit. Eine Ahnung. »Was heißt *könnte ich*?«

»Wenn ich in der Schule wäre.«

Die Ahnung wurde stärker. »Also wo bist du?«

»Ich bin im Kinshasa Grand Hotel.«

»Was?«, stieß Nick so laut aus, dass er sich gleich darauf umsah, aber es war zum Glück niemand in der Nähe.

»Aber wie … Wenn du in der Schule wärst? Carol … wie bist du hierhergekommen?«

»Mit dem Flugzeug?«

»Carol! Du weißt, was ich meine. Und wie hast du es in das Hotel geschafft? Mich hat man bei dem Versuch weggejagt wie einen Bettler.«

»Na ja, wenn ich es schaffe, *dich* aus der Schule rauszubringen, dann sollte das mir selbst auch gelingen. Einen Flug zu buchen, war simpel, und die Eintrittskarte für das Hotel habe ich von meinem Vater. Er hat ein bisschen herumtelefoniert und mich als angebliche Praktikantin im Management einer Folkloregruppe untergebracht, die in dem Hotel für die Unterhaltung der hohen Gäste engagiert ist. Er kennt die Managerin gut.«

»Das ist ja irre. Kannst du mich da auch irgendwie reinbringen?«

»Das glaube ich kaum. Die Sicherheitsvorkehrungen sind extrem streng. Ich bin vollkommen auf den Kopf gestellt worden, als ich hier ankam. Aber jetzt sag mal – wo treibst du dich denn herum? Ich habe Brunos Geo-System abgefragt. Du bist gerade durch ein Gebiet gelaufen, das man als weißer Teenager vielleicht besser meiden sollte.«

»Du hast Brunos … ach, was wundere ich mich überhaupt noch! Wie ich hierhergekommen bin, erzähle ich dir später. Können wir uns sehen?«

»Ich denke schon. Kannst du in die Nähe des Hotels kommen?«

»Ja. Bruno? Wie lange brauche ich noch?«

»Wenn du im gleichen Tempo weitergehst wie bisher und nichts Unvorhergesehenes geschieht, vierundzwanzig Minuten. Vorausgesetzt, du gehst jetzt los.«

»Dann bis gleich«, sagte Carol, die offensichtlich auch die Unterhaltung mit Bruno mitgehört hatte, dann trennte sie die Verbindung.

Nick schüttelte den Kopf. Manchmal war Carol ihm ein wenig unheimlich. Andererseits musste er sich eingestehen, froh zu sein, sie in Kinshasa und vor allem in dem Hotel zu wissen. Durch Carol würde er erfahren, was im Inneren vor sich ging. Und was sein Vater dort drin tat.

Es dauerte nur knappe zwanzig Minuten, bis er auf etwa zweihundert Meter an das Hotel herangekommen war. Mittlerweile war es Mittag und die Sonne brannte gnadenlos von einem Himmel, dessen Blau wie mit einem milchigen Film überzogen zu sein schien.

Nick nahm den Rucksack ab, setzte sich im Schatten eines Baumes auf den Boden und lehnte sich mit dem Rücken gegen den Stamm. Dann gab er über Bruno Carol Bescheid, dass er angekommen war.

Wenige Minuten später ließ sie sich neben ihm auf den Boden sinken und umarmte ihn. »Schön, dich zu sehen.«

»Ja«, erwiderte Nick. »Ich freue mich auch, dich zu sehen. Auch, wenn wir abgemacht hatten, dass du in der Schule bleibst.«

»Ja, aber ich habe über Bruno deine Bewegungen verfolgt und mitbekommen, dass du gestern nach einer Weile in der

Nähe des Hotels wieder gegangen bist. Da war mir klar, dass die dich niemals da reinlassen und du Hilfe brauchst.«

Nick dachte einen Moment nach, dann sah er ihr in die Augen. »Moment mal ... Es war schon Abend, als ich am Hotel angekommen bin. Wenn du danach erst einen Flug gebucht hättest und man bedenkt, dass du ... Carol?«

Sie nickte schuldbewusst. »Also gut, du hast mich erwischt. Als du an dem Hotel ankamst, saß ich schon im Flugzeug. Ich hatte von Anfang an vor, dir zu folgen.«

Sie zwinkerte ihm mit einem zuckersüßen Blick zu. »Nun schau mich nicht so vorwurfsvoll an. Ich weiß doch, dass du meine Hilfe brauchst.«

Nick schüttelte den Kopf und konnte sich ein Grinsen nicht verkneifen. »Ich hätte es wissen müssen.«

»Eigentlich schon.« Beide lachten, und Nick spürte, dass es ihm guttat. Das Lachen, aber auch die Gewissheit, dass er nun nicht mehr nur auf sich selbst gestellt war. Abgesehen von seinem Vater.

»Ich habe gestern Abend meinen Vater gesehen«, sagte er, nun wieder ernst.

»Und?«

»Ich weiß nicht so recht, was ich davon halten soll.«

Carol hob eine Braue. »Was meinst du damit?«

Nick atmete einmal tief durch, dann erzählte er Carol von seiner Beobachtung vom Vorabend.

Sie hörte ihm aufmerksam zu, ohne ihn ein einziges Mal zu unterbrechen. Erst, als er mit seiner Flucht aus dem Auto der beiden Agenten geendet hatte, wandte sie den Kopf mit nachdenklicher Miene ab, als müsse sie das gerade Gehörte erst einmal verarbeiten.

»Und?«, hakte Nick nach einer Weile des Schweigens nach. »Was denkst du?«

»Ich weiß es nicht. Mein Gefühl sagt mir, dass dein Vater dich nicht hintergehen würde. Aber man kann nicht wissen, was er in diesen drei Jahren der Gefangenschaft alles durchmachen musste und wie sehr ihn das verändert hat.«

»Ja, so geht es mir auch. Aber er ist mein Vater. Wenn ich *ihm* nicht mehr vertrauen könnte …« Er beendete den Satz nicht, aber das war auch nicht nötig. Carol würde sicher auch so verstehen, was er meinte.

Nick griff nach ihrer Hand. »Kannst du meinen Vater dadrin bitte beobachten und mich darüber informieren, was er tut? Über jeden Schritt, den du mitbekommst?«

Carol legte ihre freie Hand auf seine. »Genau dafür bin ich doch hier. Um dir zu helfen.«

Nick wusste nicht, wie viel Zeit vergangen war, als Carol ihre Hand wieder zurückzog. Fünf Sekunden? Zehn?

»Ich muss jetzt wieder rein, sonst werden die Security-Typen fragen, wo ich so lange war. Ich habe denen beim Rausgehen gesagt, ich würde nur einen kleinen Spaziergang machen.«

»Ja, ist gut.«

Sie stand auf und klopfte sich den Sand von der Jeans. »Was hast du jetzt vor?«

Nick musste nicht lange nachdenken. »Ich werde versuchen, den Taxifahrer zu finden, der meinen Vater und Ian gestern Abend gefahren hat. Wenn ich ihn auftreibe, kann er mir hoffentlich sagen, wohin er die beiden gebracht hat.«

»Und wie willst du das anstellen?«

Auch Nick erhob sich. »Ich habe das Kennzeichen.«

Carol grinste anerkennend. »Du bist eben ein Profi. Okay, dann viel Glück und bis später. Falls du nichts herausfindest, kann ich ja mal mein Glück versuchen.«

Sie wandte sich ab und war kurz darauf aus seinem Blickfeld verschwunden.

Nick bückte sich nach seinem Rucksack und setzte ihn auf. »Bruno, wo ist der nächste Taxistand?«

»Etwa vierhundert Meter von deinem Standort entfernt. Allerdings kann ich von hier aus nicht feststellen, wie viele Fahrzeuge dort stehen. Somit ist es mir auch unmöglich, dir zu sagen, ob das Taxi dabei ist, dessen Nummer ich gestern Abend gespeichert habe. Anstatt meine Fähigkeiten alle paar Tage mit Funktionen zu erweitern, die zumeist nicht im Sinne der Schule sind und damit auch nicht zu einer Erweiterung meiner ursprünglich angedachten Programmierung dienen, solltest du deine Freundin Carol anhalten, den Erfassungsbereich meines Scanners zu erweitern. Das wäre eine sinnvolle Erweiterung.«

»Bist du fertig?«

»Nein, denn …«

»Doch!«

»Wie?«

»Halt die Klappe.«

»Also, ich muss schon …«

»Still, sonst lasse ich dich von Carol zum Taschenrechner mit Quarzuhr umbauen.«

Nun schwieg Bruno.

12

Carol betrat den Speisesaal durch einen Nebeneingang, von dem aus sie auf kürzestem Weg die für die engagierten Künstler reservierten Tische erreichen konnte. Der breite Haupteingang, zu beiden Seiten mit Blumenbouquets geschmückt, die auf hüfthohen Marmorsäulen standen, war den Staatsgästen vorbehalten.

Insgeheim wunderte sie sich darüber, dass die Künstler überhaupt im gleichen Raum essen durften wie die Politiker. Aus ihrer Sicht ein Sicherheitsrisiko, das man so in Deutschland sicher nicht in Kauf genommen hätte. Wenn sie es geschafft hatte, sich problemlos in eine Tanzgruppe einzuschmuggeln, konnten andere das sicher auch.

Sie gesellte sich bewusst nicht zu den Tänzerinnen und Tänzern der zweiten engagierten Tanzgruppe, die sich nicht wie das Ensemble, in dem Carol angeblich Mitglied war, auf Folklore-, sondern auf poppige Showtänze spezialisiert hatten, und suchte sich einen noch unbesetzten, kleinen Tisch am Rand des Speisesaals aus, weil sie keine Lust auf Unterhaltung hatte. Zudem wollte sie jederzeit bereit sein, mit Nick zu reden, falls der sich meldete.

Einige der Tänzer lächelten ihr zu, andere hoben kurz die Hand zur Begrüßung. Man schien es ihr nicht übelzunehmen, dass sie sich absonderte. Die drei jungen Frauen zwei Tische weiter, die zu Carols Folkloregruppe gehörten, schienen sie gar nicht zu bemerken.

Nachdem der Kellner ihr ein Wasser gebracht hatte, sah sie sich in dem großen Saal um, der in der Mitte von einem an armdicken Ketten von der hohen Decke hängenden Kronleuchter dominiert wurde.

Die Tische im Bereich für die Staatsgäste waren weitestgehend besetzt. Etwa in der Mitte des Raumes entdeckte sie die Bundeskanzlerin. Sie saß an einem runden Tisch mit dem Außenminister und mehreren Frauen und Männern, von denen sie niemanden kannte außer Ben Nader. Sie hatte ihn einmal auf einem Foto der Deutschen Botschaft in Venezuela gesehen, das sie im Internet gefunden hatte. Als er jetzt bei Direktor Faber aufgetaucht war und dabei durch ihr Vorzimmer gekommen sein musste, hatte sie nicht an ihrem Platz gesessen und war erst zurückgekommen, als die Tür zu Fabers Büro wieder geschlossen gewesen war.

Der Mann am Tisch der Kanzlerin hatte jetzt ein schmaleres Gesicht als damals auf dem Foto, und er war natürlich um einige Jahre älter, aber Carol war trotzdem sicher, dass es sich um Nicks Vater handelte.

Sie konnte sich selbst nicht erklären, warum, aber nun, wo sie ihn gesehen hatte, gab seine Anwesenheit ihr ein Gefühl von Sicherheit.

Der Nachbartisch der deutschen Delegation zog Carols Aufmerksamkeit auf sich, als dort Unruhe entstand. Zwei Männer in dunklen Anzügen, bei denen es sich nur um Security-Leute handeln konnte, waren mit schnellen Schritten an den Tisch herangetreten und flüsterten nun mit zwei der dort sitzenden Asiaten, woraufhin diese mit besorgten

Mienen aufstanden und hinter den Security-Männern den Raum verließen.

Die anderen Personen am Tisch steckten die Köpfe zusammen und redeten aufgeregt miteinander, während sie immer wieder zum Ausgang hinübersahen.

Carols Blick wanderte zurück zu Ben Nader, der das Geschehen ebenfalls beobachtet hatte. Gerade senkte er den Kopf, als suche er nach etwas, das ihm runtergefallen war, doch Carols geschultem Auge entging nicht, dass seine Lippen sich kaum merklich bewegten. Er trug wahrscheinlich einen der zur Standardausrüstung der Agenten gehörenden knopfgroßen Minilautsprecher im Ohr und eine Wanze am Körper, mit deren Hilfe er in Verbindung mit anderen Agenten oder Sicherheitsleuten stand. Carol tippte darauf, dass er sich erkundigte, was die asiatische Delegation so in Unruhe versetzt hatte.

Als Carol sich kurz umsah, stellte sie fest, dass die Frauen und Männer der Showtanzgruppe allesamt ebenfalls den Tisch der Asiaten beobachteten. Sie schienen regelrecht fasziniert von dem Geschehen zu sein.

Sie wandte sich wieder um, gerade rechtzeitig, um zu sehen, wie Nicks Vater gemeinsam mit einer Frau im dunkelblauen Hosenanzug vom Tisch aufstand und den Raum mit zügigen Schritten verließ, während Hanna Petrowa, die Chefin der Folkloretanzgruppe, durch den Nebeneingang hereinkam und auf ihren Tisch zusteuerte.

Carol überlegte, dass es ein großes Glück gewesen war, dass ihr Vater, der selbst mit seiner Band ein Megastar der Musikszene war, Hanna kannte. Es hatte ihn zwei Anrufe gekostet, um herauszufinden, welche Künstler zurzeit ein Engagement im Kinshasa Grand Hotel hatten, und einen weiteren, um Carol in der Folkloretruppe unterzubringen.

Hanna war Mitte vierzig und hatte irgendwann viele Jahre zuvor als Tänzerin mit der Band von Carols Vater zusammengearbeitet, bevor sie ihre Gruppe gründete.

»Hi, darf ich mich zu dir setzen?«

»Ja, sicher.« Lächelnd zeigte Carol auf die freien Stühle neben ihr. »Hier ist nichts reserviert.«

»Weißt du, was gerade los ist?«, fragte Hanna, sobald sie saß. »In der Lobby laufen einige Leute ziemlich aufgeregt herum, aber wenn man fragt, will niemand etwas wissen.«

»Ich weiß es auch nicht. Hier haben sich eben auch ein paar Leute eigenartig benommen. Vielleicht ist einer der Staatsgäste krank oder hat sich verletzt?«

»Hm …«, machte Hanna. »Ich weiß nicht, ob die deswegen im ganzen Hotel wie die aufgeschreckten Hühner herumlaufen würden.«

»Ach, wir werden es sicher bald erfahren, wenn es etwas Wichtiges ist«, tat Carol die Situation ab, obwohl sie innerlich mehr als nur beunruhigt war.

Hanna hob die Schultern. »Ja, das stimmt. Aber jetzt erzähl mir doch mal, wie es Mick geht. Ich habe bis zu seinem Anruf gestern lange nichts von ihm gehört.«

Carol lächelte. »Du kennst ihn doch. Er raucht und trinkt zu viel, schläft zu wenig und lebt auch sonst alles andere als gesund. Im Moment ist er jeden Tag im Studio und nimmt die Songs für das neue Album auf.«

Hannas Blick wurde gläsern, als schaue sie in die Unendlichkeit. »Es war eine tolle Zeit, die ich nicht missen möchte. Und dein Vater ist ein verrückter, aber toller Mann.«

Carol nickte. »Ja, ich weiß. Ich könnte mir auch keinen besseren Vater vorstellen. Ich weiß nur nicht, ob das so ist, obwohl oder gerade weil wir uns nicht so oft sehen.«

Beide lachten kurz, dann blickten sie eine Weile still auf den Tisch vor sich und dachten jede für sich an Mick Connor, bis ihre Aufmerksamkeit von Stimmengemurmel um sie herum abgelenkt wurde.

Vier Männer, die gerade den Saal betreten haben mussten, standen mit versteinerten Mienen neben einem Asiaten, der von seinem Platz am Tisch aufgestanden war und mit einem Messer gegen sein Wasserglas schlug, um die Leute dazu zu bringen, ruhig zu sein. Es funktionierte, wenn es auch eine Weile dauerte. Als endlich Ruhe herrschte, sagte er auf Englisch: »Meine Damen und Herren, ich bitte Sie, die Störung zu entschuldigen, aber wie es scheint, kann der japanische Premierminister nicht gefunden werden. Hat jemand von Ihnen ihn vielleicht gesehen?«

13

Nick erreichte den Taxistand nach wenigen Minuten, in denen sich seine Gedanken wieder intensiv um seinen Vater und Ian drehten. Einerseits brannte er darauf zu erfahren, was die beiden miteinander verband und wohin sie gefahren waren, andererseits hatte er noch immer ein wenig Angst vor dem, was er vielleicht herausfinden würde.

Auf dem betonierten Platz standen etwa fünfzehn Fahrer neben ihren Taxis oder in kleinen Gruppen zusammen. Die meisten von ihnen rauchten.

Bevor Nick aus der Seitenstraße trat, nahm er den Rucksack ab, öffnete ihn und zog einige Dollarscheine aus dem Bündel heraus, den Rest verstaute er wieder. Dann ließ er sich von Bruno das Kennzeichen des gesuchten Taxis sagen und schlenderte, von etlichen Augenpaaren misstrauisch beobachtet, an dem Autokorso vorbei, als mache er einen Spaziergang. Die Aufforderungen einiger Männer, doch in ihr Fahrzeug einzusteigen, lehnte er freundlich lächelnd, aber bestimmt ab.

Als er das Ende erreicht und festgestellt hatte, dass der gesuchte Wagen nicht dabei war, ging er zu einem der Fahrer, einem noch recht jungen Mann, der bei geöffneter Tür hinter dem Steuer saß und Musik hörte, und sprach ihn auf Französisch an.

»Entschuldigen Sie, ich suche ein ganz bestimmtes Taxi. Ich habe zwar das Kennzeichen, aber ich weiß nicht, wie ich es finden soll. Können Sie mir helfen?«

Der Mann blickte ihn verständnislos an und hob die Schultern. Dem Anschein nach hatte er ihn nicht verstanden.

Nick griff in seine Hosentasche, zog einen Zehn-Dollar-Schein heraus und betrachtete ihn von allen Seiten, als würde er ihn zum ersten Mal sehen. Es funktionierte.

»Wie lautet das Kennzeichen?«, erkundigte sich der Fahrer in plötzlich einwandfreiem Französisch. Nick nannte es ihm.

»Das gehört zu einer anderen Firma. Hier stehen nur unsere Wagen.«

Er streckte die Hand aus und sah Nick auffordernd an, doch der schüttelte den Kopf. »Erst möchte ich wissen, wo ich dieses Taxi finden kann.«

Der Fahrer deutete auf den Dollarschein in Nicks Hand. »Dann ist das aber zu wenig.«

»Das denke ich nicht«, erwiderte Nick. »Ich kann auch jemand anderen fragen.«

Der Mann verdrehte theatralisch die Augen, erklärte ihm dann aber den Weg zu der Stelle, die etwa zehn Minuten entfernt sein sollte.

Zufrieden gab Nick ihm den Geldschein und machte sich dann sofort auf den Weg.

Die Aussicht, vielleicht bald etwas über dieses seltsame Treffen seines Vaters mit Ian zu erfahren, trieb ihn an. So sehr, dass seine Schritte immer schneller wurden.

Tatsächlich bog er nach wenigen Minuten in eine Straße ein, in der hintereinander etliche der typischen blauen Fahrzeuge mit gelben Dächern standen.

Er hatte Glück, schon das dritte davon war das, nach dem er suchte.

Mit klopfendem Herzen beugte Nick sich zu dem geöffneten Fenster hinunter. Der etwa fünfzigjährige Fahrer lächelte ihn breit an und zeigte ihm die wenigen vereinzelt in seinem Mund stehenden Zähne, die ihm noch verblieben waren.

»Bitte, steig ein, wohin möchtest du?«

Nick schüttelte den Kopf. »Ich habe nur eine Frage. Ich versuche, meinen Vater zu finden. Sie haben ihn gestern Abend zusammen mit einem anderen Mann irgendwohin gefahren. An den erinnern Sie sich bestimmt. Er hat auffallend hellblonde Haare und ist später zugestiegen.«

Das Lächeln des Mannes wurde dünner und verschwand schließlich ganz. »Hm …«, machte er, doch schon im nächsten Moment glänzten seine Augen, als Nick auch ihm einen Zehn-Dollar-Schein zeigte. »Da, wo der herkommt, ist noch einer.«

»Jetzt erinnere ich mich.«

»Und?«

Stumm hob der Mann die Schultern und blickte auf den Schein. Nick sah ihm an, dass er so nichts erfahren würde, und gab ihm das Geld, woraufhin der Mann strahlend nickte. »Ja, ich habe sie gefahren.«

»Wohin?«

Nun verzog sich das Gesicht des Mannes wie unter Schmerzen. »Ich habe eine große Familie, viele Kinder, die Hunger haben. Meine Mutter ist krank. Ich muss Geld verdienen mit Taxifahren. Möchtest du eine Fahrt machen? Ich kenne da einen Ort, zu dem ich dich bringen könnte.«

»Okay, wie viel kostet die Fahrt?«

»Zwanzig Dollar.«

Nick öffnete die hintere Tür und stieg ein. Er hatte keine Zeit und keine Lust mehr auf Spielchen. »Also los.«

»Ich halte das für keine gute Idee«, erklärte Bruno. »Der Mann ist bestechlich und geldgierig. Wer weiß, wo er dich hinbringt, um dir auch noch dein restliches Geld abzunehmen!«

Nick ignorierte ihn.

Die Fahrt dauerte etwa zwanzig Minuten, dann hielt der Fahrer das Taxi vor einem Hotel an, das um einiges kleiner war als das Kinshasa Grand und zumindest von außen nicht sehr einladend aussah.

Die helle Fassade hätte einen Anstrich nötig gehabt und auch der Eingangsbereich mit der schon etwas mitgenommen aussehenden Holztür wirkte eher abschreckend.

»Hier?«, fragte Nick, ohne den Blick von dem Gebäude abzuwenden. »Sind Sie sicher, dass Sie die Männer zu diesem Hotel gebracht haben?«

»Ja, hier ist der blonde Mann ausgestiegen.«

»Und der andere?«

»Der ist noch ein kleines Stück weiter mitgefahren und da vorne an der Kreuzung ausgestiegen.« Er zeigte auf die Stelle, die etwa hundertfünfzig Meter entfernt war.

Sein Vater hatte also offenbar nicht mit Ian gemeinsam das Hotel betreten. Warum nicht? Und was hatte er stattdessen gemacht? »Konnten Sie sehen, wohin der Mann dann gegangen ist?«

»Nein, ich bin gleich weitergefahren.«

»Okay, danke.« Nick gab dem Mann die zwanzig Dollar und verließ das Taxi. Er hatte die Tür hinter sich kaum geschlossen, da fuhr der Wagen auch schon wieder los und verschwand gleich darauf auf der Straße.

Gerade, als Nick losgehen wollte, hörte er Carols Stimme. »Nick?«

»Ja?«

»Wo bist du?«

»Ich bin gerade vor dem Hotel angekommen, an dem der Taxifahrer gestern Abend erst Ian und ein Stück weiter dann meinen Vater abgesetzt hat.«

»Du hast das Taxi also gefunden. Sehr gut. Hier im Hotel ist gerade etwas Seltsames im Gange. Wie es aussieht, ist der japanische Premierminister verschwunden.«

»Was?«

»Ja, er ist nicht zum Essen erschienen. Als man nachsehen wollte, wo er bleibt, fand man sein Zimmer leer vor. Auch sonst konnte er nirgends gefunden werden. Das Hotel verlassen hat er auch nicht, das wäre von den Sicherheitsleuten bemerkt worden. Er und sein Leibwächter sind wie vom Erdboden verschluckt.«

»Das klingt gar nicht gut. Was ist mit meinem Vater? Er weiß doch sicher von der Sache.«

»Den sehe ich immer mal wieder von hier nach da eilen. Wie es aussieht, ist er an der Suche nach dem Japaner beteiligt. Die fahren hier gerade die Sicherheitsvorkehrungen hoch. Ich befürchte, bis sie den Premierminister gefunden haben, komme ich auch nicht mehr aus dem Hotel raus.«

Nicks Gedanken überschlugen sich. »Eine Konferenz, in der es um Farbolit geht. Mindestens einer von Dragos Männern taucht hier auf, dann verschwindet der japanische Premierminister … das stinkt doch zum Himmel.«

»Das denke ich auch«, stimmte Carol zu. Und nach einer Weile fügte sie hinzu: »Nick … sei bitte vorsichtig. Du hast in London ja gesehen, dass Dragos Leute zu allem fähig sind.«

»Ja, ich weiß.« Woran er gerade denken musste, behielt er für sich. An den Mann, der in London entkommen war. Der einmal wie ein Onkel für ihn gewesen war und dem er blind vertraut hatte. Den er mittlerweile hasste für das, was er getan hatte. Martin!

Nick wischte diese Gedanken beiseite und konzentrierte sich auf das, was jetzt vor ihm lag. Er musste herausfinden, was Ian in diesem Hotel gewollt hatte und ob sein Vater vielleicht nachgekommen war.

Die Rezeptionistin sah Nick mit dem für ihn schon gewohnten Blick entgegen, in dem die stumme Frage lag, was ein Teenager alleine in einem Hotel wollte.

»Ja bitte?« Ihr Lächeln wirkte aufgesetzt. Ein Gefühl sagte Nick, dass er von ihr nichts erfahren würde und es wohl besser war, gar nicht erst zu fragen.

Schnell sah er sich in der überraschend geräumigen Lobby um und entdeckte im hinteren Bereich mehrere Sessel, die um kleine Tischchen gruppiert waren. Er deutete mit dem Kopf in die Richtung. »Ich bin hier mit meinem Vater verabredet. Kann ich dort hinten auf ihn warten?«

»Ist dein Vater hier Gast?«

»Noch nicht, aber er möchte hier einchecken. Er gehört zur deutschen Delegation für die Konferenz, die im Kinshasa Grand Hotel stattfindet. Weil er erst später ankam, gibt es dort kein Zimmer mehr. Das Hotel hier ist ihm empfohlen worden.«

Das war eine sehr dünne Geschichte, das wusste Nick, aber auf die Schnelle war ihm nichts Besseres eingefallen.

Die Frau musterte ihn mit prüfendem Blick, als könne sie hinter seine Stirn schauen und feststellen, ob er die Wahrheit sagte. »Also gut. Setz dich dahinten hin und verhalte dich ruhig, bis dein Vater kommt.«

»Danke«, sagte Nick lächelnd, ging zu der Sitzgruppe und nahm in einem der dunklen Sessel Platz. Hier würde er so lange bleiben, bis sich eine Chance ergab, jemanden nach seinem Vater und Ian zu fragen. Auch wenn er noch keine Vorstellung davon hatte, wen er nach den beiden fragen konnte.

Er musste nicht lange warten.

Schon als er es sich gerade in dem Sessel bequem gemacht hatte, war ihm der junge Mann in der kitschig-bunten Fantasieuniform aufgefallen, der damit beschäftigt war, nach und nach eine ganze Reihe Koffer aus dem Foyer in den Fahrstuhl zu tragen und damit in den vierten Stock zu fahren, wie Nick an der Anzeige über der Aufzugtür sehen konnte.

Bei seiner zweiten Fuhre trafen sich ihre Blicke und Nick lächelte ihm zu.

Als der Mann zum dritten Mal zu den Koffern ging, stand Nick auf und schlenderte zu ihm hinüber.

Zwei Minuten später war Nick um weitere zehn Dollar ärmer und um eine Information reicher.

Nicks Vater hatte der junge Mann zwar nicht gesehen, dafür aber Ian, an dessen auffallend blonde Haare er sich sofort erinnerte. Und er hatte gesehen, dass Ian sich dort, wo Nick gerade noch gesessen hatte, mit einer Frau getroffen hatte.

Einer weißen Frau, die wie Ian kein Gast des Hauses gewesen war.

Als Nick sich schon abwenden wollte, fügte der junge Mann noch leise hinzu: »Ich konnte nicht verstehen, was die beiden geredet haben, aber so, wie es aussah, war die Frau ziemlich böse.«

14

Eine halbe Stunde war vergangen, seit das Verschwinden des japanischen Premierministers bekannt gegeben worden war. Mittlerweile war das Hotel systematisch abgeriegelt und von der Außenwelt abgeschottet worden. Alle Ausgänge waren geschlossen, davor postierten sich bewaffnete Sicherheitsleute.

Carol hatte sich in eine Ecke der Lobby zurückgezogen und es geschafft, sich über ihr CBPI nicht nur in das Netzwerk des Hotels einzuklinken, sondern auch in den nächstgelegenen Mobilfunkmast des Netzbetreibers. So war sie bestens über alle Vorgänge informiert und wusste, dass der japanische Staatschef noch immer nicht gefunden worden war.

Mit jeder Minute, die verging, wurde die Situation angespannter. Menschen standen in Gruppen herum und unterhielten sich, manche besorgt, andere fast schon hysterisch. Dazwischen liefen Angestellte des Hotels mit vollen Tabletts herum und verteilten Getränke. Immer wieder huschten Männer und Frauen in dunklen Anzügen und mit steinernen Gesichtern vorbei. Manche von ihnen trugen Schulterholster, in denen Waffen steckten.

Während sie einem Telefonat des Hotelmanagers mit einer Spezialeinheit der Polizei lauschte, fielen Carol die Frauen und Männer der Showtanzgruppe auf, die in der Nähe der Rezeption dicht zusammenstanden und dem Treiben um sie herum zusahen. Hier und da wechselten sie leise ein paar Worte miteinander, dann beobachteten sie weiter. Carol konnte sich selbst nicht erklären, warum, aber die aus etwa fünfzehn Personen bestehende Gruppe aus Männern und Frauen wirkte zunehmend seltsam auf sie. Zudem sahen mindestens drei der Mitglieder ganz und gar nicht so aus, wie man sich Tänzer vorstellte, denn sie waren leicht übergewichtig.

Gerade, als der Hotelmanager sein Telefonat beendete, nickte einer der Tänzer den anderen zu und verließ gemeinsam mit zwei weiteren die Gruppe.

Carol sah ihnen nach, bis sie in einen der Aufzüge stiegen und die Tür sich hinter ihnen schloss.

Nur wenige Sekunden später betrat Ben Nader die Lobby. Er war alleine. Als er zur Rezeption ging und dort ein paar leise Worte mit einer Angestellten des Hotels wechselte, entschloss Carol sich, die Chance zu nutzen. Sie stand auf, ging auf Nader zu und blieb neben ihm stehen. Als er zu ihr herübersah, streckte sie ihm die Hand entgegen. »Sie sind Nicks Vater, nicht wahr? Ich bin Carol, eine … Schulfreundin.«

Nur für einen kurzen Moment schien Nader überrascht, dann nickte er der Hotelangestellten zu und machte ein paar Schritte zur Seite. Carol folgte ihm.

»Du bist eine Schulfreundin von Nick?«

»Ja. In der Schule mit eigenem Vergnügungspark.« Das sollte genügen, um ihn davon zu überzeugen, dass sie die Wahrheit sagte.

Nader zog die Stirn in Falten. »Also gut. Und was tust du hier? Du weißt wahrscheinlich, dass Nick auch hier war.«

»War? Oh, dann haben Ihnen Ihre … Freunde wohl noch nicht berichtet?«

»Meine Freunde?«

»Ja, die beiden Begleiter, die eigentlich dafür sorgen sollten, dass Nick ins Flugzeug nach Berlin steigt.«

»Nein, durch das Chaos hier … Moment … die *eigentlich* dafür sorgen sollten, dass Nick ins Flugzeug steigt? Willst du damit etwa sagen, er ist nicht auf dem Weg nach Hause?« Carol hob die Schultern. »Offenbar hatte er noch keine Lust auf Berlin. Er ist vorzeitig ausgestiegen.«

Nader kniff die Lippen zusammen und schüttelte den Kopf. »Verdammt. Das fehlt mir gerade noch. Wo ist er jetzt?«

»Draußen irgendwo. Ich stehe mit ihm in Kontakt.«

»Wie?«

»Über die CBPIs. Ich habe sie erweitert, sodass wir ohne den Umweg über den Schulserver direkt miteinander reden können. Außerdem kann ich ihn tracken.«

»Okay, ich will jetzt gar nicht wissen, wie du das gemacht hast. Das heißt, du kannst ihn quasi anrufen?«

»Ja. Wenn Sie …«

Ein gellender Schrei, ausgestoßen von einer Frau in ihrer Nähe, ließ sie verstummen. Im nächsten Moment entdeckte sie auch den Auslöser für diesen Schrei.

Die drei Tänzer der Showgruppe, die kurz zuvor die Gruppe verlassen hatten, verließen gerade den Aufzug, und sie waren nicht alleine. In ihrer Mitte befand sich die Bundeskanzlerin. Ihr Gesicht war blass. Einer der Männer hatte sie am Oberarm gepackt und hielt ihr mit der anderen Hand eine Pistole gegen die Schläfe.

Menschen stöhnten auf, vereinzelt waren weitere Schreie zu hören, dann wurde es ruhiger in der Eingangshalle und aller Augen waren auf die kleine Gruppe gerichtet.

»Alles mal herhören«, rief der Mann mit der Waffe laut auf Englisch, woraufhin auch die letzten Stimmen in der Lobby verstummten. »Wir haben den japanischen Premierminister in unserer Gewalt und, wie Sie sehen, auch die Bundeskanzlerin. Wir verlangen, dass sich sofort alle Staatsoberhäupter sowie ihre direkten Stellvertreter im Restaurant versammeln. Die Hotelangestellten, das Sicherheitspersonal und die restlichen Angehörigen aller Delegationen hier in der Lobby. Wir raten Ihnen, vollzählig zu erscheinen und keine Tricks zu versuchen, sonst werden wir nicht zögern, unsere beiden Gefangenen zu erschießen.«

15

Nick hatte sich wieder in ein Taxi gesetzt und dem Fahrer als Ziel das Kinshasa Grand genannt, ihn aber aufgefordert, ihn an der Kreuzung davor aussteigen zu lassen. Er hatte keine Lust auf eine weitere Begegnung mit den Gorillas vor dem Eingang, zumal die Sicherheitsvorkehrungen nach dem Verschwinden des Japaners sicher noch um einiges verschärft worden waren.

Wie seine nächsten Schritte aussehen würden, wusste er noch nicht, aber es konnte nicht verkehrt sein, sich zumindest in der Nähe des Hotels aufzuhalten, in dem die Konferenz stattfand. Und in dem Carol und sein Vater sich aufhielten.

Sein Vater … Mit hoher Wahrscheinlichkeit wusste er mittlerweile, dass Nick seinen beiden Bewachern entkommen war.

Wie er wohl darauf reagiert hatte? Und was würde er nun tun? Vielleicht sollte Nick einfach versuchen, noch mal mit ihm zu reden. Dass er es geschafft hatte, zwei Agenten des BND auszutricksen, sollte doch Beweis genug sein, dass er sehr wohl in der Lage war, auf sich selbst aufzupassen. Zudem war es ja schließlich der ausdrückliche Wunsch seines Vaters gewesen, dass er zum Agenten ausgebildet wurde. Es gab also keinen Grund für ihn, Nick nach Hause zu schicken. Es sei denn …

»Ich glaube, es ist besser, wenn ich dich hier aussteigen lasse«, sagte der Fahrer, als sie noch etwa zweihundert Meter von der Kreuzung entfernt waren, und deutete nach vorne.

Zwei Polizeifahrzeuge blockierten die Straße vor ihnen, mehrere mit Maschinenpistolen bewaffnete Uniformierte standen davor und beobachteten die Umgebung.

»Okay, halten Sie hier an. Ich steige aus.« Eine Polizeikontrolle, bei der er erklären musste, wo er wohnte und wo seine Eltern waren, konnte er nicht gebrauchen.

Der Mann fuhr links ran und Nick zahlte den Fahrpreis.

Als hätte sie gewartet, bis er wieder alleine war, meldete sich Carol in diesem Moment. »Nick?«

Schon an der Art, wie sie seinen Namen sagte, erkannte Nick, dass etwas nicht stimmte. Dazu noch die Polizisten …

»Ja?« Er machte ein paar Schritte zur Seite und lehnte sich so gegen einen Baum, dass die Uniformierten ihn nicht sehen konnten.

»Hier ist gerade die Hölle los.« Carol sprach leise und gehetzt. »Das Hotel ist in der Hand von einer Gruppe Terroristen.«

»Was?« Also doch. Nick hatte es ab dem Moment geahnt, in dem er Ian gesehen hatte. »Ist alles in Ordnung mit dir? Und … was ist mit meinem Vater?«

»Mir geht es gut. Sie haben alle Staatschefs und ihre Stellvertreter im Restaurant versammelt. Die Security-Leute sind entwaffnet worden und werden gemeinsam mit den Delegationsmitgliedern unter Bewachung in einem Bereich der Lobby festgehalten. Dein Vater auch, aber es geht ihm so weit gut. Soweit ich es sehe, ist niemand auf den Gedanken gekommen, dein Vater könne etwas anderes sein als ein Diplomat.«

»So ein Mist. Und wo bist du jetzt?«

»Zusammen mit den Angestellten in der anderen Hälfte der Lobby. Ich kann deinen Vater sehen. Er sitzt zwanzig Meter von mir entfernt auf dem Boden. Nick, ich muss gleich aufhören. Die beobachten uns, wenn sie merken, dass ich spreche bekomme ich Ärger … Ich melde mich wieder, sobald es geht.«

»Ja, ist gut. Hast du die Möglichkeit, mit meinem Vater zu reden?«

Carol antwortete nicht mehr.

Mit einem Fluch auf den Lippen lugte Nick um den Baumstamm herum zu der Polizeisperre hinüber.

Die Männer standen unverändert an der gleichen Stelle, die MPs schräg vor ihren Körpern, die Finger an den Abzügen.

Nick würde sich einen anderen Weg zum Hotel suchen müssen. Vielleicht gab es eine Möglichkeit, in einem Bogen um das Gebäude herumzugehen und sich von der Rückseite aus zu nähern.

Während er sich umwandte und in die entgegengesetzte Richtung losmarschierte, fragte er sich, was er überhaupt dort wollte, und beantwortete sich die Frage im gleichen Atemzug selbst.

Er musste versuchen, ins Innere des Hotels zu gelangen. Gemeinsam mit Carol würde er erst seinen Vater und dann die Geiseln befreien.

Auf die Frage, wie er das anstellen würde, wusste er allerdings noch ebenso wenig eine Antwort wie auf die, auf welchem Weg er in das Hotel gelangen konnte, das wahrscheinlich außen von Polizisten und im Inneren von den Geiselnehmern streng bewacht wurde. Aber eins nach dem anderen. Erst musste er überhaupt an das Hotel herankommen.

An der nächsten Kreuzung bog er nach rechts ab, nach etwa fünfhundert Metern wieder. Noch konnte er das Hotelgebäude nicht sehen und musste sich von seinem Orientierungssinn leiten lassen, auf den er sich bisher aber immer hatte verlassen können.

Nach etwa zwanzig Minuten, in denen er wieder und wieder die Richtung ändern und andere Wege nehmen musste, als er eigentlich wollte, weil Straßensperren ihn am Weiterkommen hinderten, fand er endlich einen schmalen Gang zwischen zwei größeren Gebäuden hindurch, der nach seinem Gefühl in die richtige Richtung führte.

Der Durchgang mündete an der Rückseite der Häuser in einen Innenhof, von dem auf der gegenüberliegenden Seite ein schmaler, sandiger Pfad zwischen Büschen hindurchführte. Wenn ihn nicht alles täuschte, würde dieser Pfad ihn näher an das Hotel heranbringen.

Seine Vermutung war richtig.

Nachdem er sich ein Stück weit unter überhängenden Ästen weggeduckt hatte und einmal fast über eine aus dem Boden ragende Wurzel gestolpert wäre, erreichte er das Ende der Buschgruppe und blickte direkt auf die Rückseite des Hotels, die höchstens fünfzig Meter vor ihm lag.

Er duckte sich hinter den letzten Busch und betrachtete das von dieser Seite wenig prunkvolle, sondern eher düstere Gebäude.

Zwei Türen und ein Rolltor, nichts davon war auf den ersten Blick bewacht. Erst, als Nick den linken, vor ihm liegenden Bereich absuchte, entdeckte er zwei Polizisten in voller

Ausrüstung inklusive schusssicherer Westen, die geduckt hinter einer Mauer standen und das Gebäude aufmerksam beobachteten. Nick hatte mit einem größeren Polizeiaufgebot gerechnet, aber vielleicht hatten die Geiselnehmer gefordert, dass sich niemand dem Gebäude nähern durfte. Trotzdem erschienen ihm zwei Polizisten sehr wenig.

Es war Bruno, der Nick in der ihm eigenen Art darauf aufmerksam machte, dass er sich irrte.

»Meine Scanner erfassen dreizehn Personen in unmittelbarer Nähe der Rückfront des Hotels und damit auch in deiner unmittelbaren Nähe. Alle sind bewaffnet, die meisten mit Maschinenpistolen. Einer in dem Baum am äußeren rechten Rand und ein weiterer auf dem Dach des Schuppens weiter links haben andere Waffen, bei denen es sich mit einer Wahrscheinlichkeit von zweiundachtzig Komma vier Prozent um Scharfschützengewehre handelt.«

Nun erst entdeckte Nick die gut getarnten Männer, die hinter jeder möglichen Deckung mit ihren Waffen im Anschlag saßen und das Hotel teilweise durch Zielfernrohre oder Ferngläser keine Sekunde aus den Augen ließen.

Er ließ sich hinter dem Busch auf die Knie sinken und stützte mit hängendem Kopf die Hände auf den Oberschenkeln ab.

Zum wiederholten Mal wünschte er sich, seine Begabung besser steuern zu können.

So war es jedenfalls vollkommen unmöglich, an diesem Aufgebot an Polizisten vorbei unbemerkt in das Hotel zu gelangen, und Nick befürchtete, dass es um das gesamte Gebäude herum ähnlich aussah, was ja auch vollkommen logisch war. Immerhin befanden sich die Staatschefs von zehn Industrienationen hinter diesen Mauern in der Gewalt von Entführern.

Dass deren Chef Victor Drago hieß, daran zweifelte Nick keine Sekunde.

Erneut stellte er sich die Frage, was sein Vater mit Ian zu tun hatte. Und wer die unbekannte Frau war, die der Engländer in dem anderen Hotel getroffen hatte, während Ben Nader irgendwo auf dem Weg zwischen Taxi und Hoteleingang offenbar verschwunden war.

Wenn Nick davon ausging, dass sein Vater kein Verräter wie Martin war – und daran *musste* er einfach glauben, wenn er nicht vollkommen verzweifeln wollte –, was blieb dann noch? Doch nur, dass Ben Nader *so tat*, als habe er die Seiten gewechselt. Aber natürlich! Warum hatte er nicht schon früher daran gedacht? Das lag doch auf der Hand.

Sein Vater musste nach über drei Jahren Gefangenschaft eingesehen haben, dass die einzige Möglichkeit für ihn, wieder freizukommen, die war, dass er sich zum Schein darauf einließ, für Drago zu arbeiten. Und Ian war der Kontaktmann zwischen Drago und Ben Nader.

Warum aber hatten die Geiselnehmer auch Nicks Vater entwaffnet und unter Bewachung gestellt? Weil sie seine Tarnung noch nicht auffliegen lassen wollten? Dabei wäre es für ihn doch viel einfacher gewesen, etwas gegen die Geiselnehmer zu unternehmen, vielleicht sogar heimlich eine Tür für eine Anti-Terror-Einheit der Polizei zu öffnen, wenn er sich als vermeintlich übergelaufener Agent zu erkennen gegeben hätte.

Fragen über Fragen, die nur einer ihm würde beantworten können: sein Vater.

Nach einem letzten Rundumblick sah Nick ein, dass es sinnlos war, länger an diesem Platz auszuharren. Er würde es nicht schaffen, ins Innere des Hotels zu gelangen, wenn es ihm nicht gelang zu *springen*. Er hatte sich zwar eine Theorie zurechtgelegt, wie er es vielleicht bewusst herbeiführen konnte, aber das war erstens mit üblen Schmerzen verbunden und war zweitens keine Garantie, dass es tatsächlich funktionierte. In der Vergangenheit war er einige Male *gesprungen*, wenn er sich extrem ärgerte oder unter großem Stress stand und gleichzeitig heftige Schmerzen empfand, weil er sich irgendwo verletzt hatte.

Das bewusst herbeizuführen, indem er dafür sorgte, dass er unter Stress geriet und sich dann selbst verletzte, hatte er bisher noch nicht gewagt. Und er würde es auch in dieser Situation nicht tun. Es musste einen anderen Weg geben.

Nachdem er bis zu dem Innenhof hinter den Gebäuden zurückgegangen war, sagte er: »Bruno, kannst du versuchen, Carol zu erreichen?«

Es vergingen einige Sekunden, bis Bruno antwortete.

»Sie meldet sich nicht.«

»Kannst du sie orten? So wie sie mich?«

»Wie ich schon erwähnte, ist die Reichweite meines Scanners sehr stark eingeschränkt. Deine Freundin Carol hat bei den nach meinem Erachten unnötigen und zudem höchst verbotenen Modifikationen an meinen Programmen leider darauf verzichtet, mich mit ebenso komfortablen Möglichkeiten auszustatten, wie sie sie ihrem eigenen CBPI hat angedeihen lassen. Daraus resultierend …«

»Ein einfaches *Nein* reicht mir völlig.«

Damit schwieg Bruno, und nicht zum ersten Mal wäre Nick versucht gewesen zu denken, dass es sich dabei um ein *beleidigtes* Schweigen handelte, wäre dieser Gedanke bei einer Maschine nicht so abwegig gewesen.

»Kannst du denn wenigstens eine Verbindung zu Direktor Faber herstellen?«

»Wenigstens? Das klingt ja, als sei ich schuld daran, dass Carol … aber halt, es ist dir ja egal. Also ja, ich kann Direktor Faber kontaktieren. Und das konnte ich auch schon, bevor man an mir herumgepfuscht hat.«

»Na, dann los.«

Es dauerte nur wenige Sekunden, bis Faber sich meldete.

»Hier ist Nick Nader. Ich bin in …«

»Kinshasa, ich weiß. Und das, obwohl irgendetwas verhindert, dass ich dein CBPI tracken kann. Darüber reden wir noch. Dein Vater hat mich über deinen Aufenthalt informiert, bevor die Verbindung abgerissen ist. Also, SPY, Lagebericht.«

Der Direktor nannte ihn bei seinem Decknamen, der nur in Einsätzen benutzt wurde. Aber spätestens seit der Geiselnahme befand er sich ja auch in einem Einsatz.

»Die Verbindung ist abgerissen?«

»Ja, auch die über Carols CBPI. Ich schätze, die Terroristen nutzen Störsignale.«

Hatte auch er Carol deshalb nicht erreichen können?

»Das heißt, sie wissen, dass jemand dort drin ein CBPI besitzt?«

»Ja, vielleicht. Vielleicht ist es aber auch eine allgemeine Vorsichtsmaßnahme der Verbrecher. Also, wie ist die Lage?«

Nick schilderte in knappen Worten, was er wusste, und schloss damit, dass das Hotel von Polizisten umstellt war. Von der Verbindung seines Vaters zu Ian erwähnte er nichts.

»Aber die Polizisten können nicht viel ausrichten. Wir brauchen hier dringend Verstärkung, und zwar von Leuten mit besonderen Begabungen.«

»Aus diesem Grund sind Petra, Paula und Jan zu dir unterwegs. Sie sitzen ber…«

Der Rest seines Satzes ging in einem Rauschen unter. Die Verbindung war unterbrochen.

»Hallo? Herr Direktor?« Nick hob das Handgelenk mit Bruno, obwohl diese Geste vollkommen überflüssig war. »Hören Sie mich? Herr Direktor?«

»Er hört dich nicht mehr.«

Nick wirbelte erschrocken herum und blickte in die Gesichter von zwei Männern, die direkt hinter ihm standen. Einer von ihnen hielt grinsend ein Gerät in der Größe eines Smartphones hoch. »Störsender!«

Dann tauchte von hinten ein Schatten vor seinem Gesicht auf und etwas Weiches wurde mit Druck gegen seinen Mund gepresst. Nick nahm noch kurz einen intensiven, süßlichen Geruch wahr, dann wurde es dunkel.

16

Die Stimme klang dumpf und unverständlich und wurde untermalt von einem brummenden Geräusch.

Mit großer Mühe hob Nick die Augenlider, die ihm schwer wie Blei erschienen, und blickte auf ein Chaos aus verwaschenen grauschwarzen Schlieren. Seine Gedanken waren albtraumhaft träge, die Worte bildeten sich so mühselig in seinem Kopf, als würden sie durch eine teigige Masse gezogen.

Wieder diese Stimme, schon etwas verständlicher. »… wacht auf … wieder ins Reich der Träume …«

Etwas legte sich auf sein Gesicht, ein süßlicher Geruch, der ihm bekannt vorkam. Schon im nächsten Moment war es ihm egal und er wurde in einen dunklen Strudel gerissen.

Die nächste Stimme, die Nick aus der Dunkelheit zurück in die Realität zog, klang anders. Bekannt, ohne dass er wusste, woher.

Vor ihm herrschte ein Wirrwarr aus hellen und dunklen Flecken. Er wollte die Hand heben, um sich über die Augen zu wischen, aber es ging nicht. Auch der Versuch, die andere Hand zu bewegen, scheiterte.

Nach mehrmaligem Blinzeln lichteten sich allmählich die Schleier vor seinem Blickfeld, noch unscharfe Konturen schälten sich heraus, wurden zu Gegenständen, einer Gestalt, noch ohne Gesicht, daneben eine weitere … blonde, zerzauste Haare … Ian.

»Da ist der Schläfer ja wieder.«

Nick sah an sich herab und erkannte, dass er auf einem massiven Stuhl saß, seine Hand- und Fußgelenke waren mit Lederriemen an den Armlehnen und hölzernen Beinen festgezurrt.

Der Raum, in dem er sich befand, war nicht allzu groß, vielleicht zwanzig Quadratmeter, und bis auf einen Tisch neben Nick unmöbliert. Das Licht einer Neonröhre wurde von den weiß getünchten Wänden noch verstärkt und wirkte kalt und abweisend.

»Ian …« Nicks Stimme klang in seinen eigenen Ohren wie die eines Fremden. »Wo bin ich?«

Der Engländer grinste und sah zu dem zweiten Mann hinüber. »Pete, erklärst du ihm, wo er ist?«

Zum ersten Mal nahm Nick das Gesicht des zweiten Mannes wahr. Er war vielleicht fünfzig und von kräftiger Statur, das Gesicht war bis zu den Wangenknochen von einem grauen Bart überwuchert. Nick hatte ihn noch nie zuvor gesehen, da war er sicher.

Der Mann schloss sich Ians Grinsen an. »Sagen wir mal, an einem historischen Ort, denn hier wird bald das Zentrum der Welt sein.«

Nick begriff kein Wort, was auch daran liegen konnte, dass sein Verstand noch nicht in gewohnter Weise funktionierte.

Er sah wieder zu Ian hinüber. »Ich wusste gleich, dass du zu Dragos Verbrechern gehörst.«

Ians Grinsen wurde breiter. »Weil du so gerne Agent spielst, nicht wahr? Aber wie du siehst, genügt es nicht, sich einen

Kinder-Spionagekoffer zum Geburtstag schenken zu lassen, wenn man bei den Großen mitmachen will.«

»Ach, deshalb also habt ihr *Großen* mich wie ein Paket verschnürt? Ich denke eher, dass ihr Angst vor mir habt.«

»Angst?« Pete stieß ein meckerndes Lachen aus. »Vor dir? Lächerlich. Wir wollen lediglich verhindern, dass du mit deinen billigen Taschenspielertricks anfängst.«

»Mit diesen Taschenspielertricks habe ich in London eine ganze Mannschaft von euch Verbrechern hochgenommen. Und jetzt habt ihr Angst, dass euch das Gleiche blüht. Das ist der wahre Grund, warum ihr mich gefesselt habt.«

Ian schüttelte theatralisch lächelnd den Kopf. »Du Träumer. In London hattest du nicht nur unverschämtes Glück, sondern auch eine Menge Hilfe. Aber damit ist es jetzt vorbei.«

Nick dachte an das Treffen seines Vaters mit Ian und es lag ihm auf der Zunge, den Engländer danach zu fragen, doch er verkniff es sich. Damit hätte er seinen Vater vielleicht in noch größere Gefahr gebracht als die, in der er sowieso gerade schon steckte.

»Wir werden sehen. Was wollt ihr von mir?«

Ian hob beide Hände. »Liegt das denn nicht auf der Hand? Wir werden dich aus dem Verkehr ziehen. Und dieses Mal endgültig.«

Nick bemühte sich, Gelassenheit in seine Stimme zu legen, auch wenn ihm danach zumute war, Ian und diesen Pete wütend anzuschreien.

»*Wir*? Ihr beide seid doch nur kleine Mitläufer, habe ich nicht recht? Handlanger. Für wen macht ihr die Drecksarbeit? Direkt für Drago?«

»Zum Beispiel für mich.«

Noch bevor Nicks Kopf herumflog und sein Blick auf die Gestalt traf, die soeben den Raum betreten hatte, wusste er, zu wem die Stimme gehörte.

»Martin!«

»Ja, da staunst du, nicht wahr?« Martin kam langsam näher und nickte dabei Ian und Pete zu. Ian warf Nick noch einen merkwürdigen Blick zu, dann verließen die beiden den Raum.

Nick hatte sich relativ schnell wieder gefasst. »Warum sollte ich staunen? Weil eine Ratte entkommen ist? Sicher nicht. Manchmal können Ratten fliehen, weil sie es gewohnt sind, sich im Untergrund zu bewegen. Aber irgendwann erwischt es sie doch.«

Anscheinend unbeeindruckt von Nicks Worten blieb Martin vor ihm stehen und betrachtete die festgezurrten Handgelenke.

»Hast du deine Fähigkeiten mittlerweile weiter ausbauen können? Ich weiß, dass sie ausgeprägter sind als bei deinem Vater. Er hat diesen Effekt mit dem Adrenalin recht selten, und wenn, ist er nicht annähernd so schnell wie du. Nein, du hast schon recht, Nick. Du wurdest gefesselt, weil ich befürchtete, du könntest uns mithilfe deiner Begabung entkommen. Womit wir wieder beim Thema Ratte wären.«

Nick sah Martin fest in die Augen, und er hoffte, dass der ihm ansah, wie sehr er ihn hasste. »Warum bin ich hier? Will Drago mich gefangen halten wie meinen Vater?«

»Dein Vater?« Ein amüsierter Ausdruck legte sich auf Martins Gesicht. »Er war hier höchstens ein Jahr lang als Gefangener. In der Zeit hat Drago ihn davon überzeugt, dass er verlogenen Politikern dient, die nur ihren eigenen Vorteil im Kopf haben. Hier entsteht etwas Großartiges, etwas völlig

Neues. Eine neue Weltordnung, der sich auch dein Vater schon vor langer Zeit verschrieben hat.«

Nick war, als stoße ihm jemand einen Dolch mitten ins Herz.

»Seit mindestens zwei Jahren war dein Vater kein Gefangener mehr, sondern lebte freiwillig hier und hat eng mit Drago zusammengearbeitet.«

Obwohl das, was Martin sagte, letztendlich Nicks Theorie stützte, dass sein Vater zum Schein auf Dragos Angebot eingegangen war, um irgendwann als vermeintlicher Verbündeter freigelassen zu werden, hatte er das Gefühl, sein Magen würde zusammengequetscht. Nick senkte den Kopf und sagte leise: »Das glaube ich niemals.«

Martin zuckte mit den Schultern. »Glaub, was du möchtest. Dein Vater gehört jedenfalls zu uns.«

»Und? Wie soll es jetzt weitergehen?«

»Als Erstes werden wir Faber kontaktieren und ihm klarmachen, dass du hier in unserer Gewalt bist und dass wir dich für immer verschwinden lassen, wenn deine Freunde versuchen, uns hier Ärger zu machen. Dann werden wir alle nötigen Schritte in die Wege leiten, damit das neue Zeitalter für die Menschen beginnen kann.«

Nick stieß ein kaltes Lachen aus. »Ein neues Zeitalter gleich. Kleiner ging's wohl nicht? Schon mal daran gedacht, dass euer Mister Drago vielleicht vollkommen übergeschnappt sein könnte?«

»Du hast ja keine Vorstellung davon, wozu Drago fähig ist. Aber bald wird es die ganze Welt erfahren.«

Martin wandte sich ab und ging auf die Tür zu. »Vielleicht lebst du ja noch lange genug, um das mitzubekommen. Wenn

Faber dafür sorgt, dass deine Freunde keine Dummheiten machen.«

Im nächsten Moment fiel die Tür hinter ihm ins Schloss.

Sofort begann Nick damit, an den Lederriemen zu zerren, um die Handgelenke freizubekommen, aber es war zum Scheitern verurteilt. Er würde es niemals schaffen, seine Hände von den Fesseln zu befreien.

»Bruno!«, sagte er, und als sich das CBPI nicht meldete, versuchte er es ein zweites Mal, jedoch mit dem gleichen Ergebnis.

Nick stieß einen verzweifelten Seufzer aus. Das kannte er schon. Genau so hatte Bruno reagiert, oder besser gesagt eben *nicht* reagiert, als Nick Bobs Laden in London betreten hatte, der mit einem Störsender ausgestattet gewesen war.

Er war also vollkommen auf sich alleine gestellt.

Es würde ihm nichts anderes übrig bleiben, als abzuwarten, was passierte. Irgendwann würde man seine Fesseln ja lösen. Dann musste er einen Weg finden, gezielt zu *springen*. Das war seine einzige Chance, zu entkommen, und vielleicht sogar die einzige, zu überleben. Er wusste, es gab eine Möglichkeit, wie es wahrscheinlich funktionierte. Ein sehr schmerzhafter Weg, aber so, wie es im Moment aussah, würde er ihn gehen müssen.

Nick dachte an das Medaillon, das an einer Kette um seinen Hals hing. An das Bild der Frau, die er nie hatte kennenlernen dürfen, die er aber trotzdem so sehr liebte. Seine Mutter, die bei seiner Geburt gestorben war. Und obwohl er keine einzige Berührung von ihr gespürt und nie ein einziges Wort von ihr gehört hatte, war es seine Mutter, an die er stets als Erstes dachte, wenn er in Gefahr geriet.

Ebenfalls nicht zum ersten Mal fragte er sich, wie sein Leben wohl verlaufen wäre, wenn sie nicht so schrecklich früh hätte gehen müssen.

Wäre sein Vater trotzdem Agent geblieben und nur hier und da für ein paar Tage nach Hause gekommen? Oder hätte er sich einen anderen Beruf gesucht? Einen, bei dem er wie die Väter von Nicks Schulfreunden in Berlin morgens ins Büro ging und am frühen Abend wieder nach Hause kam?

Wäre er damit glücklich gewesen?

Nick stellte fest, dass er ihn nie danach gefragt hatte, obwohl sie die wenigen Tage im Jahr, die sie zusammen gewesen waren, oft für lange Gespräche über seine Mutter genutzt hatten. Sein Vater hatte ihm so viel von ihr erzählt, dass er irgendwann geglaubt hatte, sie ebenso gut zu kennen, wie seine Freunde ihre Mütter kannten. Aber diese eine Frage hatte er ihm nie gestellt.

Nick nahm sich vor, das nachzuholen, sobald er die Gelegenheit dazu bekam. Wenn er die Gelegenheit überhaupt noch mal bekam.

Vielleicht lebst du ja noch lange genug …, hatte Martin gesagt.

War der Mann, der lange Zeit wie ein leiblicher Onkel für ihn gewesen war, der ebenso viel Zeit mit ihm verbracht hatte wie sein wirklicher Vater, tatsächlich dazu in der Lage, ihn kaltblütig zu töten? Konnten Geld- und Machtgier tatsächlich alles verdrängen, was einmal wichtig gewesen war?

Er würde die Antwort auf diese Frage wohl bald bekommen.

Noch einmal sah er das Bild seiner Mutter vor seinem geistigen Auge und es war, als spüre er in diesem Moment den Druck des Medaillons auf seiner Brust.

Er konnte nicht abschätzen, wie lange er so dasaß und darauf wartete, dass irgendetwas geschah, als die Müdigkeit ihn so plötzlich überkam, als hätte jemand den Stecker gezogen, der ihn mit Energie versorgte. Das war aber auch kein Wunder. Er wusste nicht, wie lange er bewusstlos gewesen war, aber es musste auf jeden Fall schon später Abend sein. Eine Weile versuchte er noch, sich blinzelnd dagegenzustemmen, doch irgendwann fielen ihm die Augen einfach zu und er hatte nicht mehr die Kraft, sie wieder zu öffnen.

Das Geräusch der sich öffnenden Tür ließ ihn hochfahren. Für einen kurzen Moment war er verwirrt, doch als er sah, wer den Raum betrat, wurde ihm schlagartig wieder klar, wo er sich befand.

So, wie er sich fühlte, musste er längere Zeit in dieser unbequemen Position geschlafen haben. Er hatte das Gefühl, jeden einzelnen Knochen im Körper zu spüren.

Der Blick, den Ian und Pete ihm zuwarfen, verhieß nichts Gutes. Es wurde ernst.

Unmittelbar vor Nick blieb Ian mit in die Hüften gestemmten Händen stehen, sein Kumpel hielt sich etwas seitlich.

»So, du Superagent, ich hoffe, du hast dich in der Nacht gut ausgeruht, denn jetzt werden wir mal sehen, ob man dir in deiner Schule auch beigebracht hat, Schmerzen zu erdulden. Ich habe jetzt ein paar Fragen an dich, und du entscheidest, ob wir das schnell und für dich weitestgehend schmerzlos hinter uns bringen oder nicht.«

Obwohl Nick wieder schlagartig ein flaues Gefühl im Magen hatte, hoffte er, nach außen sein Pokerface beibehalten zu können. Einer seiner Lehrer hatte einmal gesagt: *In einer brenzligen oder gar aussichtslosen Situation keine Angst zu haben, ist dumm. Sie aber nicht zu zeigen, kann sehr schlau sein.*

Er verdrehte die Augen. »Wirklich jetzt? Woher hast du denn diese markigen Sprüche, Ian? Schlecht gemachte Gangsterfilme im Fernsehen geschaut?«

»Wie du möchtest, dir wird deine überhebliche Art schon noch vergehen«, knurrte Ian und wandte sich Pete zu. »Im Zimmer oben neben dem Besprechungsraum steht ein schwarzer Koffer. Kannst du mir den mal holen?«

Als Pete überrascht die Brauen hochzog, sagte Ian: »Da ist ein bisschen … Spezialwerkzeug drin.« Als der Bärtige noch immer keine Anstalten machte, sich zu bewegen, hob Ian die Hände. »Na, was ist jetzt? Nun geh schon, während ich das Bürschchen hier für die Spezialbefragung vorbereite. Oder soll ich Drago sagen, dass es unnötig lange gedauert hat, weil ich alles alleine machen musste?«

Schließlich wandte sich Pete grummelnd ab, drehte sich an der Tür aber noch einmal um und schüttelte den Kopf, bevor er den Raum verließ.

»Hör zu, Ian«, begann Nick, stockte aber, als er die Veränderung im Gesicht des Engländers bemerkte. Er wirkte plötzlich besorgt.

Auch seine Bewegungen waren anders als zuvor, als er mit hektischen Schritten zu Nicks Stuhl kam und begann, an den Lederriemen zu hantieren. »Nein, hör du zu.«

17

Ian hatte den ersten Riemen geöffnet und machte sich sofort mit fliegenden Fingern am zweiten zu schaffen.

»Du musst sofort von hier verschwinden, denn Martin wird nicht zögern, dir wirklich etwas anzutun, wenn er wiederkommt.«

Nick rieb sich die schmerzenden Handgelenke, während Ian mit seinen Fußfesseln beschäftigt war. Seine Gedanken überschlugen sich. Ian war auf ihrer Seite? Aber natürlich! Fast hätte er sich die Hand vor die Stirn geschlagen. An diese Möglichkeit hatte er noch gar nicht gedacht. Nicht sein Vater war es, der ein doppeltes Spiel mit Drago spielte, sondern Ian.

»Martin hat gesagt, mein Vater hätte schon vor zwei Jahren die Seiten gewechselt und würde für Drago arbeiten. Ist er …?«

»Quatsch. Er war bis zuletzt Gefangener und konnte in einem … günstigen Moment fliehen.«

»Ein günstiger Moment? Hast du auch meinen Vater befreit?«

»Sagen wir, ich habe unbemerkt dafür gesorgt, dass er eine Möglichkeit bekam, abzuhauen.«

Damit war auch das Rätsel um Ben Naders Flucht geklärt.

»Aber … Das hier wirst du nicht verbergen können. Kommst du mit?«

»Nein. Ich lasse mir schon was einfallen. Du musst jedenfalls hier raus und den Verantwortlichen sagen, dass es Drago bei dieser Geiselnahme um das Farbolit geht.«

Nick war endlich frei, stand auf und dehnte die schmerzenden Gelenke, während er sich in dem Raum umsah. In einer Ecke hinter dem Stuhl fand er, wonach er gesucht hatte. Seinen Rucksack.

»Es ist noch alles drin.« Ian warf einen gehetzten Blick zur Tür. »Ich habe denen gesagt, dass ich mich darum kümmere, also schnapp ihn dir und dann los.«

Nick griff sich den Rucksack und warf ihn über die Schulter. »Ich habe mir schon gedacht, dass es um das Zeug geht. Aber was will er damit …?«

»Das weiß ich nicht. Diese Information hat nur der engste Kreis. Ich weiß nur, dass es etwas mit einem Satelliten zu tun hat. Und dass die uns beide umbringen, wenn sie uns jetzt erwischen. Also los jetzt.«

Durch die Tür gelangten sie in einen Gang, der in einem langen Bogen nach rechts abknickte und dann in einen großen, hohen Raum mündete, an dessen gegenüberliegender Seite eine weiße Marmortreppe nach oben führte. Die doppelflügelige, ebenfalls weiße Tür rechts von ihnen schien der Ausgang zu sein.

Ian deutete mit dem Kinn zu der Stelle, ging voraus und öffnete die Tür. »Ich lenke die Wache ab, dann läufst du los, auf den Waldrand zu. Wenn du ein Stück vom Haus entfernt bist, müsste dein Kommunikationsding wieder funktionieren. Und jetzt verschwinde.«

Ohne Nick die Chance zu weiteren Fragen zu geben, trat Ian ins Freie und rief dort einen Namen, den Nick nicht verstand.

Als er ein paar Atemzüge später aus der Tür lugte, sah er, dass Ian und ein weiterer Mann, dem er freundschaftlich den Arm um die Schulter gelegt hatte, ihm den Rücken zukehrten. Sie hatten sich schon ein gutes Stück von der Tür entfernt. Nick atmete noch einmal tief durch, dann lief er los.

Der Dschungel begann fast unmittelbar hinter der nur hüfthohen Mauer, mit der das Grundstück umgeben war. Als Nick die breite Einfahrt erreichte, drehte er sich kurz um und wäre vor Erstaunen über die Größe des Anwesens fast stehen geblieben. Alleine das zweigeschossige weiße Haupthaus, aus dem er gerade geflohen war, war so breit wie eine Dorfkirche. Daneben gab es noch vier Nebengebäude, und auch dahinter konnte er noch eine weitere Front sehen. Nick riss sich von dem Anblick los und rannte weiter. Während er zwischen den tief hängenden Ästen hindurchschlüpfte, überlegte er, dass Drago durch das Fehlen einer hohen Mauer und eines geschlossenen Tores wohl bewusst den Anschein erwecken wolle, es gäbe auf dem Grundstück nichts zu verbergen.

Doch nun musste er diesen Gedanken beiseiteschieben und sich auf seinen Weg durch dichtes Unterholz und über am Boden liegende verfaulende Baumstämme konzentrieren.

Immer wieder schlug er Haken, um es eventuellen Verfolgern so schwer wie möglich zu machen, ihn zu finden. Erst, als seine Lungen so sehr brannten, dass er befürchtete, das Bewusstsein zu verlieren, hielt er an, beugte sich vornüber und stützte die Hände nach Luft japsend auf den Oberschenkeln ab.

So verharrte er eine Weile, bis sein Atem sich wieder ein wenig beruhigt hatte, dann richtete er sich auf und sah sich um.

Wohin er auch blickte, überall ragten dicht nebeneinander gewaltige Baumstämme aus dem Boden, der bedeckt war mit knöchelhohem Gras, abgebrochenen Ästen und seltsamen Gewächsen, die wie verdorrende Büsche aussahen.

Die Luft war von Feuchtigkeit durchtränkt und schwer zu atmen. Alles lag in einem schummrigen Licht, das nur an vereinzelten Stellen von dünnen Sonnenstreifen unterbrochen wurde, die schräg durch kleine Lücken in dem fast vollkommen dichten Blätterdach drangen und wie helle Speere in den Boden stachen.

Bevor er darüber nachdenken konnte, was als Nächstes zu tun war, kamen ihm Ians Worte wieder in den Sinn.

Ich weiß nur, dass es etwas mit einem Satelliten zu tun hat. Nick hatte einen Satelliten in einem von Dragos Firmen gesehen.

Da war wieder dieser Druck in seinem Magen …

»Bruno?«, versuchte er, sein CBPI zu erreichen, und tatsächlich kam eine Reaktion, allerdings nicht in Form von verständlichen Worten, sondern in abgehackten, unverständlichen Silben, die immer wieder unterbrochen wurden.

Immerhin ließ die Wirkung der Störfrequenzen schon nach. Wenn er sich noch ein Stück weiter von dem großen Haus entfernte, würde Bruno sicher wieder fehlerfrei funktionieren.

Also setzte er sich in Bewegung und kämpfte sich in die Richtung weiter, von der er glaubte, dass sie ihn weiter von dem Haus wegführte.

Überall knackte und rauschte es, helle Vogelstimmen schnitten glasklar durch die feuchte Luft, dominiert vom aufgeregten Geschnatter eines Papageis, der sich immer in Nicks Nähe befand, egal, welche Richtung er auch einschlug. Ab und zu entdeckte er das Tier, wenn es zum nächsten Ast flog, um sein Weiterkommen von dort aus zu beobachten.

Der Vogel schien ihn zu begleiten.

Nachdem er eine ganze Weile weitergelaufen war, hielt Nick keuchend und schwitzend an und lehnte sich an einen Baumstamm. Sein Puls hämmerte und raste in einem treibenden Rhythmus, während Nick japsend die Luft in seine Lungen pumpte.

Sein Shirt klebte ihm am Körper, es fühlte sich an, als hätte er damit unter der warmen Dusche gestanden.

Er brauchte eine Pause.

»Ich wollte dir schon vor einigen Minuten raten, eine Erholungspause einzulegen«, bemerkte Bruno plötzlich zu Nicks Freude.

»Hey, da bist du ja wieder. Warum meldest du dich erst jetzt?«

»Weil es nichts Außergewöhnliches zu vermelden gab und ich vermeiden wollte, von dir ein *Sei still* oder *Halt die Klappe* zu hören.«

»Aber doch nicht, wenn du nach einer Störung wieder da bist.«

»Tut mir leid, aber es ist mir trotz der außerordentlichen Fähigkeiten meiner Prozessoren und meiner zweifellos hohen künstlichen Intelligenz noch nicht gelungen, die Unterscheidung zwischen Situationen, in denen ein Kommentar ohne zwingenden Grund meinerseits von dir gewünscht ist, und Situationen, in denen du mir befiehlst, still zu sein, zu verstehen.«

Trotz der unangenehmen Lage, in der Nick sich befand, musste er grinsen. »Schön, dass du wieder in Ordnung bist, du alte Nervensäge.«

»Oh, da muss ich dich korrigieren, denn es lag keinesfalls an mir, dass wir nicht miteinander kommunizieren konnten, sondern vielmehr …«

»Bruno?«

»Ja?«

»Halt die Klappe.«

»Sag ich doch.«

Nick schüttelte lächelnd den Kopf. »So, und jetzt mal ernsthaft: Kannst du Carol kontaktieren?«

Die Antwort ließ nicht lange auf sich warten. »Nein, und wenn ich das, was ich beim Shakehands-Versuch mit dem Hotelserver an Signalen mitbekommen habe, richtig deute, dann setzen sie dort die gleichen Störsender ein wie in dem Gebäude, das wir gerade verlassen haben.«

»Das habe ich befürchtet. Was ist mit Paula, Petra und Jan? Kannst du sie erreichen?«

Schon nach wenigen Sekunden hörte er eine Stimme, die zu Petra oder zu Paula gehörte. »SPY?«

Nicks Herz machte vor Freude einen Satz. »Hey, wie schön, deine Stimme zu hören. Ähm … LORY?«

LORY war Petras Deckname. »Hier spricht GLORY.« Also Paula. »Aber du warst nahe dran. LORY und THUNDER sitzen neben mir.«

»Ja, ich sitze direkt neben ihr«, hörte er etwas leiser die Stimme von Petra. »Ich kann dich zwar nicht hören, aber ich bin da. Und THUNDER auch.« Also war auch Jan an Bord, wie Faber es gesagt hatte.

»Wo seid ihr?«

»Leider noch in etwa elftausend Metern Höhe über dem afrikanischen Kontinent. Wir hatten wegen eines technischen

Problems einen längeren Zwischenstopp in Marokko. Gerade überfliegen wir Niger und haben noch etwa vier Flugstunden vor uns. Bist du in Kinshasa?«

»Nein, im Urwald. Ich bin entführt worden, jetzt aber wieder frei. Alles okay mit mir. Hört zu: Martin ist hier. Und er hat etwas gefaselt von einer neuen Weltordnung. Ein anderer sagte, Dragos Anwesen hier sei das zukünftige Zentrum der Macht.

Ian, der Typ aus der Musicfactory in London, ist auch hier. Er gehört offiziell zu Dragos Leuten, ist aber in Wahrheit auf unserer Seite. Er hat meinem Vater und gerade auch mir geholfen zu fliehen. Hinter dieser Geiselnahme im Hotel steckt natürlich Drago. Es geht ihm dabei um Farbolit. Und Ian sagte, es hat etwas mit einem Satelliten zu tun. Ich denke, ich habe diesen Satelliten schon mal gesehen, und er hatte einen seltsamen Anbau an der Seite, der wie der Lauf einer riesigen Waffe ausgesehen hat. Vielleicht möchte Drago das Erz als Energiequelle für den Antrieb benutzen oder so.

Wenn man alle diese Informationen zusammenfasst, also das Zentrum der Macht, eine neue Weltordnung, ein Satellit mit einer Waffe an Bord und Farbolit, und hinter alledem Drago, dann klingt das für mich mehr als brandgefährlich. Wir müssen also auf jeden Fall verhindern, dass Victor Drago das Farbolit in die Hände bekommt.«

»Mist«, stieß GLORY aus. »Das klingt tatsächlich sehr beunruhigend.«

»Allerdings. Ich werde jetzt versuchen, so schnell wie möglich nach Kinshasa zurückzukommen. Meldet ihr euch wieder, wenn ihr gelandet seid?«

»Verstanden. Dann also bis später.«

Nick sah sich kurz um und setzte sich wieder in Bewegung.

Ian hatte seinem Vater zur Flucht verholfen. Das bedeutete, Ben Nader war über drei Jahre lang dort gefangen gehalten worden, wo Nick gerade herkam. Vielleicht hatte er in dieser Zeit sogar mehrfach auf dem gleichen Stuhl gesessen wie er. Der Gedanke berührte ihn auf ganz seltsame Art, machte ihn im nächsten Moment aber wütend auf Drago, diesen Mistkerl. Er hatte nicht nur Ben Nader drei Jahre seines Lebens geraubt und ihm in dieser Zeit wer weiß welche Qualen zugefügt, sondern auch ihm, Nick, in einer wichtigen Zeit seiner Jugend den Vater genommen.

Er würde diesen Verbrecher zur Strecke bringen, das schwor Nick sich in diesem Moment selbst, und er meinte es so ernst wie selten etwas in seinem Leben.

»Bruno, stell fest, wo ich bin, und zeig mir den Weg zu der nächsten menschlichen Ansiedlung«, befahl er und stellte fest, dass seine Stimme etwas dunkler dabei klang als sonst.

»Du befindest dich am Rande eines ausgedehnten tropischen Regenwaldes, etwas mehr als achtzig Kilometer von der Stadtgrenze von Kinshasa entfernt. Wenn du dich ab jetzt rechts hältst, wirst du in etwas mehr als einem Kilometer den dichten Wald verlassen und nach einem weiteren Kilometer in ein Dorf gelangen.«

»Gut. Leite mich und sag mir Bescheid, wenn ich die Richtung ändern muss.« Und nach einem kurzen Moment fügte er hinzu: »Auch ohne dass ich dich danach frage.«

Es dauerte eine gute halbe Stunde, bis die Bäume vor Nick weniger wurden und er kurz darauf den Wald verließ.

Vor ihm lag eine nur von flachen grauen Büschen bewachsene Fläche. Nachdem er sich kurz umgeschaut hatte, setzte er sich wieder in Bewegung und folgte Brunos Anweisungen, die dieser in kurzen Zeitabständen verlauten ließ. Auch, wenn es nur geradeaus ging, meldete Bruno mindestens einmal pro Minute: »Weiter geradeaus gehen.«

Das Dorf stellte sich als verhältnismäßig groß heraus. Als Nick die ersten Hütten passierte, wurde er von Blicken aus neugierigen Augen verfolgt. Er nickte und lächelte freundlich nach allen Seiten. Nach wenigen Metern fiel ihm ein junger Mann auf, der mit tief in den Hosentaschen seiner blauen Latzhose vergrabenen Händen vor dem geöffneten Tor einer Werkstatt stand und ihn freundlich anlächelte. Was Nicks Aufmerksamkeit jedoch noch mehr auf sich zog als das sympathische Lachen des Mannes, war der verbeulte, mit Inseln aus braunem Rost überzogene blaue Pick-up, der gleich neben dem Gebäude parkte. Nick ging – ebenfalls lächelnd – auf den Mann zu und blieb vor ihm stehen.

»Guten Tag. Eine Frage …« Er deutete auf den Wagen. »Ist das Ihr Auto?«

Sein Gegenüber betrachtete das Fahrzeug, als müsse er sich vergewissern, was genau Nick meinte, und schüttelte den Kopf. »Nein, das gehört meinem Onkel. Dem gehört auch die Werkstatt.«

»Kann ich mal mit Ihrem Onkel sprechen?«

Nun wurde Nick von Kopf bis Fuß gemustert, wobei das Lächeln nicht verschwand. »Warum?«

»Ich muss nach Kinshasa und brauche jemanden, der mich fährt.«

»Wo sind deine Eltern?«

»In Kinshasa. Deshalb muss ich dahin.«

»Und wie kommst du hierher?«

»Das tut doch nichts zur Sache. Kann ich jetzt Ihren Onkel sprechen?«

Der Blick des Mannes wanderte zu Nicks Rucksack, dann wandte er sich um und rief einen Namen in die Werkstatt, den Nick nicht verstand, woraufhin ein etwa sechzigjähriger, grauhaariger Hüne heraustrat, dessen Bauch sich so weit über den Gürtel seiner Hose wölbte, dass er ihn unter sich begrub.

Vor Nick blieb er stehen und musterte ihn mit einem ähnlichen Blick, wie es kurz zuvor der junge Mann getan hatte.

»Was gibt's?«

»Einen Moment, bitte.« Einer Ahnung folgend nahm Nick den Rucksack von der Schulter, wandte sich um und öffnete den Verschluss. Als er sich kurz danach wieder umdrehte, hielt er dem Mann fünfzig Dollar entgegen. »Ich muss nach Kinshasa. Das ist alles, was ich habe.«

Zehn Minuten später stieg er auf den zerschlissenen Beifahrersitz des Pick-ups.

18

Nachdem sie festgestellt hatte, dass ihr CBPI nicht mehr funktionierte, hatte Carol fieberhaft überlegt, was sie unternehmen konnte. Irgendwann hatte sie einen Blick von Nicks Vater aufgefangen, doch alle Versuche, näher an ihn heranzurücken, wurden sofort durch ihre Bewacher unterbunden.

Also blieb ihr nichts anderes übrig, als dazusitzen und nachzudenken. Eine Weile schaffte sie es, gegen die immer stärker werdende Müdigkeit in ihr anzukämpfen, doch irgendwann wurde der Drang, die Augen zu schließen, übermächtig und sie rollte sich auf dem Boden zusammen, so, wie es viele andere schon vor ihr getan hatten.

Sie fiel in einen unruhigen Schlaf, aus dem sie immer wieder hochschreckte und sich verwirrt umsah, bevor sie erneut einnickte. Als die ersten Sonnenstrahlen durch die wenigen Fenster fielen, die die Geiselnehmer nicht verdunkeln konnten, richtete sie sich endgültig wieder auf.

Ben Nader war entweder schon oder immer noch wach und nickte ihr kaum merklich zu, als sich ihre Blicke trafen.

Als sie sich umsah, stellte sie fest, dass nur ein Bewacher anwesend war. Also versuchte sie es erneut und schaffte es tatsächlich, sich in wie zufällig aussehenden Bewegungen immer näher an Ben Nader heranzubringen. Immer wieder tauschten sie dabei kurze Blicke aus. Nach einer Weile trennten sie nur noch etwa zehn Meter, die aber unüberbrückbar schienen, weil sie die Grenze zwischen den Angestellten und den anderen Gefangenen darstellten.

Dennoch musste sie es irgendwie schaffen, an Ben Nader heranzukommen. Sie brauchte seine Hilfe. Irgendwie musste sie Zugang zum Netzwerk des Hotels bekommen. Da das über ihr CBPI nicht mehr möglich war, brauchte sie ein Tablet, einen PC oder ein Handy. Insgeheim verfluchte sie sich dafür, seit geraumer Zeit vollkommen auf ein Handy zu verzichten, weil sie über ihr CBPI alles tun konnte, was ein Smartphone konnte. Und natürlich noch viel mehr.

Gerade hatte Nader sich wieder wie zufällig zu ihr umgedreht und registriert, wie nahe sie ihm schon war, als ein mit einer Maschinenpistole bewaffneter Mann sich genau zwischen sie stellte und mit lauter Stimme sagte: »Alle mal herhören! Der Fernsehsender CNN hat eine Videobotschaft von uns erhalten mit dem Befehl, diese in …« Er sah auf seine Armbanduhr. »… genau dreizehn Minuten zu senden. Geschieht das nicht, werden als kleiner Beweis dafür, dass es uns sehr ernst ist, fünf von Ihnen erschossen. Wird die nächste Forderung dann auch nicht erfüllt, stirbt einer der Staatschefs.«

Er sah sich nach rechts um, wo die Security-Leute und Diplomaten saßen.

Fünf von Ihnen als kleiner Beweis, dachte Carol angewidert. Als hätte er nicht über Menschen, sondern über Schlachtvieh geredet.

»Du, du und du.« Der Mann deutete auf zwei Männer und eine Frau, die am Rand des anderen Blocks saßen. »Herkommen und hier in die Mitte setzen.« Dann richtete sich sein

Blick auf die Seite, auf der auch Carol saß. Noch während sie sich darüber im Klaren wurde, was gerade geschah, deutete der Kerl schon auf sie. »Du!« Sein Blick wanderte ein Stück weiter und blieb an einem Mann im typischen Kellner-Outfit hängen. »Und du. Auch herkommen.«

Carols Herz begann zu rasen. Fünf. Fünf von ihnen sollten sterben, falls der Sender das Video nicht ausstrahlte. Er hatte gerade fünf Menschen ausgesucht. Sie war einer davon.

Für einen Moment schloss sie die Augen, atmete einmal tief durch und stand dann auf.

Ja, sie hatte Angst. Sie lief als Eisbach über ihren Rücken und quetschte gleichzeitig ihren Magen zusammen, aber Carol würde dem Kerl nicht zeigen, was in ihr vor sich ging. Den Gefallen tat sie ihm nicht.

Zudem wusste der Sender, was auf dem Spiel stand. Man würde dort nicht leichtfertig das Leben von fünf Menschen aufs Spiel setzen.

Als sie sich in dem freien Streifen in der Mitte neben die Frau von der Diplomatenseite auf den Boden setzte, hörte sie deren leises Wimmern. Sie beugte sich ein wenig zu ihr hinüber und flüsterte: »Keine Angst, die senden das schon.«

Die Frau – sie war etwa vierzig und hatte streng nach hinten gekämmte schwarze Haare – sah sie mit großen Augen an. »Du bist noch so jung. Wie kannst du so ruhig bleiben?«

Carol zwang sich zu einem Grinsen. »Ich kenne ein paar Leute von CNN.«

»Ruhe!«, herrschte der Kerl mit der MP sie an und deutete mit dem Lauf der Waffe nach vorne, wo ein Mitarbeiter des Hotels vor dem großen Flatscreen der Lobby stand und mit der Fernbedienung hantierte. »Alle dorthin sehen. Wenn in eineinhalb Minuten unser Video nicht gesendet wird, gibt es hier eine ziemliche Schweinerei.«

Ein Raunen ging durch die Reihen der Menschen, hier und da wurde ein spitzer Schrei ausgestoßen. Eine Frau stöhnte auf, als falle sie gleich in Ohnmacht.

Carol blickte gebannt nach vorne, wo es der Angestellte mittlerweile geschafft hatte, den CNN-Kanal auszuwählen. Eine junge, stark geschminkte Sprecherin redete mit ernster Miene in die Kamera, was man in der Lobby allerdings noch nicht hören konnte, weil der Ton noch fehlte. Das änderte sich nur wenige Sekunden später.

» … haben wir intensiv darüber nachgedacht, ob es zu verantworten ist, dieses Video zu senden, und uns schließlich dafür entschieden.« Um Carol herum wurden Laute der Erleichterung ausgestoßen, die Frau neben ihr begann zu weinen.

»Ausschlaggebend für den Entschluss, dies zu tun, ist die Bedrohung von Menschenleben. Wir bitten Sie, minderjährige Kinder aus dem Raum zu schicken und ihnen keine Möglichkeit zu geben, die folgende Videobotschaft anzusehen. Sie könnte verstörend wirken.« Ihr Blick richtete sich für einen Moment an der Kamera vorbei. »Noch zwanzig Sekunden.«

Nur zum Teil erleichtert zählte Carol in Gedanken die Sekunden herunter. Die Geiselnehmer würden bei ihren Forderungen nicht zimperlich sein. Vielleicht waren sie sogar so hoch, dass kein Land sie erfüllen konnte, selbst, wenn das bedeutete, dass nicht nur ihre politische Elite, sondern noch viele andere unschuldige Menschen sterben würden. Dass diese skrupellosen Verbrecher dazu fähig waren, hatten sie ja gerade bewiesen, indem sie als *kleinen Beweis* fünf wahllos ausgesuchte Männer und Frauen töten wollten.

Das Fernsehbild wechselte zu einem drahtigen, komplett in Schwarz gekleideten Mann um die vierzig, der ernst in die Kamera blickte. Er saß vor einer weißen Wand, die keine Rückschlüsse darauf zuließ, wo das Video aufgenommen worden war.

»Wenn Sie dieses Video sehen, befinden sich die Staatschefs der führenden Industrienationen in unserer Gewalt. Wir werden nicht zögern, einen nach dem anderen zu töten, wenn unsere Forderungen nicht erfüllt werden. Wir sind sehr genügsam, für die zehn betroffenen Länder sollte dies eine Kleinigkeit sein. Wir verlangen eine Milliarde Dollar für jeden Regierungschef. Zahlbar innerhalb von zwölf Stunden auf das Konto, das unten eingeblendet wird.« Eine lange Reihe an Zahlen sowie der Name einer Bank auf den Caymans wurden am unteren Bildrand eingeblendet. »In genau zwölf Stunden ab jetzt sterben alle Staatschefs, deren Länder die geforderte Summe nicht bezahlt haben. Wir bluffen nicht.«

Der Bildschirm wurde schwarz.

»Menschenverachtende Mistkerle!«, stieß Carol aus, ohne dass sie etwas dagegen hätte tun können. Der Bewaffnete neben ihr richtete seine Waffe auf sie. »Die haben das Video zwar gesendet, aber das heißt nicht, dass ich dich nicht trotzdem erschießen kann.«

19

Die Fahrt verlief weitestgehend schweigend, nachdem der Mann sich das Geld im Voraus von Nick hatte geben lassen. Ihn schien weder zu interessieren, was Nick so weit außerhalb der Stadt gesucht hatte, noch, warum er in seinem Alter vollkommen alleine unterwegs war.

Nick konnte es nur recht sein. Nachdem er eine Weile nach draußen geschaut hatte, wo es bis auf wenige Ausnahmen nichts zu sehen gab als Büsche, weite Felder und Wälder, lehnte er den Kopf zurück und schloss die Augen. Ganz wohl war ihm zwar nicht dabei, sich dem Fremden mit geschlossenen Augen anzuvertrauen, aber die Müdigkeit überkam ihn gerade mit solcher Wucht, dass er wegdämmerte, noch während er darüber nachdachte.

Als sie den Flughafen erreichten, schlief Nick so fest, dass der Fahrer ihn rütteln musste, bis er aufwachte.

Er bedankte sich bei dem Mann und suchte sich innerhalb des Flughafengebäudes einen Platz, wo er auf seine drei Freunde warten konnte, die laut Anzeigetafel erst eine Stunde später ankommen würden. In einer etwas abgelegenen Ecke fand er eine Reihe roter Kunststoffsitze. Die waren zwar alles andere als bequem, wie er feststellen musste, als er sich auf einem von ihnen niederließ, aber für die eine Stunde würde es schon gehen.

Eine Weile beobachtete er das Treiben der Menschen um ihn herum, bis er durch einen europäisch aussehenden Mann in heller Baumwollhose und weißem T-Shirt abgelenkt wurde, der sich ihm gegenüber auf einen der Sitze fallen ließ und seine Tasche vor sich abstellte.

»Guten Tag«, sagte er freundlich auf Französisch. Nick erwiderte den Gruß.

»Alleine unterwegs?«

»Ich hole jemanden ab.«

»Ah, verstehe.«

Nachdem sie eine Weile stumm vor sich hingestarrt hatten, sagte der Mann: »Und? Von der Geiselnahme gehört?«

»Ja, schlimme Sache.«

Der Mann stieß ein humorloses Lachen aus. »Schlimme Sache, ja. Eine Milliarde Dollar für jeden Staatschef, nicht zu fassen. Ziehen so ein Riesending durch und haben zehn der wichtigsten Politiker der Welt in ihren Händen. Sie könnten alles verlangen, was sie wollen, Freilassung von Gefangenen, irgendwelche politischen Dinge, was weiß ich. Aber nein, die begnügen sich mit ein paar schnöden Milliarden. Ich bin sicher, das ist noch nicht das Ende.«

Eine Milliarde Dollar für jeden Staatschef? Von dieser Forderung wusste Nick noch nichts, und er fragte sich, wie der Mann davon erfahren hatte. »Woher wissen Sie das mit dem Lösegeld?«

»Na, das Video der Entführer läuft doch seit zwei Stunden oder so im Fernsehen auf und ab. Und im Internet ist es auch auf jeder Plattform zu finden. Ich dachte immer, ihr jungen Leute hängt den ganzen Tag an euren Handys rum. Wundere mich, dass du das noch nicht mitbekommen hast.«

»Ich habe kein Handy«, erklärte Nick, und als er bemerkte, dass der Mann ihn ungläubig, ja regelrecht fassungslos anstarrte, schob er nach: »Gestern verloren.«

Fast erleichtert nickte der Mann. »Ah, okay. Und schon ist man von der Welt abgeschnitten, nicht wahr?«

Nick hörte die Frage zwar noch, war mit seinen Gedanken aber bei der Information, die er gerade erhalten hatte.

Eine Milliarde Dollar Lösegeld für die Kanzlerin der Bundesrepublik Deutschland … Das war extrem viel Geld, aber sein Gegenüber hatte recht. Die Geiselnehmer, die zweifelsfrei in Victor Dragos Auftrag handelten, konnten alles fordern, was sie wollten. Auch Farbolit, um das es bei der Sache nach wie vor ging, da war sich Nick nicht erst seit Ians Aussage sicher. Warum also taten sie das nicht? Warum gaben sie sich mit …?

Nick konnte nicht anders, als sich die Hand auf die Stirn zu legen, was ihm weitere verwunderte Blicke des Mannes einbrachte. Es war ihm egal. Gerade war alles um ihn herum egal, denn er verstand endlich den Sinn dessen, was gerade geschah. Und was Drago mit der Geiselnahme wirklich bezweckte.

Was würde wohl geschehen, wenn Drago ein paar Kilo Farbolit für die Freilassung der Geiseln forderte?

Die zehn betroffenen Staaten würden sich über die Regierung der Demokratischen Republik Kongo an das Volk der Mongos wenden, denen die einzig bekannte Mine gehörte, in der das seltene Erz gefunden wurde.

Die Mongos würden ohne Zweifel ablehnen, denn das Farbolit war eines ihrer Heiligtümer. Also würde man ihnen jede erdenkliche Summe bieten, aber auch das würde wahrscheinlich keinen Erfolg haben, denn ihr Heiligtum würden sie weder für die Freilassung einiger Staatschefs aus fremden, weit entfernen Ländern noch für materielle Dinge hergeben. Die Sache wäre also zum Scheitern verurteilt.

Das bedeutete aber … Nick erhob sich und begann, verfolgt vom Blick des Mannes, vor der Sitzgruppe auf- und abzugehen, um besser denken zu können.

Das bedeutete, selbst wenn die zehn Milliarden Dollar bezahlt wurden, die er gefordert hatte, würde das Drago nichts nutzen, weil kein Geld dieser Welt ausreichte, die Mongos umzustimmen.

Das musste Drago wissen, denn Nick war sich sicher, er hatte schon früher vergeblich versucht, dem Volksstamm das Erz abzukaufen.

Waren also die Geiselnahme und die damit verbundene Forderung unsinnig? Nein, das waren sie nicht, und Nick wusste nun auch, warum sie das nicht waren.

Er entfernte sich noch ein Stück weiter von seinem Platz und senkte den Kopf, damit niemand sah, dass er seine Lippen bewegte.

»Bruno, kontaktiere Direktor Faber.«

Es dauerte nur wenige Sekunden, bis die bekannte Stimme sagte: »SPY? Was gibt's?« Das klang danach, dass Faber üble Laune hatte, was aber nicht weiter verwunderlich war.

»Ich denke, ich weiß jetzt, was der Grund für diese Geiselnahme ist«, begann Nick aufgeregt.

»Ich auch, ebenso wie wahrscheinlich der ganze Rest der Welt. Diese Verbrecher wollen zehn Milliarden Dollar erpressen.«

Fabers Laune war offenbar noch viel schlechter, als Nick es befürchtet hatte.

»Nein, das glaube ich nicht«, entgegnete er unbeirrt. »Ich bin überzeugt, es geht Drago um Farbolit.«

Faber stieß ein bellendes Lachen aus. »Was er mit den erpressten Milliarden kaufen möchte, interessiert mich im Moment recht wenig. Wir müssen zusehen, dass wir diese Geiselnahme beenden, bevor die Kerle das Geld bekommen, denn wenn sie es erst einmal haben, sind die Geiseln für sie nicht mehr von Wert. Wer weiß, was ihnen dann einfällt. Also, SPY, sieh zu, dass du gemeinsam mit den anderen in dieses Hotel reinkommst, und dann sorgt ihr dafür, dass die Agenten dadrin befreit werden, damit sie diese Mistkerle überwältigen können, klar?«

»Ich bin sicher, diese Geiselnahme ist nur ein Ablenkungsmanöver.«

»Und wovon soll es deiner Meinung nach ablenken?«

Nick atmete tief durch, bevor er antwortete: »Davon, dass Dragos Männer die Farbolit-Mine überfallen und sich nehmen, was sie wollen.«

Zwei, drei Sekunden herrschte Stille, dann sagte Faber: »SPY, mir ist klar, dass du es gut meinst, und du weißt, dass ich große Stücke auf dich halte und denke, dass aus dir ein sehr fähiger Agent werden wird, wenn du mit deiner Ausbildung fertig bist. Aber … das ist gelinde gesagt Unsinn. Überlass das strategische Denken den erfahrenen Agenten.«

»Aber ich …«

»Dein Befehl lautet, gemeinsam mit LORY, GLORY und THUNDER zum Hotel vorzudringen und dort mithilfe der Agenten vor Ort dafür zu sorgen, dass die Geiselnahme beendet wird. Verstanden?« Der Ton, in dem der Direktor das sagte, duldete keinen Widerspruch.

»Verstanden«, entgegnete Nick deshalb, während er gleichzeitig in Gedanken schon dabei war, sich einen Plan zurechtzulegen.

Anschließend ließ er sich von Bruno – teilweise unter heftigem Protest des CBPIs – die wichtigsten Informationen zu diesem Plan geben.

Als Petra, Paula und Jan durch den Ausgang des Gates traten, entdeckten sie Nick sofort und kamen zielstrebig auf ihn zu. Er hatte seinen Standplatz so gewählt, dass er nicht zu übersehen war.

Nachdem sie sich umarmt hatten, blickte Jan Nick erwartungsvoll an. »Und? Wie ist der Stand?«

»Ich habe jemanden mit einem Auto gefunden, der mich mitgenommen und vor ungefähr zwei Stunden hier abgesetzt hat. Seitdem warte ich auf euch. Ich habe noch immer keinen Kontakt zum Hotel. Die Störsender arbeiten einwandfrei, wie ich ja selbst schon erfahren durfte. Habt ihr schon von der Lösegeldforderung gehört?«

Petra nickte. »Ja, gleich, als wir aus der Maschine gestiegen sind. Zehn Milliarden. Das ist viel Geld.«

»Was sind unsere nächsten Schritte?«, fragte Paula.

»Das würde mich auch interessieren«, bemerkte Petra.

»Ich hatte in den zwei Stunden viel Zeit nachzudenken und ich bin mittlerweile sicher, dass es Drago nicht um das Lösegeld geht.«

Jan zog die Brauen hoch. »Um was denn sonst?«

»Damit möchte er nur erreichen, dass alle Welt auf das Hotel schaut und alle Polizei- und Spezialeinheiten dort konzentriert werden. Ich glaube, dass er währenddessen die Farbolit-Mine überfallen und sich genügend von dem Erz besorgen möchte. Wozu immer er es auch braucht.«

»Hm …«, machte Jan. »Und wie kommst du darauf?«

Er erklärte ihnen seine Theorie. Die drei hörten ihm gebannt zu, und schon bevor er fertig war, nickten Petra und Paula mehrmals zum Zeichen, dass sie verstanden hatten und Nick recht gaben.

»Da ist natürlich was dran«, sagte Jan. »Die gesamte Polizei ist durch die Entführung so abgelenkt und derart auf das Hotel konzentriert, dass Drago in der Zeit gemütlich die Mine überfallen kann. Weiß Faber davon?«

»Ja, ich habe eben mit ihm gesprochen. Er hält meine Idee für Unsinn und möchte, dass wir versuchen, in das Hotel einzudringen.«

»Okay, und was sollten wir *deiner* Meinung nach nun tun?«

»Wir müssen zu der Mine. Vielleicht ist es noch nicht zu spät.«

»Wo ist diese Mine überhaupt?«, wollte Paula wissen.

»Ja, wo ist sie?«, wiederholte Petra.

»Etwa sechzig Kilometer hinter Mbandaka, der Hauptstadt der Provinz Équateur.«

Jan verschränkte die Arme vor der Brust. »Wie weit ist das von hier entfernt?«

»Luftlinie etwa siebenhundert Kilometer, aber es gibt keine offiziellen Straßen dorthin. Die machen einen riesigen Bogen, sodass man gut das Doppelte fahren müsste.«

»Und wie kämen wir dahin?« Jan sah sich in der Halle des Flughafens um. »Hat dieses … Mbandaka einen Flughafen?«

»Ja, aber es geht nur ein Flug am Tag, und zwar am Vormittag. Wir müssten bis morgen warten. Das ist zu spät.

Außerdem … Die Mine liegt in einem kaum besiedelten Gebiet. Wir könnten mit einem Jeep von Mbandaka aus vielleicht noch dreißig, vierzig Kilometer über halbwegs befestigte Wege fahren, danach ginge es nur über Pfade durch den Urwald. Das würde ewig dauern, und wir …«

»Was schlägst du also vor?«, unterbrach Jan ihn. »Ich sehe dir doch an, dass du dir schon was ausgedacht hast.«

»Etwa zwanzig Kilometer von hier gibt es einen kleinen Ableger dieses Flughafens für kleine Privatmaschinen. Wenn wir uns dort ein Flugzeug mieten, können wir auf einer freien Fläche irgendwo in der Nähe der Mine landen. Der Flug würde etwa drei Stunden dauern, wir hätten also wenigstens noch eine kleine Chance, rechtzeitig da zu sein, um zu verhindern, dass Drago in den Besitz des Farbolits gelangt. Eine Chance, die wir nutzen sollten.«

»Hm … können wir uns die Miete für ein Privatflugzeug denn leisten?«

»Kein Problem.«

»Okay, aber … Da gibt es doch ein Problem.« Jan rieb sich mit der rechten Hand nachdenklich übers Kinn und schüttelte schließlich den Kopf. »Ich bin von uns der Dienstälteste und muss anschließend meinen Kopf hinhalten für das, was wir tun. Faber ist unser Vorgesetzter, das heißt, wir müssen seinen Befehlen folgen.«

»Was?«, stieß Nick überrascht aus. »Hast du mir nicht zugehört? Wenn Drago das Farbolit in die Hände bekommt, ist nicht abzusehen, was er …«

Jan hob die Hand und brachte Nick damit zum Schweigen. Der sah ihn wütend an. Er konnte einfach nicht glauben, dass Jan Fabers Befehlen folgen wollte, obwohl er doch einsehen *musste*, dass Nick recht hatte. Aber da war etwas in Jans Blick, das Nick stutzen ließ.

»Entschuldige«, erklärte Jan. »Ich war gerade abgelenkt und habe nicht verstanden, was du gesagt hast. Also, du weißt, dass wir die Befehle des Direktors ausführen müssen. Meine Frage lautete: Hast du ihn schon informiert und falls ja, was hat er angeordnet?«

Nick bemerkte das leichte Zucken um Jans Mundwinkel, als koste es ihn Mühe, ernst zu bleiben. Und mit einem Mal verstand er.

»Ähm, ja, also … ich habe mit ihm gesprochen. Es gab ein paar Störungen, durch die die Verständigung etwas schwierig war, aber ich habe Folgendes verstanden: *Dein Befehl lautet, gemeinsam mit LORY, GLORY und THUNDER zur Mine vorzudringen und dort mithilfe der Agenten vor Ort dafür zu sorgen, dass die Geiselnahme beendet wird.*

Wobei ich ja nicht glaube, dass schon Agenten vor Ort sind. Aber mit der Geiselnahme muss er die Mongos gemeint haben, die für die Bewachung der Mine zuständig sind. Wahrscheinlich geht er davon aus, dass sie von Dragos Leuten gefangen gehalten werden, während die Farbolit-Mine geplündert wird.«

Jan nickte, nun breit grinsend. »Gut, wenn Direktor Faber das so möchte, sehen wir also zu, dass wir zu dieser Mine kommen.«

20

Sie fanden ein Taxi gleich vor dem Gebäude. Nachdem sie ihre Rucksäcke im Kofferraum des Fahrzeugs verstaut hatten, quetschten sie sich in den Innenraum und nannten dem Fahrer die Adresse des kleinen Flughafens. Der blickte Jan, der auf dem Beifahrersitz Platz genommen hatte, verwundert an. »Ihr wollt von einem Flughafen zum nächsten?«

»Ja.«

»Dort gibt es aber fast nichts. Nur ein paar alte, kleine Privatmaschinen.«

»Genau deshalb möchten wir dahin.«

Daraufhin zuckte der Mann mit den Schultern und fuhr kopfschüttelnd los.

Sie hatten das Flughafengelände noch nicht verlassen, als Nick einen Gedanken hatte, dem er spontan folgte. Er beugte sich nach vorne und tippte dem Fahrer auf die Schulter. »Wir machen noch einen kleinen Umweg nach Kinshasa, ans Kongo-Ufer am Rand von Gombe. Da gibt es eine kleine Ansiedlung mit Hütten, die …« Er wusste nicht, wie er es formulieren sollte. »Die von armen Leuten bewohnt werden«, half der Fahrer ihm.

»Ja, genau. Da müssen wir noch jemanden abholen.«

Der Fahrer schüttelte den Kopf. »Das geht nicht. Wo soll der denn sitzen?«

»Zwischen uns. Das geht schon für das kleine Stück.«

»Tut mir leid, aber …« Mit großen Augen sah der Mann auf den Fünfzig-Dollar-Schein, den Nick ihm über die Schulter hinhielt.

Er nahm ihn und ließ ihn in seiner Tasche verschwinden. »Na ja, wenn ihr zusammenrückt …«

Als Jan ihn fragend ansah, erklärte Nick: »Wir nehmen einen einheimischen Jungen mit, den ich kennengelernt habe, Kwesi. In Mbandaka wird Lingala gesprochen, aber wahrscheinlich auch Französisch. Viele Mongos sprechen aber Lomongo, und das vielleicht ausschließlich, das beherrscht niemand von uns. Ich möchte nicht in eine brenzlige Situation kommen, in der wir uns nicht verständigen können. Wir brauchen also vielleicht einen Dolmetscher. Außerdem kennt er die Menschen im Land, er kann uns sicher hilfreich sein.«

»Also gut, wenn du meinst …«

»Ich möchte noch einmal klarstellen, dass das, was ihr da tut, gegen die klare Anweisung von Direktor Faber ist«, begann Bruno zu zetern. »Das wird Konsequenzen nach sich ziehen, dessen musst du dir bewusst sein. Wenn man später in der Schule meine Daten ausliest, wird man auch nachverfolgen können, dass ich dich gewarnt habe und du diese Warnungen ignoriert hast.«

»Und wenn wir nicht tun, *was* wir gerade tun«, entgegnete Nick auf Deutsch, sodass der Fahrer ihn sicher nicht verstehen konnte, »wird ein gewisser Jemand dieses Farbolit in die Hände bekommen. Und was immer er damit anstellen möchte, ich bin sicher, es würde niemandem gefallen, auch Direktor Faber nicht.«

»Nichtsdesto…«

»Halt die Klappe.«

Sie verfuhren sich einmal und gelangten in eine Sackgasse, doch beim zweiten Anlauf fand der Fahrer den Weg und hielt am Rand der Siedlung an.

»Okay, wartet hier einen Moment«, sagte Nick, stieg aus und sah sich um. Wieder wurde er von etlichen Augenpaaren neugierig gemustert, allerdings konnte er in keinem dieser Blicke etwas Feindseliges entdecken. Einige Kinder, die in einer Gruppe zusammen auf dem sandigen Boden saßen und spielten, deuteten auf ihn und begannen zu kichern.

Nick lächelte ihnen zu und ging los. Wenn er sich nicht täuschte, stand die Hütte von Kwesis Familie schon im nächsten Querweg.

Er hatte Glück, der Junge war zu Hause. Er saß vor dem Häuschen und löffelte etwas aus einer Schüssel, wahrscheinlich *Fufu*.

Als er Nick entdeckte, stellte Kwesi die Schüssel schnell auf dem Boden ab, sprang auf und kam auf ihn zugelaufen. »Hey, weißer Junge, was tust du denn schon wieder hier?«

Sie umarmten sich. »Ich habe einen Job für dich«, erklärte Nick lächelnd.

»Einen Job?«, fragte Kwesis Mutter, die aus der Hütte trat und Nick ebenfalls umarmte.

»Ja, ich muss mit ein paar Freunden nach Mbandaka und brauche einen Dolmetscher, der sich zudem hier im Land etwas auskennt. Da dachte ich an Kwesi.«

Kwesis Mutter legte die Stirn in Falten. »Aber Kwesi ist noch nie aus Kinshasa herausgekommen. Er kennt sich in Mbandaka nicht aus. Überhaupt, Mbandaka ... Das ist sehr weit weg, wie möchtest du dahin kommen?«

»Mit einem Flugzeug«, erklärte Nick, woraufhin Kwesis Augen fast aus den Höhlen quollen.

»Was? Ein Flugzeug? Ich soll fliegen? Richtig fliegen?«

»Nick, das ist …«, begann Kwesis Mutter auf eine Art, die Nick reagieren ließ.

»Wir brauchen ihn wirklich. Und der Job ist gut bezahlt.«

Sie legte den Kopf schräg. »Wie gut?«

»Einhundert Dollar!«

Nun war es an der Frau, die Augen aufzureißen. »Das ist … viel Geld. Aber trotzdem …«

»Zweihundert Dollar. Für einen wichtigen Job. Also?«

Kwesi packte seine Mutter am Arm und sah sie flehend an. »Zweihundert Dollar! Mama, so viel kann ich in einem ganzen Monat nicht verdienen. Nicht mal in zwei.«

Seine Mutter war noch immer skeptisch. »Was genau soll er für so viel Geld tun? Ist das etwas, wofür er ins Gefängnis kommen kann? Dann heißt meine Antwort *Nein*, egal, wie viel er dafür bekommen würde.«

Nick schüttelte den Kopf. »Nein, es ist nichts Illegales, das verspreche ich. Ich würde nie etwas tun, das nicht legal ist. Wir müssen von Mbandaka aus ein Stück weit in den Wald, und da wir alle verwöhnte Stadtkinder sind, brauchen wir einen Führer.«

»Und es ist auch nicht gefährlich?«

»Überhaupt nicht«, log Nick und fühlte sich ein wenig schlecht dabei.

Als er zehn Minuten später die hintere Tür des Taxis öffnete und Kwesi aufforderte einzusteigen, lächelte der Paula, Petra und Jan zu.

»Hi, ich bin Kwesi, euer Führer und Dolmetscher.«

Nachdem er sich zu den Schwestern gezwängt und auch Nick sich noch dazugequetscht hatte, ging die Fahrt weiter.

»Was machen wir eigentlich wirklich in Mbandaka?«, fragte Kwesi, als sie die erste Kreuzung erreichten.

»Einen Urwaldspaziergang«, antwortete Jan auf eine Art, die den Jungen verstummen ließ.

Der *Flughafen* war lediglich an den drei kleinen, etwas mitgenommen aussehenden Propellermaschinen als solcher zu erkennen, die neben einer halbwegs gerade verlaufenden Sandpiste standen, und an einem schlaff herunterhängenden Windsack.

Das flache Gebäude daneben bestand zum größten Teil aus einer Werkstatt mit geöffnetem Rolltor. Sie war gerade groß genug, dass ein Kleinflugzeug hineingepasst hätte, wäre sie nicht zugestellt gewesen mit Regalen und irgendwelchen altertümlich anmutenden Maschinen, deren Funktion sich Nick nicht erschloss. Einen Mechaniker suchte man dort allerdings vergebens.

Der kleinere, abgeschlossene Teil daneben konnte ein Büro sein.

Während der Fahrer wendete und in einer Staubwolke davonfuhr, ging Nick zum Eingang des Büroteils und versuchte, die Tür zu öffnen. Erst als er festgestellt hatte, dass sie verschlossen war, las er den in krakeliger Handschrift auf Französisch geschriebenen Zettel, der auf Brusthöhe angeklebt war. Er enthielt nur drei Worte:

Bin bald zurück.

»Irgendjemand muss hier sein«, sagte Jan und blickte sich um. »Die Werkstatt ist doch offen.«

»Das heißt nichts«, erläuterte Kwesi mit einer wegwerfenden Handbewegung. »Vielleicht liegt der Mechaniker auch irgendwo dadrin und schläft.«

Er machte einen Schritt nach vorne und hämmerte mehrmals mit den Fäusten gegen die Tür, worauf sich allerdings im Inneren noch immer nichts regte.

Nick ging um das Gebäude herum und entdeckte auf der Rückseite ein gardinenloses Fenster, in dem sich das Sonnenlicht spiegelte. Er legte die Hände trichterförmig gegen das Glas und presste das Gesicht dagegen.

Ein Schreibtisch, über und über beladen mit Papieren, Kaffeetassen, Flaschen und Müll. Davor ein Stuhl, an der Wand daneben ein Regal, eine schmale Tür und ein Brett, an dem einige Schlüssel hingen. Gegenüber der Eingang. Das war alles.

»Und?« Petra lugte um die Ecke des Gebäudes. »Siehst du was?«

»Niemand da«, sagte Nick und ging wieder zur Vorderseite zurück.

»Da gibt es noch eine kleine Tür«, erklärte er, als er Jan und Kwesi wieder erreicht hatte. »Aber dahinter kann nur ein winziger Raum sein, wahrscheinlich die Toilette.«

»Was nun?«, wollte Paula wissen und verschränkte die Arme vor der Brust.

»Da hängt ein Brett an der Wand mit Schlüsseln.«

»Und?«

Statt einer Antwort blickte Nick zu den drei Kleinflugzeugen hinüber. Paula folgte seinem Blick und betrachtete die Maschinen eine Weile, bis sie plötzlich die Augen aufriss.

»Moment mal, du möchtest doch nicht …?«

»Doch, möchte ich.« Nick ging zu seinem Rucksack, der zusammen mit denen seiner Freunde an der Stelle auf dem Boden lag, an der sie das Taxi verlassen hatten, öffnete den Verschluss und ließ seine Hand dann tief im Inneren verschwinden.

»Wenn wir hier warten, bis irgendwann vielleicht mal jemand auftaucht, kann es zu spät sein. Zumal wir ja gar nicht wissen, ob es überhaupt einen Piloten gibt, der sich bereiterklärt, uns zu fliegen.«

Er hatte gefunden, was er suchte, und zog ein schmales Lederetui von der Größe einer Zigarettenschachtel heraus, auf dessen Vorderseite in silberner Prägung eine geöffnete Taschenuhr abgebildet war. Spätestens, als die anderen das sahen, war ihnen klar, was Nick vorhatte. Selbst Kwesi, der den Inhalt des Mäppchens nicht kannte, ahnte, was Nick vorhatte. »Du brichst da ein?«

Das Etui gehörte zur Standardausrüstung. Enthalten war ein Set schmaler Werkzeuge, die tatsächlich wie Uhrmacherwerkzeuge aussahen. Es waren Schraubenzieher in drei Größen, ein Stift sowie eine winzige Zange.

Das Besondere daran war, dass aus den vermeintlichen Schraubenziehern sehr effektive Einbruchswerkzeuge für Zylinderschlösser wurden, wenn man sie mit einer bestimmten Technik gegeneinander verdrehte, und dass sie nicht aus Stahl, sondern aus einem besonderen Hartplastik gefertigt waren, der beim Security-Check am Flughafen keinen Alarm auslöste.

Und falls das Etui bei einer Routinekontrolle doch einmal auffiel, ging es als ungefährliches Kunststoff-Uhrmacherwerkzeug durch.

Während Nick auf die Eingangstür des Büros zuging, öffnete er das Etui und nahm einen der schmalen Schraubenzieher und den Stift heraus.

Vor der Tür angekommen, steckte er das Mäppchen in die Hosentasche, hielt den Schraubenzieher mit Zeigefinger und Daumen der rechten Hand fest und drehte mit der linken an einer Stelle weiter oben den Schaft mit einem Ruck nach links, woraufhin am vorderen Ende mehrere kleine Zacken heraussprangen.

Mit dem Schraubenzieher in der einen und dem Stift in der anderen Hand bewaffnet, ging er in die Knie und begann, an dem Schloss zu arbeiten. Einen Wimpernschlag später kniete Kwesi so dicht neben ihm, dass Nick sich kaum noch bewegen konnte, und beobachtete mit Argusaugen jeden seiner Handgriffe.

Knappe dreißig Sekunden später war die Tür offen.

»Du machst ja eine steile Karriere«, bemerkte Bruno. »Vom simplen Verweigern von Befehlen zum Einbruch. Alle Achtung.«

»Hier ist Gefahr im Verzug«, entgegnete Nick, woraufhin Jan ihm einen grinsenden Blick zuwarf. Er wusste, mit wem sich Nick da gerade unterhielt. Ganz anders Kwesi, der Nick verständnislos anblickte, weil er sich auf Deutsch mit Bruno unterhalten hatte.

Die Schlüssel waren mit Anhängern versehen, auf denen Namen standen, was Nick allerdings nicht weiterhalf. Also nahm er alle vom Brett – es waren fünf – und steckte sie in seine Hosentasche. Anschließend deutete er auf den Schreibtisch. »Sieh nach, ob du Karten findest. Nur für alle Fälle. Ich schaue im Schrank nach.«

»Kartenmaterial?« Bruno klang beleidigt. »Hast du vergessen, dass du mit mir das beste Navigationssystem bei dir trägst, das man haben kann?«

»Ich sagte doch: für alle Fälle.«

»Wenn du das meinst, was ich glaube, dass du es meinst, dann hast du dich vollkommen falsch ausgedrückt. Korrekt wäre gewesen, wenn du *nur für den Notfall* gesagt hättest, denn *für alle Fälle* bin ich da. Wobei man den Begriff *Notfall* natürlich noch entsprechend erläutern müsste.«

Nick beschloss, sich auf diese Diskussion nicht einzulassen.

Schon nach kurzer Zeit hielt Jan mehrere zusammengefaltete Karten hoch. »Hier, ich habe, was wir brauchen.«

»Super, gehen wir.«

»Hoffentlich ist eine der Kisten vollgetankt«, dachte Jan laut nach, als sie wieder ins Freie traten.

»Das werden wir gleich sehen.« Nick ging zielstrebig auf die mittlere der Propellermaschinen zu, eine einmotorige Cessna, deren Kabine Platz für vier Personen bot. Wenn sie hinten zusammenrückten, würden sie auch zu fünft hineinpassen.

Der dritte Schlüssel passte.

Nick kletterte auf den Pilotensitz, machte sich kurz mit den Armaturen vertraut und rief wenige Augenblicke später triumphierend zur geöffneten Tür hinaus: »Der Tank ist voll, alles einsteigen.«

Während Jan sich auf den zweiten vorderen Sitz schwang und die Schwestern und Kwesi im hinteren Bereich Platz nahmen, traf Nick alle Vorbereitungen zum Start. Er war aufgeregt, hatte allerdings keine Angst, denn er wusste genau, was zu tun war und wie man eine solche Maschine flog. Seit seinem zweiten Jahr auf der Schule hatte er Flugstunden und theoretischen Unterricht bekommen und kurz vor Ende des ersten Teils der Ausbildung erfolgreich die sogenannte PPL-Prüfung abgelegt. Die *Privat-Piloten-Lizenz.*

»Ich glaube es ja nicht, dass ich gleich fliegen werde«, rief Kwesi begeistert aus und grinste dabei breit.

Auf das vorschriftsmäßige Abarbeiten der Checkliste vor dem Start verzichtete Nick. Ihnen saß die Zeit im Nacken. Sobald er den Motor gestartet hatte, würde er schnell die Funktion der Leitwerke checken, dann konnte es losgehen.

Dazu kam es jedoch nicht, denn mehr als ein trockenes Klacken gab die Maschine nicht von sich. Der Motor ließ sich nicht starten.

»Die Batterie«, kommentierte Bruno. »Sie ist entweder leer oder defekt. Mit diesem Flugzeug werdet ihr nicht fliegen.«

»Was ist?«, fragte Petra vom hinteren Sitz und lehnte sich ein Stück weit nach vorne.

»Mist!« Nick schlug mit der flachen Hand auf das Armaturenbrett.

»Was ist?« Die Enttäuschung war deutlich in Kwesis Stimme zu hören. »Können wir nicht fliegen?«

»Wir müssen eine andere Maschine nehmen. Also los, wir müssen uns beeilen.«

Nick öffnete die Tür, schwang sich aus der Kabine und betrachtete die Maschine, die links von ihm stand.

Es war eine Piper PA 28, eine Maschine aus der Cherokee-Familie, die seit 1961 gebaut wurde. So, wie das Flugzeug aussah, gehörte es wahrscheinlich zu der ersten Baureihe und hatte entsprechend viele Jahre und Flugstunden hinter sich.

Die blau-roten Streifen, mit denen der weiße Rumpf einmal durchgehend verziert gewesen war, bestanden nur noch aus kleinen Inseln mit ausgefransten Rändern, am Seitenruder war an einigen Stellen selbst die weiße Lackierung abgeplatzt.

»Du denkst doch nicht etwa daran …?«, setzte Paula an, doch Nick unterbrach sie. »Doch, denn *damit* fliegen wir ganz bestimmt nicht.«

Er deutete auf die dritte Maschine in der Reihe, besser gesagt auf das Fahrwerk, das nur noch auf einem Rad stand. Das zweite war durch aufeinandergestapelte Steine ersetzt worden, wie man es aus Gangsterfilmen von Autos kannte, deren Felgen gestohlen worden waren.

Ohne weitere Zeit zu verschwenden, ging Nick zu der Piper und kletterte auf die linke Tragfläche, von der aus er auf den Pilotensitz gelangte.

Gleich der erste Schlüssel, den er versuchte, passte in das Schloss, und auch diese Maschine war vollgetankt. Bevor Nick die anderen jedoch dazu aufforderte, einzusteigen, versuchte er, den Motor zu starten, was entgegen seiner Befürchtung gleich auf Anhieb gelang. Gerade, als sich Petra und Paula daranmachten, auf die Tragfläche zu steigen, rief Jan: »Wir haben ein Problem!«, und deutete in Richtung der Sandpiste, von deren Ende ein Auto in einer Staubwolke mit hoher Geschwindigkeit auf sie zugefahren kam.

21

»Los, macht schon«, rief Nick nach hinten, wo Kwesi gerade den Sitz erklomm, bevor Jan die Rückenlehne umklappte und sich auf den Copilotensitz schwang. Noch bevor er die Tür zuziehen konnte, ließ Nick die Maschine anrollen und steuerte sie auf die Sandpiste, auf der ihnen im Abstand von vielleicht vierhundert Metern das Fahrzeug entgegenkam.

»Oh, he!«, rief Kwesi, als er es endlich geschafft hatte, die Tür zu schließen. »Was tust du?«

»Ich starte!«

»Aber das Auto ...«

»Der macht schon Platz.«

Nick gab Vollgas, woraufhin der Propeller in einer irren Lautstärke losbrummte und den rötlichen Sand um die Maschine herum verwirbelte, während das Flugzeug beschleunigte. Alles in der Kabine vibrierte, irgendwo schepperte etwas beängstigend. Es dröhnte derart, dass man sein eigenes Wort nicht würde verstehen können.

Gleichzeitig mit Jan fasste Nick zur Seite, zog sich den dort hängenden Kopfhörer über und bog das Mikrofon so zurecht, dass es sich direkt vor seinem Mund befand. Nachdem auch Jan das Gerät sitzen hatte, drehte er sich nach hinten und zeigte auf die Kopfhörer, die auch dort seitlich von der Decke baumelten. Es waren jedoch nur zwei, und während Paula noch nach einem von ihnen griff, hatte Kwesi den anderen schon auf den Ohren sitzen.

»Oh Mann!«, war seine Stimme etwas krächzend über die Lautsprecher zu hören. »Wenn das mal gut geht. So habe ich mir meinen ersten Flug nicht vorgestellt.«

Nick ging nicht darauf ein, sondern starrte ebenso wie Jan angestrengt mit zusammengekniffenen Lippen nach vorne. Sie rasten mit immer höherer Geschwindigkeit auf den Wagen zu, der Abstand wurde rasend schnell kleiner. Ein Blick auf die Geschwindigkeitsanzeige ließ Nick ahnen, dass sie es nicht schaffen würden, abzuheben, bevor sie auf das Auto trafen.

»Nick?«, sagte Jan vorsichtig. Nick sah aus den Augenwinkeln, wie sein Freund mit der Hand nach Halt tastete.

Noch etwa hundert Meter. »Aufprall in vier Komma drei Sekunden«, vermeldete Bruno.

Siebzig Meter. »Nick, du musst ausweichen.« Paula.

Fünfzig Meter. Nick schüttelte entschlossen den Kopf. »Auf keinen Fall. *Er* wird ausweichen.«

Höchstens fünfzehn Meter trennten die aufeinander zurasenden Maschinen nur noch, als der Fahrer des Autos das Lenkrad endlich herumriss. Er tat das so heftig, dass das Fahrzeug seitlich ausbrach und schräg über die Piste schlingerte. Jemand in der Kabine schrie laut auf, als der Wagen die Spitze der Piper um höchstens drei oder vier Meter verfehlte.

Sekunden später hatten sie die nötige Geschwindigkeit zum Abheben erreicht. Nick zog das Steuer zu sich heran, die Schnauze der Piper hob sich, die Räder lösten sich vom holprigen Boden, setzten noch mal kurz auf und lösten sich dann endgültig.

Sie waren in der Luft.

»Scheiße, war das knapp!«, stieß Jan aus und fuhr sich mit dem Handrücken über die Stirn.

»Och …«, machte Nick und zwang sich zu einem Grinsen. Ganz wohl war ihm selbst nicht zumute gewesen.

»Ich fliege!«, rief Kwesi von hinten. »Jaaa! Ich sitze in einem richtigen Flugzeug und fliege!«

Nick drückte die Piper in eine enge Kurve und warf einen Blick aus dem Seitenfenster. Rund hundert Meter unter ihnen stand ein Mann neben seinem Auto und fuchtelte wild mit den Armen in der Luft.

»Du bekommst dein Flugzeug ja zurück«, sagte Nick laut und lehnte sich im Sitz zurück. Nachdem er zwei, drei Mal tief durchgeatmet hatte, sagte er: »Okay, Bruno, navigiere mich.«

»Na endlich, ich dachte schon, du würdest dich erst auf einen Irrflug …«

»Den Weg, Bruno. Hör auf zu labern und sag mir, wohin ich fliegen muss.«

Nach knapp drei Stunden erreichten sie Mbandaka. Nick ließ die Stadt rechts liegen und nahm Kurs auf den Urwald. Als sich nach etwa zehn Minuten der Dschungel wie ein endlos scheinender grüner Teppich unter ihnen ausbreitete, fragte Paula: »Bist du sicher, dass du irgendwo in der Nähe der Mine landen kannst? Das sieht ziemlich dicht aus da unten.«

»Nein, sicher bin ich nicht, aber wir werden schon irgendwo ein freies Fleckchen finden.«

»Sollten wir nicht doch lieber auf einem richtigen Flugplatz landen?«, fragte Petra vorsichtig. Sie hatte sich etwa nach der Hälfte der Flugzeit den Kopfhörer von Kwesi geben lassen. Nachdem der Junge in der ersten Stunde fast ununterbrochen aufgeregt geplappert hatte, waren ihm irgendwann die Augen zugefallen.

Jan schüttelte den Kopf. »Da würde uns dann wahrscheinlich schon die Polizei erwarten. Wir haben ein Flugzeug geklaut, schon vergessen?«

»Außerdem müssen wir so nah wie möglich an die Mine heran«, fügte Nick hinzu. »Sonst haben wir gar keine Chance mehr, Dragos Männern in die Quere zu kommen, bevor sie sich genommen haben, was sie wollen. Wir werden schon ein freies Stück finden.«

»Mine?«, quäkte Kwesis Stimme aus dem Kopfhörer. Offenbar war er aufgewacht und hatte sich das Teil von Petra zurückerobert. »Welche Mine?«

»Das ist unser Ziel. Eine Mine im Dschungel.«

Kwesi rutschte auf der Rückbank nach vorne und streckte seinen Kopf zwischen Nicks und Jans Schultern.

»Mine für was? Und was wollen wir da?«

Nick warf an Kwesi vorbei einen Blick zu Jan hinüber. »Also gut. Erklärst du es ihm bitte?«

Jan nickte. »Wenn du meinst …«

Als Kwesi hörte, um welche Mine es sich handelte und was sie dort wollten, rollte er mit den Augen. »Nicht gut. Das ist gar nicht gut. Ich habe gehört, dass es dieses Heiligtum gibt und dass es von den Mongos so streng bewacht wird, weil ein Todesfluch auf der Mine liegt und jeder stirbt, der sie betritt.«

»Du kannst in sicherem Abstand vor der Mine warten«, erklärte Nick. Er hielt nichts von diesen Geschichten, verstand aber, dass man solche Dinge für möglich hielt, wenn man in einer Umgebung aufwuchs, in der der Aberglaube zum Alltag gehörte. Und für die Mongos hatte es den Vorteil, dass sich aus

Angst niemand in die Nähe der Mine traute. Zumindest kein Einheimischer …

Kwesi schien einen Moment lang nachzudenken, dann schüttelte er vehement den Kopf. »Auf keinen Fall verzichte ich auf dieses Abenteuer.«

Zwanzig Minuten später waren sie nach Brunos Angaben auf wenige Kilometer an die Mine herangekommen. »Wir sind da«, informierte Nick die anderen. »Schaut alle raus und seht, ob es irgendwo eine Stelle gibt, auf der wir landen können.«

Kurz danach meldete Bruno: »Die Mine müsste jetzt ziemlich genau unter uns sein.«

Nick drückte die Piper in eine Rechtskurve und suchte die grüne Fläche unter ihnen nach einer geeigneten Landemöglichkeit ab.

Es war Kwesi, der sie schließlich fand. »Da, da!«, rief er aufgeregt. »Da unten, schaut doch, da ist eine freie Stelle. Ist sie groß genug? Können wir da landen?«

Es handelte sich um ein baumfreies, grasbewachsenes Stück Land mit einer Breite von etwa dreißig oder vierzig Metern und vielleicht vierhundert Metern Länge neben dem Ufer eines kleinen Flusses.

Nick und Jan tauschten einen schnellen Blick. Sie beide wussten, dass es grundsätzlich möglich war, die kleine Maschine dort zu landen. Vorausgesetzt, der Boden war fest genug und es gab keine Schlaglöcher, die man von oben nicht erkannte, und auch keinen tückischen Seitenwind und, und, und. Kurzum, es war ein Risiko. Aber es war auch ihre einzige Möglichkeit, weswegen Nick sich alle Bedenken sparen konnte. Sie mussten es versuchen.

»Also dann«, brummte Nick mit grimmiger Entschlossenheit und wunderte sich darüber, wie tief seine Stimme plötzlich klang. »Gehen wir es an.«

»Darf ich eine Anmerkung machen?«, fragte Bruno, wartete aber keine Antwort ab. »Wenn man den flachen Winkel berücksichtigt, in dem du durch die hohen Bäume am Anfang der Behelfs-Landebahn anfliegen musst, bleiben dir maximal zweihundert Meter nach dem Aufsetzen, um die Maschine zum Stehen zu bringen.«

Nick ging darauf nicht ein, sondern konzentrierte sich auf die bevorstehende Landung.

»Haltet euch fest, es wird keine sanfte Landung werden.«

In geringer Höhe flog er eine letzte Schleife, dann hatte er die freie Fläche schräg unter sich. Er drückte die Piper tiefer und tiefer. Auf den letzten hundert Metern hingen die Räder höchstens noch zehn Meter über den Baumwipfeln. Die letzten Sekunden, der letzte Baum …

Nick drückte das Steuer mit einem Ruck nach vorne und betätigte gleichzeitig das Höhenruder. Die Maschine sackte ab wie ein Fahrstuhl, bei dem die Seile gerissen waren. Kurz vor dem Aufsetzen zog er noch einmal mit aller Kraft an, fing die Piper damit wieder etwas ab, dann knallten die Räder mit einem harten Schlag auf den Boden. Im selben Moment trat er mit aller Kraft auf die Bremsen. Um sie herum wurde derart viel Staub aufgewirbelt, dass Nick nur mit Mühe das freie Stück vor sich sah. Das und die Bäume, die mit hoher Geschwindigkeit auf sie zuzurasen schienen.

Das Flugzeug wurde langsamer, die Bäume kamen näher … Keine zwanzig Meter vor dem Ende der freien Fläche kam die Piper schließlich zum Stehen.

Für ein paar Sekunden herrschte im Inneren gespenstische Stille, die nur vom gleichmäßigen Brummen des Propellers untermalt wurde, dann brach allgemeiner Jubel aus. Hände klopften auf Nicks Schulter, Jan boxte ihm freundschaftlich auf den Oberarm und Kwesi fiel ihm erleichtert von hinten um den Hals.

»Na dann ...« Nick öffnete die Tür und schwang die Beine vom Sitz. »Schauen wir mal, wo wir hier gelandet sind.«

Vom Boden aus betrachtet erschien der dichte Urwald, der die lang gezogene Lichtung an drei Seiten eingrenzte, wie eine undurchdringliche grüne Wand. Die Luft war hier noch um einiges feuchter als in Kinshasa, es fiel Nick schwerer, sie einzuatmen. Binnen weniger Minuten drang ihm der Schweiß aus allen Poren und lockte sofort erste Stechmücken an. Nick erlegte eine von ihnen in seinem Nacken durch einen Schlag mit der flachen Hand, aber sie hatte ihn bereits erwischt, wie er gleich darauf feststellte.

»Verdammt«, stieß neben ihm Jan aus, gefolgt von einem klatschenden Geräusch. »Diese Viecher fressen einen ja bei lebendigem Leibe auf. Wir sollten zusehen, dass wir schleunigst vom Wasser wegkommen.«

»Bruno, kannst ...?«

»Die Mine ist rund zweitausendeinhundertdreißig Meter von hier entfernt«, erklärte Bruno sachlich. »Luftlinie. Wenn ihr dem Pfad folgt, der rechts von dir in den Dschungel führt, wird die Strecke länger sein, ich kann aber nicht berechnen, wie lange, weil dieser Weg nirgendwo verzeichnet ist und – wie du ja weißt – meine Scanner nicht sehr weit reichen. Ich schätze aber, ihr braucht dafür mindestens eineinhalb Stunden, wahrscheinlich länger. Und das auch nur unter der

Voraussetzung, dass der Pfad keine allzu großen Umwege macht. Die …«

»Moment, Bruno«, unterbrach Nick, dem gerade wieder einfiel, dass die CBPIs seiner Freunde nicht von Carol modifiziert, sondern auf den Schulserver angewiesen waren. Während er für die anderen wiederholte, was er gerade erfahren hatte, suchte sein Blick das Ende der Lichtung ab, bis er eine schmale Lücke in der grünen Wand entdeckte. Das musste der Pfad sein, von dem Bruno gesprochen hatte.

»Ähm … Entschuldigung.« Kwesi blickte verständnislos von einem zum anderen, bis sein Blick an Nick hängen blieb. »Wer ist dieser … Bruno, von dem ihr da redet? Und wo ist er und wieso weiß der so viele Dinge?«

»Ein tragbarer Computer«, entgegnete Nick kurz angebunden, und bevor Kwesi nachhaken konnte, fügte er hinzu: »Ich trage ihn an mir und werde ihn dir zeigen, wenn wir etwas Ruhe haben. Jetzt haben wir dafür keine Zeit.«

Damit schien Kwesi zumindest für den Moment zufrieden zu sein.

Jan deutete mit dem Kopf in Richtung Wald. »Wenn wir uns dadrin verlaufen, haben wir ein Problem.«

»Nein, wenn wir dadrin auf Krieger vom Stamm der Kosko treffen, *dann* haben wir ein Problem«, warf Kwesi ein und blickte sich angstvoll um, als sei er sicher, dass sie schon längst umstellt waren.

»Kosko?« Paula hob die Schultern. »Nie gehört. Wer ist das?«

»Ja, wer ist das?«, wiederholte Petra.

»Sie gehören zu den letzten Ureinwohnern, die Menschenfleisch essen.« Kwesi rollte theatralisch mit den Augen und zog die flache Hand wie ein Messer über seine Kehle. »Hier verschwinden immer wieder Touristen.«

Jan zog die Stirn kraus. »Was erzählst du da?«

»Das … hast du dir doch ausgedacht, nicht wahr?«, fragte Petra, aber ihre Stimme klang nicht unbedingt danach, dass sie sich ihrer Sache sicher war.

Kwesi blickte sie sorgenvoll an, doch Nick sah, dass seine Mundwinkel zuckten. Im nächsten Moment schon prustete er los. »Ihr seid ja noch blasser als sowieso schon.« Er hielt sich den Bauch und bog sich vor Lachen.

»Sehr witzig«, kommentierte Petra und wandte sich ab.

Nick schüttelte den Kopf. »Bruno? Gibt es eine Alternative zu dem Dschungelpfad?«

»Die wollte ich dir eben aufzeigen, als du es vorgezogen hast, mich wieder einmal zu unterbrechen. Alternativ könntet ihr zwei Kilometer am Flussufer entlanglaufen und dann erst in den Dschungel abbiegen. Das wären dann etwa dreieinhalb Kilometer bis zur Mine. Allerdings kann ich dir aus bekannten Gründen nichts über die Beschaffenheit des Ufers sagen. Die Reichweite meiner Scanner … du weißt schon. Es wäre also theoretisch möglich, dass ihr über Felsen klettern oder vielleicht sogar ein Stück schwimmen müsstet.«

»Wenn wir bis dahin nicht von den Stechmücken aufgefressen worden sind«, bemerkte Nick.

Er wandte sich an die anderen und wiederholte auch diese Ausführungen Brunos. Als er fertig war, blickten alle zum Rand des Waldes hinüber. »Ich bin für das Flussufer«, sagte Paula und erntete dafür ein Nicken ihrer Schwester. »Ich bin auch für das Ufer.«

Jan blickte Nick an. »Und du?«

Kwesi kam ihm zuvor. »Wartet! Wir sollten besser den Pfad durch den Wald nehmen. Ich kenne diesen Fluss hier zwar nicht, aber in all diesen Flüssen wimmelt es von Krokodilen.« Als er Jans skeptischen Blick bemerkte, hob er die Hand. »Das ist kein Witz, es stimmt wirklich. Sie tarnen sich sehr gut, aber ich möchte wetten, wenn wir uns hier eine Weile ruhig hinsetzen und den Fluss beobachten, werden wir welche entdecken. Schaut euch doch an, wie rutschig und schlammig das Ufer ist. Da vorne hört die freie Fläche auf, dann reichen die Bäume bis ans Wasser. Wir müssten klettern oder sogar schwimmen. Die Krokodile würden sich bestimmt freuen.«

»Zudem machen diese Moskitos mich verrückt.« Erneut schlug Nick nach einem Insekt, das sich diesmal auf seiner Stirn niedergelassen hatte. »Lasst uns durch den Wald gehen.«

Paula machte einen Schritt auf Kwesi zu und sah ihn kritisch an. »Stimmt das mit den Krokodilen?«

»Ja, es stimmt.«

Nun kam Petra zu ihnen, blieb neben ihrer Schwester stehen und fragte: »Wirklich?«, woraufhin Kwesi eine einladende Handbewegung zum Fluss hin machte. »Geht doch einfach mal eine Runde schwimmen, dann wisst ihr es.«

22

Der Pfad schlängelte sich um gigantische Baumstämme herum, wurde etwas breiter und dann wieder so schmal, dass sie kaum darauf gehen konnten. Stolperfallen aus armdicken Wurzeln schlängelten sich quer über den Weg.

Nick ging vorneweg, gefolgt von Kwesi, der immer, wenn es möglich war, mit schnellen Schritten zu ihm aufschloss und neben ihm herlief. Dahinter marschierten Petra und Paula und am Ende Jan.

Die Moskitoangriffe waren etwas weniger geworden, seit sie das Flussufer verlassen hatten, aber hier und da schlug sich immer noch einer von ihnen klatschend auf eine Stelle, an der die Haut nicht bedeckt war.

Als nach einem längeren, schmalen Abschnitt der Weg etwas breiter wurde, tauchte Kwesi sofort wieder neben Nick auf. »Die Typen, die dieses heilige Zeug aus der Mine klauen wollen, werden ihr blaues Wunder erleben, habe ich recht?«

Nick blickte lächelnd zur Seite. »Wir werden tun, was wir können.«

»Ihr kennt euch ja nicht so gut aus, aber ich werde alles für euch regeln. Am besten rede ich gleich mit dem obersten Chef der Mongos.«

»Das wird schwierig, der ist in Kinshasa.« Nick dachte an Carol und seinen Vater, die in dem Hotel festsaßen und von den Geiselnehmern bedroht wurden. Und daran, wie es ihnen gerade ging.

»Aber wir … hoppla!« Nick blieb abrupt stehen und betrachtete den breiten roten Streifen, der sich wimmelnd und wuselnd von rechts nach links über den Pfad zog. Er bestand aus unzähligen roten Ameisen, die einer viel befahrenen Autobahn gleich auf mehreren Spuren nebeneinanderher krabbelten.

»Mankenená«, erklärte Kwesi fast gleichzeitig mit Bruno, woraufhin der verstummte. »Die sind gesund und außerdem sehr lecker.«

»Was?« Nick beobachtete das Treiben zu seinen Füßen. »Du meinst, die kann man essen?«

»Klar. Meine Mama macht das manchmal. Da kommt viel Gemüse in einen Topf und getrocknete Raupen. Und dann noch diese roten Kriegerameisen. Echt lecker.«

»Um es zu präzisieren«, warf Bruno nun doch ein. »Das Gemüse, von dem dein Begleiter spricht, besteht aus Tomaten, gelben Auberginen und Okraschoten. Die erwähnten Raupen werden von Bäumen gelesen und sonnengetrocknet. Ach, und die Ameisen lassen sich nur durch eine List fangen. Die Jäger stellen süß duftende Körbe neben ihren Haufen auf und entzünden ein Feuer mit einschläfernd wirkenden Kräutern. Die Ameisen klettern in Scharen in die Körbe und schlafen dann durch die Kräuter ein.

Und falls ihr euch entschließen solltet, jetzt weiterzugehen, seid ihr in etwa einer Dreiviertelstunde an der Mine.«

»Fuck!«, stieß Jan aus, als er die winzigen Tiere beim Überqueren des Pfades beobachtete. »Ein fetter Burger ist mir lieber.«

Nick dachte an das *Fufu,* das er von Kwesis Mutter bekommen hatte, und daran, dass das die letzte Nahrung gewesen war, die er zu sich genommen hatte. Sein Magen knurrte gewaltig, aber Raupen und Ameisen … Die europäische Küche sagte ihm definitiv mehr zu.

Mit einem großen Schritt stieg er über die Ameisenautobahn und konzentrierte sich wieder auf den Weg, der vor ihnen lag.

»Zu den Ameisen lässt sich noch sagen …«, setzte Bruno zu einem erneuten Redeschwall an, doch Nick stoppte ihn, indem er einfach »Ruhe!« sagte.

Kwesi sah zwar kurz zu ihm herüber, ahnte aber, für wen das deutsche Wort gedacht war. »Echt krass, so ein sprechender Computer. Könnte ich auch brauchen. Wann zeigst du ihn mir?«

»Bald. Wenn wir zurück sind.«

Damit gab Kwesi sich zufrieden und ließ sich wieder ein Stück zurückfallen. Auch Petra, Paula und Jan schwiegen in den folgenden Minuten weitestgehend und hingen ihren Gedanken nach, die sich jedoch bei ihnen allen zumindest ähneln durften.

Hier und da machte Bruno Richtungsangaben, wenn der Pfad sich gabelte oder auch einfach aufhörte, um dann erst ein Stück weiter wieder erkennbar zu sein.

Als er schließlich meldete, dass seine Scanner unmittelbar vor ihnen Menschen erfassten, hob Nick die Hand zum Zeichen, dass alle stehen bleiben sollten. »Was …?«, setzte Kwesi lautstark an, verstummte aber sofort, als Nick sich den Zeigefinger auf die Lippen legte und den Kopf schüttelte.

»Leise, da vorne ist jemand.«

»Ich erfasse zwei Personen«, erklärte Bruno. »Einhundertzwanzig Meter vor euch. Es gibt dort eine massive Felsformation mit einem schmalen Durchgang. Sie stehen gleich hinter diesem engen Stück und bewegen sich kaum.« Nick wiederholte es leise für die anderen.

»Könnten Wächter sein«, flüsterte Jan. »Entweder Mongos oder Dragos Leute.«

»Hoffen wir, dass es die Wächter der Mine sind«, erwiderte Nick und nahm seinen Rucksack ab. »Wartet hier, ich schleiche mich mal ran und …«

»Lass uns das mal machen«, unterbrach ihn Petra. »Unsere CBPIs sind zwar nicht so aufgebohrt wie Bruno, aber die Scanner funktionieren. Ab hier finden wir diese Typen also auch.«

Nick dachte daran, dass Petra und Paula extra mit Jan nach Kinshasa gekommen waren, um ihn zu unterstützen. Und da war auch noch die Fähigkeit der Zwillinge, bei Gefahr ein Energiefeld zwischen sich aufzubauen, das für jeden Angreifer unüberwindbar war. Er nickte.

»Okay, wir warten hier.«

Nick blickte zu Kwesi hinüber, der nervös von einem Bein auf das andere trat. Offensichtlich konnte er es nicht erwarten, dass das Abenteuer begann.

»Nehmt Kwesi mit. Falls ihr euch mit Einheimischen verständigen müsst. Und lasst eure Rucksäcke hier.«

Sofort stand der Junge neben den Schwestern und strahlte sie an. »Keine Angst, ich bringe euch da schon sicher durch.«

»Klar tust du das«, entgegnete Paula und tauschte einen langen Blick mit Petra, während sie ihre Rucksäcke an einen Stamm lehnten.

Jan trat vor die Mädchen und blickte sie nacheinander ernst an. »Geht kein Risiko ein. Beobachtet nur, was dort vor sich geht, und kommt dann zurück, okay?«

Petra nickte. »Ist klar, Chef.«

»Vollkommen klar«, pflichtete ihre Schwester ihr bei, dann nickte sie Kwesi zu. »Gehen wir.«

Als der Junge an Nick und Jan vorbeiging, grinste er sie breit an und hob den Daumen. »Ihr könnt euch auf mich verlassen, ich bringe sie sicher zurück.«

Nach zwanzig Minuten waren sie wieder da.

Nick hatte es immer schwer gefunden, in den Gesichtern der Zwillingsschwestern etwas von ihren Stimmungen oder Gefühlen abzulesen, und auch als sie nun auf Jan und ihn zukamen, versuchte er vergeblich zu erkennen, was sie ihnen gleich eröffnen würden. Dafür genügte ihm ein Blick in Kwesis Gesicht, um zu wissen, dass die Situation alles andere als rosig war.

»Dragos Mannschaft ist schon da«, erklärte Paula, nachdem sie sie erreicht hatten. »Die beiden Männer, die unsere CBPIs von hier aus mit ihren Scannern erfasst haben, gehören zu ihnen. Sie kontrollieren den Weg zur Mine. Die Felsen rundum sind etwa zwanzig Meter hoch, der Durchgang ungefähr zehn Meter breit. Wir konnten von unserem Beobachtungspunkt aus den Platz vor dem Mineneingang sehen, dort sitzen schätzungsweise zehn Einheimische. Sie sind gefesselt und werden von zwei weiteren Männern bewacht.«

Nick blickte nachdenklich zur Seite. Er verspürte nicht das geringste Gefühl von Triumph darüber, dass er mit seiner Vermutung richtiggelegen hatte und Drago die Farbolit-Mine ausrauben wollte. Es wäre ihm tausendmal lieber gewesen, er hätte sich geirrt.

»Mist. Aber damit mussten wir rechnen. Wenn die Geiselnahme im Hotel wirklich ein Ablenkungsmanöver war – und ich bin mir sicher, dass das so ist –, dann haben die hier in dem Moment losgeschlagen, als alle Polizei- und Sicherheitskräfte am Hotel zusammengezogen worden sind. Und das ist schon ein paar Stunden her. Wie viele von Dragos Leuten habt ihr gesehen?«

»Hm ...« Petra dachte kurz nach. »Keine weiteren außer den beiden, die am Weg herumlungern, und den zwei, die die Männer vor der Mine bewachen. Alle sind bewaffnet.«

»Dann sind die anderen wahrscheinlich im Inneren der Mine und bedienen sich am Farbolit.«

»Wie weit ist der Eingang von den beiden Kerlen auf dem Weg entfernt?«, wollte Jan wissen. »Haben wir eine Möglichkeit, an ihnen vorbeizukommen, ohne dass die anderen uns entdecken?«

Paula hob die Schultern und machte ein nachdenkliches Gesicht. »Schwer zu sagen, aber soweit wir es sehen konnten, gibt es keinen anderen Zugang als den, den sie bewachen. Wenn wir an den beiden vorbei sind, stehen wir praktisch schon ungeschützt auf dem Vorplatz und die anderen sehen uns sofort.«

Nick kickte frustriert einen kleinen Zweig zur Seite, der vor ihm auf dem Boden gelegen hatte. »Was ist mit den Felsen? Können wir da vielleicht hoch?«

Paula schüttelte den Kopf. »Zu hoch und zu steil. Da kommen wir ohne Ausrüstung nicht rauf.«

»Und was tun wir jetzt?«, wollte Kwesi wissen.

Nick blickte in die Richtung, aus der die drei zurückgekommen waren. »Ich schlage vor, wir sehen uns die Situation gemeinsam an. Dann wird uns schon etwas einfallen.«

Als nach wenigen Minuten die dunklen Felsen vor ihnen sichtbar wurden, hielt Paula an, legte sich den Zeigefinger auf die Lippen und deutete nach vorne. »Seid jetzt leise, wir sind fast da.«

Sie schlichen noch etwa zwanzig Meter weiter und drückten sich hinter einen mächtigen Stamm, an dem vorbei sie den Durchlass sehen konnten.

Wie Paula berichtet hatte, wurde der Zugang von zwei Männern bewacht, die sich allerdings nicht viel Mühe gaben, sich zu verstecken. Einer von ihnen hatte sich mit dem Rücken gegen den Fels gelehnt, der andere stand vor ihm. Beide rauchten und unterhielten sich leise. An Riemen um ihre Schultern hingen Maschinenpistolen.

»Sobald wir auf zehn Meter an sie heran sind, können sie uns sehen«, flüsterte Jan neben Nick.

»Dann müssen wir sie eben weglocken.«

»Das mache ich«, erklärte Kwesi, und noch bevor sich jemand dazu äußern konnte, war der Junge aus ihrem Sichtfeld verschwunden.

»Von Absprachen hält er wohl nicht viel«, raunte Paula.

Nick sah zu der Stelle hinüber, an der Kwesi zwischen den Bäumen verschwunden war. »Er ist aufgeregt. Konzentrieren wir uns auf die Wachen.«

Sie mussten nicht lange warten, bis Kwesi von der rechten Seite kommend schräg vor ihnen auftauchte und so ungeschickt zwischen den Bäumen umherhuschte, dass dabei Zweige knackten und Blätter raschelten, die er streifte. Er hatte sein Shirt ausgezogen und Gesicht und Oberkörper mit etwas Dunklem eingeschmiert, das nach feuchter Erde aussah. Die breiten, diagonalen Streifen über Wangen, Brust und Schultern erinnerten ein wenig an afrikanische Stammeskrieger in alten Abenteuerfilmen.

»Was zur Hölle …?«, setzte Jan an, verstummte aber, als die beiden Männer auf Kwesi aufmerksam wurden und ihre Waffen anhoben.

»He!«, rief einer von ihnen auf Französisch, woraufhin Kwesi sich sofort herumwarf und mit großen Sätzen zurück in den Dschungel lief.

Die Männer zögerten nicht lange, sondern rannten in die Richtung los, in die der Junge wieder im Wald verschwunden war. Am Waldrand angelangt, blieben sie jedoch plötzlich stehen, blickten noch eine Weile in die Richtung, in die Kwesi sich davongemacht hatte, und kehrten dann wieder zurück zu ihrem Platz am Durchgang.

»So ein elender, verdammter Mist!«, stieß Jan aus und wandte sich ab.

»War klar«, sagte Nick frustriert. »So blöd sind die nicht, dass sie sich von einem Jungen von ihrem Posten weglocken lassen.«

»Und jetzt?«, hörte er noch Paulas Stimme, dann gab es ein dumpfes Geräusch direkt neben seinem Ohr und seine Schulter wurde von etwas Hartem getroffen, das sofort einen stechenden Schmerz von der Stelle aus durch seinen Oberkörper jagte. Bevor Nick auch nur ansatzweise verstand, was gerade geschah, stülpte sich die schon bekannte Glocke der Stille über ihn und ließ alles um ihn herum erstarren.

Er war *gesprungen*.

Nick wandte sich um und hielt verblüfft inne. Vor ihm stand – den armdicken, kurzen Ast noch in der Hand, mit dem er ihn an der Schulter getroffen hatte – sein Freund Jan mit einem eingefrorenen Lächeln auf den Lippen.

Doch die Überraschung dauerte nur einen Augenblick, dann verstand Nick. Jan hatte dafür gesorgt, dass er *sprang*. Das war seine Chance, und er war wild entschlossen, sie zu nutzen.

Er durfte jetzt keine Sekunde mehr verlieren, denn die Zeitspanne, die dieser Zustand anhielt, war unterschiedlich und nicht vorhersehbar. Im nächsten Moment schon konnte es vorbei sein. Mit schnellen Schritten verließ er das Versteck und lief über das kurze, freie Stück zu den beiden Wachmännern.

Sie zu entwaffnen, war nicht ohne Weiteres möglich. Ihre Muskeln konnten nicht so schnell reagieren, wie Nick aus Sicht der Männer agierte, also würde er ihre Hände nur langsam von den MPs lösen können, wodurch sie wiederum Zeit genug hätten, die Waffen mit festerem Griff zu halten.

Also versetzte er jedem einen heftigen Stoß gegen die Brust und stellte sich anschließend so zwischen die Männer, dass er die Läufe ihrer Maschinenpistolen packen und festhalten konnte. Dann wartete er.

Der linke der beiden Kerle bewegte zuerst seine Arme in Superzeitlupe nach oben, wobei ihm seine Waffe, die Nick am Lauf festhielt, aus der Hand glitt. Während sein Körper sich in einer ebenso langsamen Bewegung nach hinten neigte, gingen auch die Arme seines Kumpels nach oben.

Es dauerte nur wenige Sekunden, dann hielt Nick beide Maschinenpistolen in den Händen.

Mit geschultem Blick stellte er fest, dass die Waffen gesichert waren, und warf eine davon in Richtung Wald, wo sie kurz vor der ersten Baumreihe auf dem weichen Boden aufschlug.

Anschließend lief er zum Platz vor dem Mineneingang, wo er die beiden Männer, die die Mongo-Krieger bewachten, mit der gleichen Methode entwaffnete. Deren MPs legte er zwischen den auf dem Boden sitzenden Gefangenen ab, deren nackte Oberkörper allesamt mit bunten Symbolen bemalt waren.

Nick schaffte es gerade noch zurück zum Felsdurchgang, als er in den normalen Zeitfluss zurückfiel. Sofort jagte wieder der Schmerz von der Schulter ausgehend durch seinen Körper, aber er biss die Zähne zusammen und ignorierte ihn.

Die beiden Kerle lagen mittlerweile am Boden und rissen ungläubig die Augen auf, als Nick plötzlich vor ihnen stand.

»Wie zum Teufel ist das …?«

Mit einer Bewegung des Daumens legte Nick den Sicherungshebel der Waffe um und richtete die Mündung auf sie. »Still!«

Der ruhige, aber doch bestimmte Ton, den man ihnen für solche Situationen beigebracht hatte, strahlte Autorität aus und die klare Botschaft, dass Nick trotz seines geringen Alters nicht zögern würde, die Waffe zu benutzen. Er verfehlte seine Wirkung nicht.

Geräusche hinter ihm ließen Nick herumfahren, doch es war nur Jan, der die Deckung verlassen hatte und mit der anderen Maschinenpistole in den Händen auf ihn zugelaufen kam.

»Ich übernehme!«, rief er Nick zu. »Kümmere du dich um die anderen.«

Noch während Nick auf die Gruppe zulief, sah er, dass die Gefangenen schnell reagiert hatten. Sie betrachteten ihn zwar wie einen Geist, als er sie erreicht hatte, hielten Dragos Männer aber mit den Waffen in Schach.

»Wer bist du?«, blaffte ihn einer der Kerle an. »Ein gottverdammter Houdini?«

»Nein!« Nick deutete zum Eingang der Mine. »Ich bin der, der verhindert, dass ihr diesen Leuten ihr Eigentum stehlt.«

Das hämische Grinsen, das sich daraufhin auf das Gesicht des Mannes legte, erzeugte in Nick ein mulmiges Gefühl, das gleich darauf noch verstärkt wurde, als der Mann sagte: »Da hättest du früher aufstehen müssen. Die erste Ladung ist schon auf dem Weg.«

23

Seitdem das Video mit den Forderungen der Geiselnehmer über CNN ausgestrahlt worden war, hatte die Stimmung sich verändert. Im gesamten Bereich, in dem die Politiker mit ihren Delegationen sowie die Hotel-Angestellten bewacht wurden, war es ruhiger geworden.

Aber es war keine friedliche, sondern eine bedrohliche, dumpfe Ruhe, die wie eine bleierne Decke über ihnen lag.

Die anfängliche Situation, in der zwar allen klar war, dass sie von den Verbrechern als Geiseln genommen worden waren, aber trotzdem noch die Hoffnung bestand, dass es schnell vorbei sein und ihnen schon nichts geschehen würde, war vorüber. Gewichen war sie dem Bewusstsein, dass sie noch mindestens für die nächsten zwölf Stunden Gefangene dieser Männer sein würden, die kurz zuvor eindrucksvoll bewiesen hatten, dass sie nicht zögern würden, ihre Drohungen wahr zu machen.

Die Menschen, die da auf den Stühlen des Restaurants und auf dem Boden der Lobby saßen, wussten nun, dass einige Leben – vielleicht auch ihr eigenes – von der Bereitschaft mehrerer Staaten abhingen, jeweils eine Milliarde Dollar zu zahlen. Und von der Laune der Kerle, die mit Maschinenpistolen in den Händen herumstanden und ihre Gefangenen ansahen, als seien sie lästige Insekten.

Carol hatte ihre beiden Bewacher eingehend beobachtet. Sie wirkten nervös und aufgepeitscht. So, wie sie umhertigerten, konnte schon ein falsches Wort, eine falsche Bewegung dazu führen, dass sie explodierten und ihre angestaute Aggression an einer der Geiseln abreagierten.

Sie mochte sich gar nicht ausmalen, was daraus werden konnte.

Einen Vorteil hatte es jedoch gehabt, dass sie vor der Live-Übertragung des Videos ausgesucht worden war und sich in die Mitte hatte setzen müssen, und dieser Vorteil konnte sehr entscheidend sein.

Nachdem die Botschaft der Geiselnehmer beendet und der Fernseher wieder ausgeschaltet worden war, wurde Carol ebenso wie die anderen vier Geiseln aufgefordert, wieder zu ihrem Platz zurückzukehren. Sie hatte die Gelegenheit erkannt und beim Schopf gepackt, war wie selbstverständlich auf die Seite der Delegationsmitglieder gegangen und hatte sich gleich neben Nicks Vater hingesetzt. Zum Glück war das keinem von ihren Bewachern aufgefallen.

Es war immer noch schwierig, sich mit Ben Nader zu unterhalten, weil schon nach den ersten Worten, die sie Nicks Vater zugeraunt hatte, sofort einer ihrer Bewacher zur Stelle gewesen war und ihr damit gedroht hatte, ihr einen Knebel in den Mund zu stecken, wenn nicht augenblicklich Ruhe herrschte. Aber immerhin saß sie nun so nah neben ihrem Verbündeten, dass ein paar geflüsterte Worte zwischendurch möglich waren. So hatte sie ihm mitteilen können, dass sie Zugang zu einem Computer brauchte.

Als ein Geiselnehmer aus dem Restaurant kam und zu dem Kerl ging, der auf ihrer Seite die Reihe der am Boden sitzenden

Geiseln auf und ab schritt, war der lange genug abgelenkt, dass sie sich kurz unterhalten konnten.

»Ich kann für Unruhe sorgen, sodass du vielleicht verschwinden kannst«, flüsterte Nader Carol zu, ohne sie dabei anzusehen. »Hier unten sind alle Büroräume von den Kerlen in Beschlag genommen. Du musst nach oben in die zweite Etage, wende dich dort gleich nach links und lauf den Flur bis zum …«

Nicks Vater verstummte für einen Moment, als ihr Wächter sich kurz zu ihnen umsah.

»Geh bis zum Ende des Flurs, dort gibt es ein kleines Büro, das die Kerle hoffentlich nicht besetzt halten«, sagte er dann.

»Aber wie wollen Sie es anstellen, dass ich hier wegkann?«

»Lass das mal meine Sorge sein. Sei einfach bereit, jederzeit loszurennen.«

Die beiden Geiselnehmer hatten ihr Gespräch beendet und wandten sich voneinander ab. Während der eine zurück ins Restaurant ging, begann der andere wieder, auf und ab zu gehen.

Er kam an Carol und Nader vorbei, ohne sich um sie zu kümmern, und erreichte das Ende des Blocks. Als er sich gerade umwandte, um zurückzukommen, sprang Nicks Vater auf und deutete in Richtung des Eingangs. »Gas!«, schrie er aus Leibeskräften, woraufhin einige Schreie zu hören waren. »Da strömt Gas rein. Die wollen das Gebäude stürmen! Nichts wie weg aus der Schusslinie!«

Als Ben Nader sagte, er wolle für Unruhe sorgen, hatte er maßlos untertrieben, denn das, was binnen Sekunden ausbrach, war keine Unruhe, sondern das pure Chaos.

Menschen sprangen auf und versuchten, wegzurennen, dabei stießen sie gegen- und übereinander, fielen zu Boden und rissen andere mit. Schmerzensschreie wurden laut, Flüche wurden ausgestoßen. Die beiden Bewacher schrien Befehle, die im allgemeinen Geschrei untergingen, und fuchtelten mit ihren Waffen herum. Sie schienen nicht recht zu wissen, wie sie reagieren sollten.

Diese Zeit nutzte Carol. Sie rollte sich, geschützt durch Ben Nader, der sich vor ihr aufgebaut hatte, aus dem direkten Fluchtweg hinaus und sprang auf die Füße, sobald sie etwas Platz hatte. Um sie herum schrien die Menschen und rannten unkontrolliert kreuz und quer durch die Lobby.

Carol lief geduckt an der Rezeption vorbei bis zu der Treppe, nahm mit einem Satz erst die untersten drei Stufen und dann jeweils zwei auf einmal. Als sie die erste Etage erreicht hatte und den Fuß gerade auf die erste Stufe zum zweiten Stockwerk setzte, hörte sie von unten die ersten Schüsse.

24

Nick starrte den Kerl an, der ihn noch immer breit angrinste. Sie waren also tatsächlich zu spät gekommen. Was immer Drago mit dem Farbolit vorhatte, würde er bald in die Tat umsetzen können. Und Nick ahnte, dass das entsetzliche Folgen haben würde. Doch gleichzeitig mit diesem niederschmetternden Gedanken brandete die Wut in ihm darüber auf, dass er es nicht geschafft hatte, diesen Verbrecher zu stoppen. Ihn und Martin. Nein. Das durfte einfach nicht sein. Damit würde er sich nicht abfinden.

»Sind noch welche von euch dadrin?«

Der Mann zuckte mit den Schultern. »Wer weiß, wer weiß …«

Nick versuchte erst gar nicht, den Kumpel des Kerls zu fragen oder die anderen beiden, die mittlerweile von Jan, Petra und Paula bewacht zu ihnen gestoßen waren.

Stattdessen machte er ein paar Schritte zur Seite und kehrte allen den Rücken zu. »Bruno«, sagte er leise. »Kannst du feststellen, ob in der Mine noch jemand ist?«

»Nein. Die Strahlung dieses Erzes stört meine Scanner.«

»Mist.«

Als eine bekannte Stimme hinter Nicks Rücken etwas in einer unverständlichen Sprache sagte, wandte er sich um und sah sich Kwesi gegenüber, der sich mit einem der befreiten

Gefangenen unterhielt. Neben den bunten Symbolen, die den Oberkörper des Mannes in symmetrischen Mustern schmückten, wirkte Kwesis Bemalung wie die Schmiererei eines Kleinkindes.

Nach einem kurzen Wortwechsel sah der Junge stolz zu Nick herüber, der auf ihn zuging. »Ich habe es zwar nicht geschafft, diese Verbrecher wegzulocken ...« Er warf Dragos Männern einen verächtlichen Blick zu. »Aber ich spreche Lomongo.«

Nick lobte sich selbst für die Idee, Kwesi mitzunehmen, und nickte ihm auffordernd zu. »Und? Was hast du mit dem Mann geredet?«

»Ich habe ihn gefragt, ob noch weitere dieser ... Mistkerle dadrin sind. Er sagte Nein.«

»Frag ihn, was genau passiert ist. Wie viele Männer hier waren und wie viel von dem Erz gestohlen worden ist.«

Kwesi übersetzte die Fragen, woraufhin der Mongo-Krieger mit aufgeregter Stimme und wild gestikulierend gut zwei Minuten ununterbrochen redete.

»Also«, begann Kwesi, »sie waren mindestens zu zehnt, trugen seltsame weiße Anzüge und Schutzmasken, und sie hatten Pferde. Gleich, als sie hier ankamen, haben sie die Wächter der Mine mit Waffen bedroht und aus dem *Heiligen Raum* in der Mine das Farbolit gestohlen, das dort in einer Kiste lagerte, die mit Blei verkleidet ist. Das waren etwa fünf Kilogramm. Zwei von den Männern haben noch zusätzliche Schutzkleidung angezogen und das Zeug dann in spezielle Behälter umgelagert. Vor ungefähr drei Stunden sind sie damit verschwunden. Der Mann ist nicht sicher, aber er glaubt, verstanden zu haben, dass diese vier hier noch ein paar Stunden bleiben sollten, um zu verhindern, dass die *Wächter des Heiligtums* die Polizei alarmieren.«

Nick bedachte Dragos Männer mit einem finsteren Blick. »Sie wollten sicherstellen, dass das Erz ungestört seinen Bestimmungsort erreicht.«

»Und wo ist das?«, fragte Jan.

Nick wandte sich ihm zu. »Ich bin mir nicht sicher, aber ich habe da so eine Idee. Kwesi?«

»Ja?«

»Sag den … *Wächtern des Heiligtums*, sie sollen diese Typen der Polizei übergeben. Die Waffen lassen wir bis auf eine da. Wir müssen zurück zum …« Er verkniff sich im letzten Moment, das Flugzeug vor Dragos Männern zu erwähnen.

Nachdem Kwesi übersetzt hatte, löste sich ein großer, hagerer Mann aus der Mitte der *Wächter des Heiligtums* und blieb vor Nick mit ausgestreckter Hand stehen. Er war über einen Kopf größer als Nick.

»Danke«, sagte er auf Französisch. Sein Gesicht wirkte dabei tieftraurig. »Danke, dass ihr uns befreit habt. Aber ihr müsst unbedingt versuchen, das heilige Erz von diesen Männern zurückzuholen.«

»Sie sprechen Französisch?«, fragte Nick und nahm die Hand des Mannes.

»Das tun wir alle.«

»Aber warum …?«

Der Mann sah zu Dragos Schergen hinüber. »*Die* sprechen auch Französisch.«

Nick verstand. »Wir werden alles versuchen, das Erz zurückzuholen«, versprach er. »Wir wissen, dass es Ihnen heilig ist.«

»Heilig, ja«, erwiderte der Mann. »Weil dieses Erz so mächtig ist, dass es nur von Gott selbst geschaffen worden sein kann.

In der Menge aus dem Schrein steckt die Energie einer kleinen Sonne. Und sie hat eine Vernichtungskraft, die ausreicht, unvorstellbares Leid zu bringen. Ihr *müsst* verhindern, dass es jemand gegen die Menschen einsetzt.«

Nick wusste schon geraume Zeit, dass das Farbolit eine Energiequelle von unfassbarem Ausmaß war, wenn es entsprechend aufbereitet wurde. Mittlerweile hatten das ja auch die Industriestaaten verstanden. Aus diesem Grund waren schließlich alle zu dem Kongress in die Demokratische Republik Kongo gereist. Als er aber in diesem Moment die Worte des Mannes hörte, wurde ihm noch einmal mit aller Wucht bewusst, welche Konsequenzen es haben könnte, wenn Drago das Farbolit tatsächlich in die Hände bekam. Das durfte einfach nicht geschehen.

»Wir werden alles dafür tun«, versicherte er dem Mann und wandte sich Jan zu. »Sollen wir? Du hast das Sagen.«

Jan nickte. »Also los, machen wir uns auf den Weg.«

Als sie die freie Fläche überquert hatten und wieder im Dschungel waren, tippte Jan Nick auf die Schulter. »Tut es noch weh?«

»Ja, aber trotzdem war das eine geniale Idee.« Und nach einer kurzen Pause fügte er hinzu: »Schon verrückt. Ich kann so gut wie gar nicht steuern, wann ich *springe,* also hast du das übernommen.«

Jan nickte. »Die Idee kam mir ganz spontan. Zum Glück hat es funktioniert. Aber jetzt sag schon – was denkst du, wohin die das Farbolit bringen und was Drago damit vorhat?«

Mittlerweile hatten sie die Stelle wieder erreicht, an der ihre Rucksäcke lagen. Nick hängte sich seinen gerade über die Schulter, als Bruno sich plötzlich meldete.

»Nick!«

»Ja, was ist?«

»Ich habe gerade eine außergewöhnliche Nachricht aufgefangen, die über eine seltene Frequenz ausgestrahlt wurde. Dabei geht es um die Bestätigung eines erfolgreichen Raketenstarts etwa neunzig Kilometer in östlicher Richtung von Kinshasa entfernt.«

»Ein … Raketenstart?«

»Ja. Offenbar um eine inoffizielle, geheime Mission.«

»Was sagst du da?« Als Nick nicht gleich antwortete, sagte Jan: »Nick, nun red schon. Was hat Bruno gesagt? Was ist mit einem Raketenstart?«

»Moment.« Nicks Gedanken begannen zu rasen. Neunzig Kilometer von Kinshasa entfernt. Konnten es vielleicht auch achtzig sein? Das war die Entfernung des Geländes, auf dem er gewesen war, zur Stadt. Ein Raketenstart, ein Satellit … Er sah Jan in die Augen.

»Bruno hat eine Nachricht aufgefangen. Es gab einen Raketenstart, etwa neunzig Kilometer von Kinshasa entfernt. Ich war in einem Haus auf einem riesigen Gelände, das Drago gehört. Es liegt am Rand eines Dschungels, etwa achtzig Kilometer von Kinshasa entfernt, und muss so was wie eine Zentrale sein. Erinnerst du dich an den Satelliten, von dem Ian erzählt hat und den ich in England gesehen hatte? Ich könnte mir vorstellen, dass dieses Ding mittlerweile auf diesem Gelände ist und dass die das Farbolit dorthin gebracht haben, weil es vielleicht als Antrieb dienen soll.«

»Aber wenn dieses Zeug wirklich so unglaublich viel Energie enthält«, warf Paula ein, »dann würde doch bestimmt eine ganz kleine Menge davon reichen. Was wollen die dann mit fünf Kilo?«

»Das ist es, was mir wirklich Angst macht. An dem Satelliten ist etwas angebracht, das wie ein riesiger Waffenlauf aussieht. Wenn ich in dem Zusammenhang daran denke, was der *Wächter des Heiligtums* uns eben über die Vernichtungskraft des Erzes gesagt hat, wenn es entsprechend behandelt wird, wird mir übel.

Dragos Gelände ist jedenfalls groß genug für einen Raketenstart. Und womit werden Satelliten ins All befördert? Mit Raketen. Ich befürchte, das Farbolit ist tatsächlich schon an seinem Bestimmungsort angekommen.«

Jan stieß die Luft aus. »Oh verdammt. Aber warum zum Teufel schießt Drago einen Satelliten ins All? Kann das vielleicht ein Nachrichtensatellit sein? Andererseits – warum wollte er dafür unbedingt dieses Zeug haben?«

Nick hob die Schulter. Es fiel ihm gerade schwer, nachzudenken. Mit einem Mal fühlte er sich leer und ausgebrannt. War alles umsonst gewesen? Und die vielleicht wichtigste Frage: Welche Gefahr ging von diesem Satelliten aus? Abgesehen davon, dass ein solcher Erdtrabant, der von einem Verbrecher kontrolliert wurde, immer eine große Gefahr darstellte.

»Ich weiß es nicht. Ich weiß nur, dass wir zu spät sind. Was immer er vorhat, das läuft bereits. Und das Farbolit ist an Bord der Rakete, da möchte ich wetten.«

»Ein Raketenstart muss von irgendwo gesteuert und kontrolliert werden, stimmt's?«, warf Petra ein.

»Ja, klar. Vorausgesetzt, es handelt sich nicht um eine militärische Lang- oder Mittelstreckenrakete, mit der Ziele in mehreren Tausend Metern Entfernung beschossen werden. Die werden abgefeuert und steuern sich dann selbst. Aber eine Rakete, die etwas ins Weltall befördern soll, muss kontrolliert werden.«

»Und normalerweise ist das Kontrollzentrum für eine Rakete in der Nähe des Startortes, oder?«

Nick verstand, worauf sie hinauswollte.

»Wir müssen dahin.«

Sie erreichten den Fluss mit Brunos Hilfe nach etwas mehr als einer Stunde. Als sie die Lichtung am Ufer betraten und auf das Flugzeug zugingen, sagte Nick: »Wir müssen die Maschine drehen, wenn wir sie starten wollen. Das wird knifflig. Und noch kniffliger wird es, sie auf dem kurzen Stück in die Luft zu bekommen.«

»Ich mache das«, entgegnete Jan. »Du fliegst schon verdammt gut, und deine Landung hier war eine tolle Nummer, aber ich habe mehr Erfahrung. Wenn du also Bedenken hast, übernehme ich das.«

»Vielleicht eine gute Idee«, bemerkte Kwesi, der mit einem Mal recht blass aussah.

Nick fühlte sich so matt, dass er gar nicht daran dachte zu widersprechen. Ihm rasten derart viele Gedanken durch den Kopf, dass er sogar froh war, dass Jan das Steuer des Kleinflugzeugs übernehmen wollte.

Was war wohl in dem Hotel los, jetzt, nachdem der Überfall auf die Farbolit-Mine gelaufen war und das Erz offenbar seinen Bestimmungsort erreicht hatte? Was würden die

Geiselnehmer nun unternehmen, um aus dem Hotel zu entkommen? Nick nahm auf dem Copilotensitz Platz und setzte den Kopfhörer auf.

Jan schaffte es tatsächlich auf Anhieb, die kleine Maschine auf dem schmalen Stück zu drehen, und nachdem er sie in Position gebracht hatte, atmete er tief durch und tauschte einen Blick mit Nick. »Dann drückt jetzt mal alle fest die Daumen«, sagte er in das Mikrofon. »Es wird eng.«

»Wie wäre es, wenn wir aussteigen, und du machst erst einen Probestart alleine?«, quäkte Kwesis Stimme aus den Kopfhörern, doch Jan ging nicht darauf ein, sondern fuhr die Motoren auf höchste Drehzahl und starrte konzentriert nach vorne.

Die Maschine rollte für Nicks Geschmack viel zu träge an und gewann nur langsam an Geschwindigkeit.

»Die Wahrscheinlichkeit, dass das Flugzeug in genügend großem Abstand die Startgeschwindigkeit von etwa einhundertzehn Stundenkilometern erreicht, um es anschließend im optimalen Steigwinkel über die Baumwipfel zu schaffen, liegt bei etwa zweiundvierzig Prozent«, bemerkte Bruno, was Nick allerdings sofort wieder verdrängte.

Es wurde sehr knapp. Als sie schon etwa ein Viertel der Bahn zurückgelegt hatten, hätte er fast noch nebenherlaufen können.

Die Hälfte. Sie wurden schneller, waren aber noch immer zu langsam. Dafür kamen die Bäume viel zu schnell näher. Es war, als ob die kleine Maschine an einem Gummiseil hing, gegen dessen Rückzugskraft sie ankämpfen musste. Jemand stöhnte auf. Es würde ohne Zweifel eng werden. Sehr eng.

»Nun komm schon, verdammt«, knurrte Jan. »Na los!«

Drei Viertel der freien Fläche. Es blieben nur noch wenige Meter, dann musste die Schnauze nach oben, sonst würden sie es nicht über die Baumwipfel schaffen. Nein, das konnte eigentlich nicht mehr reichen. Nick sah es fast vor sich, wie die Maschine an den Bäumen zerschellte, die nun fast zum Greifen nah waren, als Jan mit einem lauten »Aaaaaahhhh!« das Steuer zu sich heranzog, das Flugzeug ruckelte, die Nase ging kurz nach oben, senkte sich wieder, richtete sich erneut auf. Die Bäume waren nun schon so nah, dass es fast nicht mehr gelingen konnte, da lösten sich die Räder endlich vom Boden, die Maschine richtete sich schräg auf und gewann an Höhe. Aber würde es reichen?

Mit aller Kraft zog Jan die Flugzeugschnauze noch steiler nach oben, Baumwipfel rasten auf sie zu, erreichten sie, es gab ein klatschendes Geräusch, als einige Zweige den Rumpf des Flugzeugs streiften, dann hatten sie es geschafft.

Während jemand im hinteren Teil losjubelte – es konnte nur Kwesi sein –, klopfte Nick Jan auf die Schulter. »Klasse gemacht.«

Jan nickte, wobei er noch immer grimmig nach vorne sah. »Danke. Und jetzt auf zu Drago.«

25

Carol verharrte in der Bewegung und lauschte angespannt nach unten. Dort war es nach den Schüssen still geworden. Zumindest für einige Augenblicke, dann hörte sie eine männliche Stimme, so laut, dass sie jedes Wort verstand.

»Der Nächste, der herumschreit oder auch nur einen kleinen Finger bewegt, wird erschossen. Ich möchte wissen, wer das gerade war.« Eine Pause entstand, in der Carols Herz in der Brust hämmerte. Würde Nicks Vater sich selbst verraten? Oder einer der anderen Gefangenen?

»Na gut, dann machen wir das …« Erneut entstand eine Pause, in der sich der Sprecher kurz mit einem anderen Geiselnehmer unterhielt. »Darum kümmern wir uns nachher. Los, Fernseher einschalten, und zwar schnell. CNN oder einen anderen internationalen Hauptkanal. Und ihr setzt euch genau dort, wo ihr gerade seid, auf den Boden. Wagt nicht, auch nur einen Mucks von euch zu geben.«

Offenbar würde es wieder eine Videobotschaft geben, dieses Mal gleich auf mehreren Kanälen. Das konnte nichts Gutes bedeuten. Carol war hin- und hergerissen zwischen dem brennenden Wunsch, schnellstmöglich an einen Computer heranzukommen, oder zu erfahren, was gleich über die Fernsehkanäle gesendet wurde. Das konnte extrem wichtig sein. Wenn jedoch der Computer, zu dem sie wollte, tatsächlich eine Netzwerkverbindung nach draußen hatte, konnte sie beides haben.

Ohne weiteres Zögern rannte sie die Treppe nach oben und lief den Flur der zweiten Etage entlang bis zu dem Büro, das Ben Nader beschrieben hatte.

Als sie die geschlossene Tür erreicht hatte, atmete sie einmal tief durch und legte vorsichtig das Ohr an das glatte Material. Nichts zu hören. Kein Klicken einer Tastatur, keine Gespräche, nichts.

Mit rasendem Puls legte sie die Hand auf die Klinke, drückte sie hinunter und zog die Tür auf.

Der Raum war klein und mit nicht mehr ausgestattet als einem Schreibtisch mit Computer und einem Regal an der Wand daneben, in dem neben einigen Ordnern auch ein kleiner Laserdrucker stand. Das Wichtigste aber: Niemand befand sich darin.

Carol schlüpfte hinein, zog die Tür hinter sich wieder zu und schwang sich auf den Schreibtischstuhl. Das Display des Monitors war schwarz, aber als sie eine Taste des Keyboards drückte, leuchtete er sofort auf und zeigte das Logo des Hotels und eine Anmeldemaske, in der schon ein Benutzername – Elie Amsini Kiswaya – eingegeben und lediglich das Password-Feld noch frei war.

Zum Glück hatten die Geiselnehmer nur die Security-Leute durchsucht, sodass das Verbindungskabel, das sie immer bei sich trug, noch in der Tasche ihrer Jeans steckte. Sie nahm es hervor, zog die Schutzkappe von dem nur stecknadelkopfgroßen Mikrostecker der Spezialschnittstelle und platzierte den Stecker mit einem geübten Griff in der Buchse ihres CBPI, die so winzig war, dass man sie übersah, wenn man nicht wusste, wo genau sie angebracht war. Am anderen Ende des Kabels befand sich ein handelsüblicher USB-Stecker, den sie mit einer freien Buchse am PC verband, bevor sie ihrem CBPI leise ein paar Befehle gab. Keine Minute später erlosch die Eingabemaske und Carol hatte vollen Zugriff auf den Computer und damit auf das Hotelsystem.

Sie öffnete den Browser, der die Startseite des internen Hotelnetzes zeigte, womit sie noch nicht wusste, ob sie sich mit dem Internet verbinden konnte.

Mit nervösen Fingern tippte sie die Adresse der CNN-Website ein und wartete, ob eine Verbindung zustande kam. Die Hotelseite verschwand, für einen Schreckmoment war der Monitor schwarz, dann leuchtete die Website des Fernsehsenders auf.

Erleichtert klickte sie im rechten oberen Bereich auf einen Button mit der Aufschrift: *Watch CNN Live*. Es dauerte wieder einen Moment, dann redete ein Sprecher in dunklem Anzug in die Kamera.

Mit einem schnellen Klick stellte sie den Ton ab und gab dann eine komplizierte Webadresse ein, die aus unzusammenhängenden Zahlen und Zeichen bestand, woraufhin die Anmeldemaske der Schule erschien.

Nachdem sie eine erste, schnelle Nachricht zum Stand der Dinge an Direktor Faber abgesetzt hatte, überzeugte sie sich auf der CNN-Seite davon, dass die angekündigte Übertragung noch nicht lief, dann nahm sie die Finger von der Tastatur und gab Trinity, so hatte sie ihr neues CBPI getauft, eine Kette an Befehlen, woraufhin der hoch entwickelte Computer damit begann, im gesamten Hotelsystem nach dem Störsender zu suchen. Gerade noch rechtzeitig, bevor sie vom Flur her

Stimmen hörte, dann das Geräusch von Türen, die aufgerissen und wieder ins Schloss geworfen wurden. Und die Stimmen kamen näher.

Carols Gedanken begannen zu rasen. Der gestartete Prozess hatte sich wie ein Virus im Hotelnetzwerk festgesetzt und lief nun unabhängig. Mit einem schnellen Griff zog sie erst das Kabel aus PC und ihrem CBPI und steckte es in die Tasche, dann bückte sie sich und schaffte es gerade noch, den Stecker des PCs aus der Dose zu ziehen, als die Tür aufgestoßen wurde und eine Stimme rief: »Hey, aufstehen. Sofort!«

Carol ließ den Stecker zu Boden fallen, richtete sich langsam auf und blickte in den Lauf einer Maschinenpistole. »Er … er geht nicht«, stotterte sie.

»Was zum Teufel tust du hier? Los, rede.« Sie waren zu zweit und sahen nicht so aus, als würden sie sich auf eine Diskussion einlassen.

»Ich … ich …« In einer einstudierten Geste senkte Carol den Kopf und begann herzzerreißend zu schluchzen. »Ich wollte nur mit meiner Mama … Sie macht sich bestimmt große Sorgen, und da wollte ich … ich wollte ihr nur schreiben, dass es mir gut geht. Aber dieser Scheißcomputer funktioniert nicht.«

Erneut schluchzte sie laut los, fuhr sich mit dem Handrücken über die Augen und blickte dem Kerl mit der MP in die Augen. »Bitte, darf ich ihr sagen, dass es mir gut geht? Nur, dass alles okay ist? Ja?«

»Du spinnst wohl! Jetzt mach, dass du da runterkommst, bevor ich die Geduld verliere.«

»Aber …«

»Maul halten!«

Mit gesenktem Kopf stand Carol auf, drückte sich erst an dem Kerl mit der MP und dann an seinem Kumpel vorbei und verließ vor den beiden mit gesenktem Kopf den Raum.

»Lass dir nicht noch einmal einfallen, abzuhauen, sonst kannst du dich auf was gefasst machen«, brummte der Bewaffnete hinter ihr, als sie die Treppe erreicht hatten. »Und jetzt beeil dich gefälligst.«

Unten saßen alle wieder auf dem Boden und wandten sich zu Carol um, als sie die letzten Stufen der Treppe herunterging. Niemand sprach ein Wort, was wohl an den vier Männern lag, die mit erhobenen Maschinenpistolen um sie herumstanden.

Auf dem großen Fernseher war ein Schreibtisch mit einem Stuhl dahinter vor einer weißen Wand zu sehen. Die Tischplatte war leer, auch sonst gab es zumindest in dem Teil des Raumes, den man sehen konnte, absolut nichts, was einen Hinweis darauf geliefert hätte, wo sich dieses Zimmer befand. Im unteren Bereich des Bildschirms war ein weißes Band eingeblendet, auf dem in roter Schrift *CNN SONDERSENDUNG* zu lesen war.

Die Show, auf die die Geiselnehmer warteten, hatte also offensichtlich noch nicht begonnen.

Carol suchte Ben Nader und entdeckte ihn schließlich in einer der vorderen Reihen. Sie wollte zu ihm gehen, doch eine Hand, die sich auf ihre Schulter legte und sie runterdrückte, hinderte sie daran. Carol gab nach und setzte sich dort auf den Boden, wo sie gerade stand. Es wäre zu gefährlich gewesen, die Kerle noch mehr zu reizen.

Als hätte man extra auf sie gewartet, waren vom Fernseher her Schritte zu hören, dann tauchte eine schwarzhaarige Frau am rechten Bildschirmrand auf, ging hinter den Schreibtisch und setzte sich. Im Kontrast zu den schulterlangen schwarzen Haaren wirkte ihr fein geschnittenes Gesicht sehr blass.

In den vorderen Reihen stöhnte jemand auf und lenkte damit Carols Aufmerksamkeit von dem Geschehen auf dem Bildschirm ab. Ben Nader hatte das Gesicht in den Händen verborgen und schüttelte den Kopf, bevor er wieder zum Fernseher aufsah. Zweifellos war das Stöhnen von ihm gekommen, und anhand des erschrockenen Gesichtsausdrucks, mit dem er nun wieder auf den Bildschirm starrte, war ihm wohl immer noch danach zumute.

»Guten Tag«, begann die Frau auf Englisch mit einer Stimme, mit der sie durchaus auch Nachrichtensprecherin hätte sein können.

»Ich möchte mich Ihnen kurz vorstellen. Mein Name ist Victor Drago.«

Erneut stöhnte Nicks Vater auf, dieses Mal so laut, dass alle ihn kurz fragend ansahen, den Blick dann aber gleich wieder gebannt auf den Fernseher richteten.

Aber auch Carol war vollkommen fassungslos. Victor Drago, der geheimnisvolle Superschurke, war eine Frau? Victor?

»Die ganze Welt ist jetzt zugeschaltet, und das aus gutem Grund, denn was ich Ihnen zu sagen habe, wird die Welt so oder so verändern. Wie viele von Ihnen wissen, werden in einem Hotel in der Demokratischen Republik Kongo die Staatschefs der wichtigsten Industrienationen als Geiseln festgehalten.« Sie sagte es, als lese sie tatsächlich den Wetterbericht vor. »Die Lösegeldforderung, die ich diesbezüglich gestellt habe, ist hiermit hinfällig, denn es geht mir um etwas viel Wichtigeres. Global wichtig.

An diese sogenannten Regierungschefs in Kinshasa und an alle anderen Staatsoberhäupter der Welt richte ich die folgenden Worte. Hören Sie gut zu und nehmen Sie jedes dieser Worte ernst.«

Nach einer Pause von einigen Sekunden, in denen ihre dunklen Augen ohne das geringste Zeichen von Nervosität oder Unsicherheit auf die Zuschauer gerichtet waren, fuhr sie fort.

»Überall auf der Welt herrschen Krieg, Zerstörung und Massenmord. Die Gründe dafür sind religiöser Wahn, Geld- und Machtgier einzelner Menschen, Gruppen oder Länder. Gleichzeitig wird unser Planet gegen jede Vernunft ausgebeutet und zerstört. Ganze Tierarten werden ausgerottet, lebenswichtige Regenwälder vernichtet und die Meere verseucht. Schon jetzt hat der Schaden solch unfassbare Ausmaße erreicht, dass manches unumkehrbar ist.

Die letzten Jahre haben gezeigt, dass alle noch so dringlichen Appelle an Ihnen, den selbstgerechten und machtsüchtigen Politikern, abprallen, weil Sie schon lange den Blick für die Menschen verloren haben und offenbar der Meinung sind, Ihr Amt diene nicht dem Volk, das Sie im günstigsten Fall gewählt hat, sondern alleine der Befriedigung Ihrer Gier nach Macht und Reichtum.

Wenn nicht sofort etwas geschieht, werden Sie den kommenden Generationen einen Planeten hinterlassen, auf dem zu leben keine Freude, sondern eine Qual sein wird.

Nachdem ich mir Ihr Tun jahrelang angesehen und erkannt habe, dass Sie alle nicht willens sind, etwas zu ändern, werde ich das nun beenden.« Es folgte eine erneute Pause, in der kein Muskel im Gesicht der Frau zuckte.

»Vor etwa drei Stunden ist eine Rakete zu ihrem Flug ins Weltall gestartet und hat soeben ihr Ziel in rund zweihundert Kilometern im Low Earth Orbit erreicht, wo sie einen Satelliten abgesetzt hat. An Bord dieses Satelliten befinden sich fünf Kilogramm eines sehr seltenen und außergewöhnlichen Erzes, das in einem besonderen Verfahren so angereichert worden ist, dass schon die Energie eines Kilogramms davon ausreichen würde, die gesamte Erde ein volles Jahr zu versorgen. Weil auch sie das mittlerweile erkannt haben, sind besagte zehn Staatsoberhäupter eilig nach Kinshasa gereist, um sich dieses Erzes zu bemächtigen und sich damit den anderen gegenüber einen Vorteil zu verschaffen.

Wird diese Energie jedoch gebündelt eingesetzt, zum Beispiel durch das Waffensystem, das an dem Satelliten installiert und auf die Erde gerichtet ist, hat sie ein Zerstörungspotenzial, das dem von etwa einhundert Atombomben entspricht. Das Waffensystem ist scharf geschaltet und aktiviert sich automatisch, wenn ich es nicht innerhalb der nächsten zwei Stunden ausschalte.

Einige von Ihnen wissen, dass ein Satellit in dieser Höhe keine zwei Stunden für eine Erdumrundung benötigt. Für den Fall, dass Sie meine Forderungen, die ich gleich stellen werde, nicht befolgen, bedeutet das also Folgendes: In zwei Stunden beginnt der Beschuss, der den Teil der Erde, auf den er auftrifft, vollkommen vernichten wird. Ich greife damit Ihrem Zerstörungswerk also lediglich im Zeitraffer vor. Und mit vollkommen meine ich vollkommen. Der Strahl ist so aufgefächert, dass er von Pol zu Pol reicht. Knappe zwei Stunden später ist die Umrundung abgeschlossen und die gesamte Erdoberfläche eine leblose Wüste. Platz, auf dem sich in den nächsten Jahrmillionen wieder neues Leben bilden kann, das dann hoffentlich mit mehr Intelligenz gesegnet ist als die jetzige Menschheit.

Viele von Ihnen werden nun denken, dass ich vielleicht bluffe, weil ich mich damit ja selbst umbringen würde. Das würde ich, und ich werde keine Sekunde zögern, bevor ich weiter tatenlos dabei zusehe, was in dieser Welt geschieht. Ich rate Ihnen: Begehen Sie nicht den Fehler, an meinen Worten zu zweifeln. Es wäre definitv Ihr letzter.

Kommen wir nun dazu, wie Sie dieses Szenario abwenden können.

Ich erwarte von allen Staatsoberhäuptern dieser Welt, dass sie binnen der nächsten Stunde ihre Ämter niederlegen und anschließend abwarten, bis sie von jemandem aus meiner Organisation kontaktiert werden und ihre Anweisungen erhalten. Das wird binnen Minuten nach ihrem offiziellen Rücktritt geschehen.

Ich werde alle Länder der Erde zu einem einzigen Erdstaat zusammenfassen, dessen Regierung ich selbst stellen werde. Es wird zukünftig keine reichen oder armen Staaten mehr geben und damit keinen Grund mehr für politisch motivierte Kriege. Alle Ressourcen werden gleichmäßig in alle Regionen des Planeten verteilt. Es wird auch weiterhin unterschiedliche Religionen geben, aber sie werden keine Rolle mehr im öffentlichen Leben spielen, womit ein weiterer Hauptgrund für Kriege entfällt. Alle weiteren Änderungen werden Sie in naher Zukunft erfahren, aber ich kann Ihnen versichern, sie alle werden zum Vorteil aller Menschen dieser Welt sein. Ausgenommen diejenigen, die zurzeit gerade an der Macht sind. Die werden verlieren.

Die Zeit läuft. In zwei Stunden beginnt der Beschuss der Erde, wenn Sie nicht einsichtig sind.

Ach, eines noch. Natürlich verfügt der Satellit über ein ausgeklügeltes Verteidigungssystem. Verlassen Sie sich darauf, Sie können ihn weder von der Erde noch vom Weltraum aus erfolgreich angreifen. Aber der erste Versuch, ihn zu zerstören, wird den sofortigen Beschuss und damit den Untergang der Erde zur Folge haben. Tun Sie das Richtige.«

Carol starrte weiterhin mit offenem Mund auf den Bildschirm, während ihr Verstand verzweifelt versuchte, die Tragweite dessen, was sie gerade gehört hatte, zu verstehen und zu verarbeiten.

Dabei registrierte sie nebenbei, dass ihr CBPI eine kurze Meldung abgab, die lautete: »Done!«

26

Sie waren noch etwa eine halbe Stunde von Kinshasa entfernt, als Nick plötzlich Carols Stimme hörte.

»Nick? Kannst du mich hören, Nick?« Sie sprach so leise, dass er sie fast nicht verstand.

»Carol? Ja, ich …«

»Moment«, unterbrach Bruno ihn, es folgte ein Knacken im Kopfhörer und ein kurzes Rauschen. »So, jetzt. Ich habe mich in das Funksystem des Flugzeugs geschaltet, damit Carol dich über das Mikrofon hören kann. Sonst würde sie durch den Motorenlärm kaum ein Wort verstehen. Zudem können so alle mithören, was sie sagt.«

»Carol, kannst du mich hören?«

»Ja, du klingst zwar, als würdest du in einen Blecheimer reden, aber ich verstehe dich. Ich habe mich in das Netzwerk des Hotels eingehackt und eine Backdoor gefunden, über die ich für mein CBPI eine Schleife um den Störsender legen konnte. Wo bist du?«

»Mit LORY, GLORY und THUNDER in einem Flugzeug kurz vor Kinshasa. Die anderen hören mit.« Er benutzte ihre Decknamen, weil er nicht sicher sein konnte, dass ihre Kommunikation über den Hotelserver sicher war.

»Dann habt ihr nichts von Dragos neuer Forderung gehört?«

»Neu? Ich weiß nur, dass er eine Milliarde Dollar …«

»Das ist Schnee von gestern. Eben hat er die Maske fallen lassen und seine wahren Absichten erklärt. Zuallererst aber eine Überraschung: Victor Drago ist eine Frau.«

»Was?« Das war tatsächlich eine Überraschung. Bei dem Namen Victor hatte Nick automatisch immer an einen Mann gedacht.

»So, und jetzt haltet euch fest und hört, was sie fordert.«

Carol fasste in knappen Worten zusammen, was Drago gesagt hatte. Als sie damit fertig war, stieß Nick einen Fluch aus und tauschte einen Blick mit Jan, dem alle Farbe aus dem Gesicht gewichen war.

»Kleiner hat die es wohl nicht?«, presste Jan zwischen den Lippen hervor.

»Wie auch immer«, fuhr Carol fort. »Die Zeit rennt uns davon. Ich kann von hier aus relativ wenig tun und weiß nicht …«

»Wir sind auf dem Weg zu Dragos Zentrale«, fiel Nick ihr ungeduldig ins Wort. »Ich werde versuchen, dort einzudringen und irgendwie an die Steuerung des Satelliten heranzukommen.«

»Gibt es dort denn eine Landebahn?«

»Nein. Das Gelände ist zwar so riesig, dass man darauf problemlos ein Kleinflugzeug landen könnte, aber dann wäre Drago vorgewarnt und die würden mich wahrscheinlich fassen, sobald ich einen Fuß auf den Boden setze.«

»Dann landet ihr also in Kinshasa und fahrt von dort mit einem Auto weiter? Das werdet ihr in der Zeit nicht schaffen.«

Während sie das sagte, ruhte Nicks Blick auf dem flachen, rucksackähnlichen Behältnis, das zwischen Piloten- und

Copilotensitz eingeklemmt war und das er schon beim Einsteigen bemerkt hatte.

»Nein, kein Auto. Ich werde mit dem Fallschirm abspringen.«

»Was?«, brauste neben ihm Jan auf. »Kommt überhaupt nicht infrage. Du gehst da nicht alleine rein. Wir werden eine andere Möglichkeit finden.«

»Ich muss das alleine machen, weil ihr im Hotel gebraucht werdet. Ihr müsst dorthin und versuchen, ins Innere zu kommen, was mit der *Begabung* von LORY und GLORY irgendwie möglich sein muss. Drago hat für die Regierungschefs, die in seiner Gewalt sind, keine Verwendung mehr. Im Gegenteil, wenn er sie beseitigen lässt, hat sich deren Rücktritt schon erledigt. Ihr müsst also die Menschen im Hotel befreien. Carol …«

»Ja?«

»Kannst du Kontakt zu meinem Vater aufnehmen?«

»Es wird nicht einfach, aber ich habe es ja auch geschafft, mich für dieses Gespräch in eine Ecke neben den Toiletten zurückzuziehen. Nach Dragos Ansprache haben die Geiselnehmer uns mitgeteilt, dass sie sofort einen der Regierungschefs erschießen, wenn jemand von uns versuchen sollte zu fliehen oder sonst eine Dummheit macht. Seitdem achten sie aber nicht mehr so streng auf uns. Zumindest dürfen wir mal aufs Klo. Sie fühlen sich verdammt sicher mit dem Satelliten in Feuerposition und zusätzlich den Staatsoberhäuptern in ihrer Gewalt.«

»Gut, dann sieh zu, dass du zu ihm gelangst, und dann macht ihr zusammen mit LORY, GLORY und THUNDER einen Plan.«

»Okay, so machen wir es. Und … Nick?«

»Ja?«

»Pass bitte auf dich auf, ja?«

»Na klar, ich schaffe das schon irgendwie. Bis später.«

Nachdem von Carol keine Antwort mehr kam, sah Jan zu Nick herüber. »Möchtest du das wirklich tun? Diese Zentrale ist mit Sicherheit supergut bewacht von schwer bewaffneten Gorillas mit Spezialausbildung. Die sehen dich wahrscheinlich schon, wenn du auf fünfhundert Meter an das Gelände herankommst.«

»Du weißt, dass wir dir eine große Hilfe sein könnten, wenn wir mitkämen«, fügte Paula hinzu. »Das Hotel müssen dann eben Polizei und Militär stürmen, die sowieso dort alles umstellt haben. Außerdem sind ja auch noch dein Vater und Carol dadrin, die …«

Nick winkte ab und hoffte, dabei sicherer zu wirken, als er sich fühlte. »Nein. Die brauchen euch dort. Und was Dragos Zentrale betrifft – erstens bin ich da schon mal rausmarschiert, ohne dass sie mich aufhalten konnten, und zweitens sind all diese Kameras immer nur auf den Boden ausgerichtet. Ich habe noch keine gesehen, die den Himmel über den Gebäuden kontrolliert.«

27

Carol verließ die Nische neben den Toiletten, in der sie für das Gespräch mit Nick gestanden hatte, und sah sich in der Lobby um. Ben Nader saß noch immer in dem Bereich, in dem sie ihn zuvor schon entdeckt hatte. Auch er hatte sie gesehen und deutete mit dem Kopf in einer kaum merklichen Bewegung an, dass sie versuchen solle, zu ihm zu gelangen. Sein Gesichtsausdruck drückte dabei Ungeduld aus. So, als gäbe es etwas, das er ihr dringend mitteilen musste.

Aber würde sie es bis zu seinem Platz schaffen, ohne von einem der bewaffneten Männer aufgehalten zu werden? Das würde sie in den nächsten Sekunden erfahren. Sie atmete durch und ging los, nicht zu langsam, nicht zu hastig. Dabei hielt sie zielstrebig auf die Stelle zu, an der Nader auf dem Boden hockte. Sie kam an ihrem vorherigen Platz vorbei, ohne aufgehalten zu werden. Es trennten sie vielleicht noch fünfzehn Meter von Nicks Vater … zwölf … und dann nur noch zehn.

»Hey, wo willst du hin?« Der Kerl, der sie oben aus dem Büro geholt hatte, kam von der Seite auf sie zu und schien sie in diesem Moment wiederzuerkennen. Der Lauf der Maschinenpistole, der gerade noch schräg nach unten gezeigt hatte, hob sich ein Stück. »Du schon wieder? Setz dich hin, und zwar sofort.«

»Ich komme gerade von der Toilette«, antwortete Carol mit betont ängstlicher Stimme. »Mein Platz ist da vorne, da wollte ich wieder hin.« Sie zeigte auf eine Stelle neben Nader.

»Du setzt dich jetzt auf den Boden, und zwar genau hier«, fuhr der Kerl sie aggressiv an. »Und dann möchte ich keinen Ton mehr von dir hören, ist das klar?« Seine Augen funkelten böse, in seinem Gesicht lag etwas Unstetes. Er schien sehr nervös zu sein, seine Stirn glänzte vor Schweiß.

Carol hatte das Gefühl, als warte der Mann nur darauf, dass sie etwas Dummes machte. Es schien, als suche er nach einem Ventil, um seine angestaute Aggression abzubauen. Den Gefallen würde sie ihm nicht tun.

»Schon gut«, antwortete sie betont ängstlich und ließ sich zu Boden sinken. Nader, der die Szene beobachtet hatte, schloss kurz die Augen und nickte zum Zeichen, dass sie richtig gehandelt hatte. Irgendwie würde sie es schon in seine Nähe schaffen.

Wie sich kurz darauf herausstellte, war das nicht nötig, denn Nicks Vater deutete einem der Bewacher an, dass er zur Toilette musste, woraufhin der mürrisch nickte. Nach drei, vier Minuten war er zurück und blieb auf dem Weg zu seinem vorherigen Platz einfach neben Carol stehen und setzte sich neben sie.

Ein, zwei Minuten wartete er ab, ob sein Platzwechsel jemandem auffiel, dann rückte er noch ein Stück näher an Carol heran und flüsterte: »Hast du mittlerweile Kontakt nach draußen?«

»Ja.«

»Dann sag Nick, er muss aufpassen. Drago kennt nicht nur alle Tricks und Kniffe, die ihr auf der Schule gelernt habt, sondern auch die technische Ausrüstung. Wir müssen davon ausgehen, dass sie noch immer Kontakte in die Schule hat.«

»Wie ist das möglich? Ex-Direktor Bauer hatte doch alle Leute von Drago verpfiffen, die die Schule infiltriert hatten.«

»Ich gehe davon aus, dass auch er nicht alle gekannt hat.«

»Woher hat sie diese Kontakte? Ich dachte, es ist quasi unmöglich, feindliche Agenten in die Schule einzuschleusen.«

»Da liegt das Problem. Sie ist keine feindliche Agentin. Sie gehört zu uns.«

Carols Kopf ruckte so heftig herum, dass einer ihrer Aufpasser auf sie aufmerksam wurde. Zum Glück war es nicht der gleiche, dem sie nun schon zweimal aufgefallen war. Erst nach einer Weile, in der sie reglos und stumm neben Nader gesessen hatte, wandte er sich wieder ab.

»Ich verstehe nicht …«, flüsterte sie.

»Drago gehört zu unseren Top-Agenten. Oder besser *gehörte*. Sie hat die gleiche Schule besucht wie ihr und wie ich. Ihr Name ist Lea van Rouwen und sie hat diese Schule als Beste aller Zeiten abgeschlossen.«

28

»Noch etwa drei, vier Minuten, dann haben wir das Zielgebiet erreicht«, verkündete Jan und blickte mit verbissener Miene nach vorne.

Nick hatte es geschafft, sich in einer mühseligen Prozedur mit vielen Drehungen und Verrenkungen den Fallschirm anzuschnallen, und saß nun mit nach vorne gebeugtem Oberkörper in unbequemer Haltung auf dem Copilotensitz. Er wusste, dass es Jan alles andere als recht war, dass er alleine über Dragos Zentrale abspringen wollte, aber letztendlich musste er einsehen, dass es die einzige Möglichkeit war, den Satelliten – hoffentlich – zu stoppen und zeitgleich die Geiseln in dem Hotel zu befreien.

»Noch etwa zwei Minuten.«

Kwesi tauchte zwischen den Sitzen von Jan und Nick auf und legte Nick eine Hand auf die Schulter. »Ich habe Angst, dass du da nicht mehr rauskommst.«

Nick wandte sich um und zwinkerte dem Jungen zu. »Hey, erinnerst du dich noch daran, wie es war, als du versucht hast, mir meinen Rucksack zu klauen?«

»Ja, das war echt gruselig, wie du plötzlich wie ein Geist vor mir aufgetaucht bist.«

»Siehst du, und denen da unten wird es gleich genauso gehen.«

Nick hoffte, dass Kwesi nicht bemerkte, wie unsicher er sich selbst in dieser Sache war.

»Soll ich mitkommen und dir im richtigen Moment eins auf die Schulter geben?«, fragte Jan, ohne dabei zu lächeln. Das tat dafür Nick. »Das schaffe ich auch so.« Und nach zwei, drei Sekunden fügte er hinzu: »Irgendwie.«

»Du kommst auch sicher wieder?« Kwesis Stimme war nun so dünn wie die eines Zehnjährigen.

»Versprochen.«

»Okay, mach dich bereit«, sagte Jan.

Nick versuchte, die Tür zu öffnen, wurde sich aber mit Schrecken erst in dem Moment, als sie vom Gegenwind schon nach wenigen Zentimetern wieder zurückgedrückt wurden, bewusst, dass das ein extrem schwieriges Unterfangen war.

»Mist«, stieß er aus und versuchte es erneut, indem er nun sein ganzes Gewicht dagegenstemmte. Der Fallschirm auf seinem Rücken erschwerte seine Bemühungen zusätzlich.

Während Nick verzweifelt versuchte, die Tür aufzuhalten und gleichzeitig auf die Tragfläche zu klettern, tauchte plötzlich Kwesi neben ihm auf. Er war zwischen den Sitzen hindurchgeschlüpft und lehnte sich nun mit seinem Körper gegen die Tür, sodass Nick beide Hände frei hatte, um hinauszuklettern. Der nickte ihm dankbar zu und schob erst die Beine aus der Tür, um dann auf dem Hintern auf die Tragfläche zu rutschen.

Er hatte gerade den Oberkörper im Freien, als er plötzlich zur Seite gedrückt wurde. Im gleichen Moment, in dem er verstand, dass Kwesi sich direkt hinter ihm aus der Tür gezwängt hatte, umschlang der ihn von vorne wie ein Klammeraffe. »Hey!«, schrie Nick gegen das Tosen des Windes an, doch noch bevor er etwas unternehmen konnte, wurden ihre Körper vom Wind erfasst und mit solcher Wucht nach hinten gedrückt, dass er keine Chance mehr hatte, sich irgendwo festzuhalten. In einem Winkel seines Verstandes blitzte noch der Gedanke auf, dass sie hoffentlich nicht gegen das Seiten- oder Höhenruder knallten, dann umschlang er Kwesi ebenfalls. So wurden sie gemeinsam von der Tragfläche gefegt.

Mit einem Mal drehte sich die Welt rasend schnell. Sie schlugen unkontrollierte Saltos in der Luft, wieder und wieder. Nick drückte Kwesis schmächtigen Körper mit aller Kraft an sich und konzentrierte sich darauf, dass der Junge nicht abrutschte. Wenn er ihn verlor, war sein Schicksal besiegelt. *Stabile X-Lage*, soufflierte ihm sein Verstand, was er einmal gelernt hatte. Aber wie sollte das gehen mit seinem blinden Passagier im Arm?

»Kannst du dich alleine festhalten?«, brüllte er Kwesi zu, der mehrfach nickte. Mit großer Kraftanstrengung winkelte er trotzdem erst nur einen Arm ab und spreizte dann die Beine so weit, wie es ihm möglich war. Er musste die trudelnde Bewegung ihrer Körper auffangen.

Im ersten Moment geschah nichts, außer dass seine Gliedmaßen abwechselnd nach oben, unten oder seitwärts gedrückt wurden, je nachdem, in welcher Stellung er sich gerade befand. Dabei presste er Kwesi mit einem Arm weiterhin fest an sich. Lange würde er das allerdings so nicht mehr schaffen. Er spürte, dass seine Kräfte schwanden. Dann jedoch wurde die Drehbewegung endlich langsamer, er konnte wieder unterscheiden, wann der Himmel und wann der Boden über ihnen war, und entsprechend gegensteuern. Nach einer gefühlten Ewigkeit, die aber in Wahrheit wahrscheinlich nicht mehr als zehn Sekunden dauerte, hatte er es geschafft und sie flogen stabil und gerade nach unten.

Einen Höhenmesser hatte er keinen, aber er schätzte, dass sie noch etwa tausend Meter hoch waren. Höchste Zeit, den Schirm zu ziehen, was normalerweise schon bei eintausendzweihundert Metern geschah. Zudem mussten sie so nah wie möglich an Dragos Zentrale heran, und je eher er den Schirm öffnete, umso größer war die waagerechte Entfernung, die sie zurücklegen konnten.

»Achtung! Festhalten!«, schrie er Kwesi zu, dann zog er die Reißleine, umschlang den Jungen sofort mit beiden Armen und drückte ihn so fest an sich, wie er konnte. Als der Schirm sich über ihm mit einem knallenden Geräusch aufblähte und er in die Gurte gedrückt wurde, rutschte Kwesi ein Stück weit nach unten und stieß einen Schrei aus, doch Nick hatte ihn fest im Griff. »Keine Angst, ich habe dich«, beruhigte er ihn, während sie auspendelten und schließlich ruhig hingen.

»Was hast du dir eigentlich bei dieser hirnlosen Aktion gedacht?« Nick sah Kwesi böse an.

»Ich wollte nicht, dass du das alleine machen musst. Ich werde dir helfen.«

»Toll. Weißt du, wie knapp das war? Um ein Haar wärst du gerade abgerutscht und ohne Schirm abgestürzt. Das war einfach nur dumm.«

»Du hast recht«, gab Kwesi zu und schaffte tatsächlich ein Grinsen. »Aber immerhin geht es darum, die Welt zu retten. Und zurückschicken kannst du mich nicht mehr. Halt mich also besser gut fest.«

Nick gab es auf. Er hatte keine Zeit für Diskussionen, denn wie er feststellte, waren sie noch ein gutes Stück von Dragos

Gelände entfernt. Fast tausend Meter unter ihren Füßen breitete sich der grüne Teppich des Waldes aus.

Ob sie es tatsächlich bis zu dem Grundstück schafften, bevor sie am Boden ankamen, war ungewiss. Gelang es ihnen nicht, war die Wahrscheinlichkeit recht hoch, dass sie in den Bäumen landeten. Dabei konnten sie sich schwer verletzen, und selbst, wenn es glimpflich verlief, würden sie womöglich hilflos irgendwo in den Baumkronen hängen, bis sie sich entweder selbst befreien konnten oder von Dragos Leuten entdeckt wurden. So oder so wäre es dann aber zu spät, den Satelliten zu stoppen.

Nick schüttelte diese Gedanken von sich ab und betätigte die Steuerleinen, sodass sie eine leichte Kurve flogen und dann auf das Gelände zuhielten, während sie unablässig tiefer sanken.

»Sind wir bald unten?«, fragte Kwesi mit dünner Stimme. »Ich glaube, lange kann ich mich nicht mehr halten.«

»Halte durch, wir haben es bald geschafft.«

Der Wind stand günstig für sie. Als sie eine Höhe von etwa fünfhundert Metern erreicht hatten, erschienen die Gebäude schon deutlich näher und die Hoffnung keimte in Nick auf, dass sie es tatsächlich schaffen konnten.

Noch dreihundert Meter, in denen sie eine waagerechte Strecke von vielleicht vierhundert Metern zurücklegen mussten. Es konnte funktionieren. Nick bremste ihren Sinkflug so weit ab, wie es gerade noch vertretbar war, und hielt auf ein freies Stück im hinteren Bereich des Geländes zu, das etwa zweihundert Meter vom Hauptgebäude entfernt war.

Sie erreichten die Grundstücksgrenze und flogen so knapp über eine Scheune, dass Nick die Beine anheben musste und Kwesi zurief, das Gleiche zu tun, um zu verhindern, dass er mit den Füßen das Dach berührte. Sie schafften es und landeten kurz darauf sicher im Stand.

Mit einem Aufstöhnen lockerte Kwesi seine Umarmung und ließ sich erschöpft einfach zu Boden fallen. Ohne sich auch nur eine Sekunde Pause zu gönnen, befreite Nick sich sofort aus dem Gurtzeug, raffte die Seide des Schirms zusammen und rannte damit zu der Scheune, wo er alles in einer schattigen Ecke versteckte.

Nachdem das geschafft und der Schirm zumindest auf den ersten Blick nicht mehr zu erkennen war, sah er sich um. Bis kurz vor das Haupthaus würden sie sich mit etwas Glück im Schatten anderer Gebäude anschleichen können, doch dann musste er eine Strecke von vielleicht zwanzig Metern über einen freien Platz zum rückwärtigen Eingang laufen. Das konnte er unmöglich schaffen, ohne dabei von mindestens drei oder vier Überwachungskameras gefilmt zu werden. Am Haupteingang auf der Vorderseite sah es nicht anders aus, und eine weitere Möglichkeit, ins Haus zu gelangen, gab es nicht. Dass er Kwesi im Schlepptau hatte, machte die Sache nicht gerade einfacher.

Er fragte sich immer noch, wie der Junge so verrückt gewesen sein konnte, sich ohne einen eigenen Fallschirm aus einem Flugzeug zu stürzen. Vor allem, wenn man bedachte, dass er zuvor nicht eben durch besonderen Mut hinsichtlich des Fliegens geglänzt hatte. Dass er Nick helfen wollte, ehrte ihn, aber im Moment empfand er ihn eher als Ballast. Die Zeit lief ihm davon, und es wäre schon schwer genug gewesen, für sich alleine einen Weg in das Haupthaus zu finden, aber mit Kwesi zusammen gingen die Chancen, das zu schaffen, fast gegen null.

Nick spürte Ärger in sich aufsteigen. Nicht über Kwesi, sondern über sich selbst. All das wäre überhaupt kein Problem, wenn er seine tolle *Begabung* steuern könnte. Dann wären seine Bewegungen so schnell, dass es für die Kameras unmöglich wäre, sie einzufangen. Er wäre für die Security-Leute hinter den Monitoren schlicht unsichtbar. Bestenfalls einen Schatten, der im Bruchteil einer Sekunde über den Monitor huschte, würden sie wahrnehmen.

Aber er konnte es nicht steuern, also zwang er sich, diese Gedanken beiseitezuschieben, und deutete mit dem Kinn in Richtung des Haupthauses.

»Wir müssen da rüber. Halte dich hinter mir.« Nachdem Kwesi einen Daumen gehoben hatte, lief er los, geduckt und immer dicht an Hauswänden vorbei, dabei jede sich bietende Deckung ausnutzend.

Ohne Zwischenfälle erreichten sie so die Ecke eines Gebäudes, die ihnen die letzte Deckung bot, bevor sie das freie Stück vor dem Eingang des Haupthauses erreichen würden. Sie blieben stehen und drückten sich gegen die Wand.

Nick dachte an Jan und daran, wie der ihn und seine Begabung ausgetrickst hatte. Schmerzhaft, aber wirkungsvoll. Der ausschlaggebende Faktor dabei war Nicks Überraschung gewesen. Die konnte er selbst nicht erzeugen, um das *Springen* einzuleiten. Aus Beobachtungen an sich selbst glaubte er zwar, dass die Kombination aus großer Wut und starken Schmerzen das *Springen* ebenfalls begünstigte oder sogar auslösen konnte, aber dazu musste er wirklich sehr wütend sein und müsste sich dann auch noch selbst starke Schmerzen zufügen. Das war nicht wirklich eine Option. Zumindest noch nicht. Nein, er musste sich schon etwas anderes einfallen lassen.

Die Tür öffnete sich und zwei Männer traten heraus. Nick legte den Zeigefinger auf die Lippen und machte leise »Psssst!«.

An Lederriemen über den Schultern der Männer baumelten Maschinenpistolen. Nicks Puls beschleunigte sich. Hatte man sie doch bemerkt, als sie mit dem Fallschirm herangeschwebt waren? Hatten diese beiden Männer den Auftrag, sie zu suchen? Nein, wenn man wirklich Eindringlinge bemerkt hätte, wären sicher mehr als diese zwei Männer auf die Suche gegangen. Zudem schienen sie es überhaupt nicht eilig zu haben. Gemütlich schlenderten sie ein Stück weit vom Eingang weg in eine schattige Ecke und steckten sich Zigaretten an.

Nick entspannte sich wieder ein wenig.

Die beiden unterhielten sich, aber es drangen nur vereinzelte Wortfetzen zu Nick herüber, aus denen er nicht schließen konnte, worum es in dem Gespräch ging. Gerade wollte er sich wieder zu Kwesi umdrehen, als ein heftiger Schmerz seine linke Schulter durchzuckte.

29

Schon in der nächsten Sekunde war der Schmerz so plötzlich vorbei, wie er aufgetaucht war. Nick wusste sofort, was das bedeutete, und noch während er sich umdrehte, dämmerte ihm auch, wie es dazu kommen konnte, dass er *gesprungen* war.

Kwesi stand wie erstarrt mit erhobenem Arm hinter ihm. In der Hand hielt er einen großen Stein, den er zweifellos gerade auf Nicks Schulter gehämmert und damit dafür gesorgt hatte, dass er *sprang*.

Kwesi war zwar nicht dabei gewesen, als Jan Stunden zuvor an der Farbolit-Mine im Dschungel mit einem Stock genau das Gleiche getan hatte, aber er wusste von der Aktion von Petra, die ihm auf dem Weg zum Flugzeug davon erzählt hatte.

Und nun war dieser schmächtige Junge ohne einen Fallschirm aus einem Flugzeug gesprungen, um mit der gleichen Methode dafür zu sorgen, dass Nick es in das Gebäude schaffte. Das hatte er also tatsächlich im Sinn gehabt, als er davon gesprochen hatte, ihm zu *helfen*.

Nick musste sich selbst zugestehen, dass es ohne Kwesis Hilfe sehr schwer gewesen wäre, wenn nicht sogar unmöglich. Nun aber galt es, jede Sekunde zu nutzen. Er zögerte nur kurz, dann packte er Kwesi und hob ihn an. Er hatte zuvor noch nie versucht, einen Passagier mitzunehmen, wenn er *gesprungen* war, aber es funktionierte. Sobald die Füße des Jungen den Kontakt zum Boden verloren hatten, konnte Nick ihn problemlos in seiner Geschwindigkeit bewegen, auch wenn sich der Körper in seinen Armen starr wie der einer Schaufensterpuppe anfühlte.

Er schob ihn so hoch, dass Kwesis Oberkörper sich langsam neigen musste, sodass er bald über Nicks Schulter hängen würde. Dann wandte er sich um und machte sich auf den Weg, so gut es mit Kwesi auf seinen Armen ging. Zum Glück war der Junge ein Leichtgewicht.

Nick überquerte den sandigen Platz und erreichte den offen stehenden Eingang, ohne dass die rauchenden Männer Notiz von ihm nahmen. Er schlüpfte in einen kurzen, hellen Gang, der in einer weiteren, nur angelehnten Tür endete. Während er sie mit einem Fuß aufstieß und sich in einem längeren Flur wiederfand, hoffte er, der Zustand der extremen Schnelligkeit möge wenigstens noch so lange anhalten, bis er den Kontrollraum gefunden hatte. Darüber, wie er in den wahrscheinlich gut gesicherten Bereich gelangen würde, machte er sich in diesem Moment noch keine Gedanken. Das konnte er entscheiden, wenn es so weit war.

Vor ihm lehnte ein Mann neben einer Tür und blickte gelangweilt in seine Richtung. Es fühlte sich immer wieder seltsam an, wenn jemand ihn vermeintlich direkt anschaute, ihn aber dennoch nicht sah.

Nick erreichte den Mann, löste einen Arm von Kwesi, der mittlerweile über seiner Schulter hing, und öffnete die Tür. Die Klinke ließ sich schwer hinunterdrücken, denn der Griff reagierte träge auf die unglaubliche Geschwindigkeit, mit der er bewegt wurde. Im Raum dahinter befand sich nicht der

Kontrollraum, sondern ein großes, luxuriös eingerichtetes Büro, das allerdings leer war.

Als Nick sich abwandte, war der Mann gerade im Begriff, sich langsam in Richtung Tür zu drehen. Aus seiner Sicht musste die Tür praktisch im Bruchteil einer Sekunde wie von Geisterhand bewegt aufgesprungen sein.

Kwesi wurde gefühlt immer schwerer. Nick hastete keuchend und mit schmerzenden Armen weiter und hoffte, den Jungen bald absetzen zu können, denn lange würde er ihn nicht mehr tragen können.

Der Flur mündete in einem Durchgang zu einem Raum, an dessen gegenüberliegender Seite es eine weitere Tür gab. Davor stand mit vor der Brust verschränkten Armen ein schwarz gekleideter Mann. Aus seinem Hosenbund lugte der silberne Griff einer Pistole hervor. Befand sich hinter dieser Tür der Kontrollraum?

Nick blieb kurz vor dem Mann stehen, setzte Kwesi auf dem Boden ab und lehnte den nun gebeugten Körper gegen die Wand. In wenigen Sekunden nach Nicks Zeitempfinden würde der Wächter den Jungen sehen, weil er nicht mehr in Nicks Geschwindigkeit bewegt wurde, aber es nutzte nichts, er schaffte es einfach nicht, Kwesi länger zu tragen.

Mit einem beherzten Griff packte er die Waffe im Hosenbund des Mannes und zog mit aller Kraft daran. Nur träge gab sie nach, ließ sich dann aber doch unter großer Kraftanstrengung bewegen. Nick hatte sie gerade frei, als er zurückfiel und sich innerhalb einer Sekunde auf die Situation einstellen musste.

Der Mann vor ihm riss überrascht die Augen auf, doch noch ehe er zu einer Reaktion fähig war, hielt Nick ihm die Waffe vor das Gesicht und entsicherte sie gleichzeitig mit dem Daumen.

»Ruhig bleiben«, befahl er mit fester Stimme, während sich Kwesi neben ihm aufrichtete, ihn fassungslos anstarrte und flüsterte: »Mann, war das cool.«

»Wer bist …?«

»Was befindet sich hinter der Tür?«

»Das geht dich nichts an.«

»Öffnen.«

Trotz der Überraschung, die dem Mann noch immer ins Gesicht geschrieben stand, knurrte er: »Einen Teufel werde ich tun, du Knirps. Du machst dir eher in die Hose, bevor du schießt.«

Nick drückte ihm die Waffe fest gegen die Stirn. »Mein Name ist Nick Nader. Ich war zwölf, als ihr meinen Vater entführt habt. Über drei Jahre habt ihr ihn gefangen gehalten und gefoltert. Seitdem ist er ein anderer Mensch. Ihr habt mir meinen Vater weggenommen und jetzt versucht ihr, die Erde zu zerstören. Und du glaubst, ich schieße nicht? Wenn du nicht innerhalb von fünf Sekunden deinen Daumen auf dieses Ding legst, drücke ich ab und mache es selbst. Vier Sekunden.«

Im Gesicht des Kerls zeichnete sich Unsicherheit ab.

»Drei …«

Er warf einen nervösen Blick auf den Scanner.

»Zwei … eins …«

Mit einer hastigen Bewegung hob der Mann die Hand und legte den Daumen auf den Scanner, woraufhin ein leises Summen zu hören war und die massive Tür mit einem satten Geräusch aufsprang. Nick schätzte, dass sie mindestens zehn Zentimeter dick war. Mit aller Kraft stieß er den

Wächter vor die Brust, sodass er rückwärts in den Raum taumelte, setzte sofort nach und verschaffte sich einen Überblick.

Der Raum war recht groß und vollgestopft mit großen Computermonitoren, Flatscreens und Apparaturen mit Hunderten blinkender LED-Lämpchen. Auf einem überdimensionalen Bildschirm an der Wand war ein Ausschnitt der Erdkugel zu sehen, wie er sich einem Betrachter im Orbit darstellen musste. Darunter stand auf einer Anzeigetafel mit roten LEDs 00:21:43.

Nick wusste sofort, wo die Kamera installiert war, die dieses Bild lieferte. Und er wusste auch, was die Zeitangabe bedeutete.

Er hatte das Kontrollzentrum gefunden, und in etwas mehr als zwanzig Minuten lief das Ultimatum ab. Ihm blieb nur noch verdammt wenig Zeit.

Ein Mann und eine Frau befanden sich in dem Raum. Sie trugen weiße Kittel und saßen auf Stühlen, von denen aus sie einen guten Blick auf die verschiedenen Monitore hatten. Sie fuhren erschrocken herum und starrten auf die Waffe, die Nick auf sie richtete.

»Aufstehen!«, befahl Nick. Die beiden gehorchten, ohne zu zögern. Nick deutete auf eine freie Stelle an der gegenüberliegenden Wand. »Setzt euch dahinten auf den Boden.«

Dann wandte er sich an den Wächter. »Du auch.« Widerwillig folgte auch er Nicks Befehl.

»Kwesi!«

»Ja, hier«, antwortete der Junge und betrat den Raum.

»Such etwas, womit du sie fesseln kannst.«

Während er die drei dabei beobachtete, wie sie sich auf den Boden setzten und die Rücken gegen die Wand lehnten, rief Nick nach Bruno. Erst, als keine Antwort kam, fiel ihm der Störsender ein, der eine Kommunikation mit seinem CBPI innerhalb des Gebäudes unmöglich machte. Aber befand er sich nicht in einem Kontrollraum?

»Wo ist der Störsender?«

Keiner der drei reagierte, aber Nick registrierte, dass der Mann im weißen Kittel die Waffe anstarrte wie eine Maus eine Schlange. Schweißperlen standen auf seiner Stirn und seine Hände strichen immer wieder nervös über seine Knie. Er hatte augenscheinlich große Angst. Nick ging einen Schritt näher und richtete die Waffe direkt auf ihn. »Sie! Wo ist der Störsender? Ich frage nicht noch einmal.«

Er bekam keine Antwort, aber der Blick des Mannes wanderte zur Seite zu einem offenen Server-Schrank, in dem untereinander drei Geräte eingebaut waren. Blieb die Frage, welches davon der Störsender war. Und die Tatsache, dass ihm die Zeit davonrannte.

Kurz entschlossen ging Nick zu dem Schrank und betrachtete die Geräte, die eine gewisse Ähnlichkeit mit den Komponenten alter Hi-Fi-Anlagen besaßen, wie früher eine bei seinen Pflegeeltern im Wohnzimmer gestanden hatte.

Er schaltete das obere Gerät aus, woraufhin die LEDs daran erloschen. Dabei ließ er die drei am Boden keine Sekunde aus den Augen.

»Bruno?«

Keine Antwort. Also drückte er den Ausschalter am zweiten Gerät. Bevor er erneut den Namen seines CBPIs nennen konnte, meldete Bruno sich von selbst. »Ah. Das wurde aber auch Zeit.«

Angetrieben von diesem Erfolgserlebnis sah Nick sich nach Kwesi um, der noch immer nach etwas suchte, mit dem er Dragos Leute fesseln konnte. »Schließ die Tür, schnell. Bruno, kannst du dich in das Netz einhacken?«

»Das ist eine seltsame Frage. Wie du vielleicht weißt, gehört zu den Errungenschaften, die mir deine Freundin Carol …«

»Kannst du?«

»Ja.«

»Dann halt den Schnabel und los, und sobald dir das gelungen ist, verriegelst du die Tür und setzt die hinterlegten Daumenabdrücke außer Kraft. Keiner darf hier rein.«

Ohne eine Antwort abzuwarten, ging Nick zu einem langen Pult und betrachtete die Monitore, die darüber in einer Reihe angebracht waren. Einige davon zeigten verschiedene größere Räume mit vielen Menschen darin. Zwischen ihnen liefen bewaffnete Männer hin und her. Das musste das Hotel sein.

»Fertig«, meldete Bruno. »Die Tür ist gesichert.«

»Sehr gut, jetzt musst du dich in die Steuerungssoftware für den Satelliten einklinken.«

»Das kann ich nicht.«

»Was?«, stieß Nick entsetzt aus. »Ich dachte, Carol hat deine Programmierung so aufgeblasen, dass du in jedes System kommst.«

»In jedes herkömmliche, aber das Programm, mit dem der Satellit gesteuert wird, ist mit meinen Möglichkeiten nicht zu knacken. Da muss ein wahres Genie am Werk gewesen sein.«

»Hey, Junge!«, rief der schwarz gekleidete Kerl. »Was immer du vorhast, vergiss es. Gleich werden hier ein paar Leute auftauchen und deinem Spielchen ein Ende bereiten. Drago wird nicht erfreut sein über diese Aktion. Aber in dieses System kommst du sowieso nicht rein.«

»Ich vielleicht nicht«, sagte Nick so leise, dass der Kerl es wahrscheinlich gar nicht hörte. Er machte ein paar Schritte zur Seite, bis er einen möglichst großen Abstand zwischen Dragos Gehilfen und sich gebracht hatte, dann senkte er den Kopf und sagte leise: »Bruno, versuche, Carol zu kontaktieren.«

Er musste nicht lange warten. »Sie reagiert nicht.«

»Versuch es noch einmal. Ich *muss* sie sprechen. Und beeil dich.« Er warf einen Blick auf die Zeitangabe. Sie stand auf 00:11:51. Wenn er es in knapp zwölf Minuten nicht geschafft hatte … Er versuchte, die Gedanken beiseitezuschieben, die ihm die Konsequenzen aufzeigen wollten, falls er scheiterte. Es nutzte nichts, wenn er sich selbst verrückt machte. Aber die Zeit rannte.

»Nick?« Carols Stimme, leise und hastig klingend. Nick sandte ein Stoßgebet zum Himmel. »Carol, ich brauche dich. Ich habe den Kontrollraum für den Satelliten gefunden, aber Bruno schafft es nicht, sich in das Steuerungsprogramm einzuklinken.«

»Okay, warte einen Moment, ich versuche, in eine ruhige Ecke zu kommen.«

»Beeil dich. Wir haben nur noch zehn Minuten.«

Carol bewegte sich hörbar, doch schon im nächsten Moment fuhr eine männliche Stimme sie an. »Hey! Setz dich wieder hin, und zwar sofort.«

»Ich muss mal zur Toilette«, hörte Nick.

»Du warst doch eben erst, ich kann mich an dich erinnern. Du bleibst, wo du bist.«

»Mist«, flüsterte sie, dann war ein Rascheln zu hören, doch Nick wurde durch etwas anderes abgelenkt.

Von außen wurde gegen die Tür gehämmert.

30

Carol stieß einen leisen Fluch aus und tat widerwillig, was der Kerl von ihr verlangte. Aber gut, dann musste es eben so gehen.

Als sie wieder auf dem Boden saß, senkte sie den Kopf und legte die Hände vor das Gesicht, als wäre sie völlig verzweifelt.

»Nick«, flüsterte sie dabei. »Ich komme hier nicht weg, aber wir schaffen das auch so.«

»Carol, Gott sei Dank. Du musst dich beeilen. Hier ist die Hölle los, die versuchen, die Tür aufzubrechen, und ich weiß nicht, wie lange sie standhält.«

»Okay. Bruno? Gib folgende Befehle in das System ein …«

Obwohl sie die Hände vor dem Gesicht hatte, schloss sie zusätzlich die Augen und gab Bruno einige Befehle, mit denen sie herausfand, auf welcher Plattform das Satellitensteuerungsprogramm codiert worden war.

Nachdem sie das wusste, ratterte sie in einer wahnsinnigen Geschwindigkeit Befehle in Maschinensprache herunter, einem nativen Code aus Bytes, mit dem sie den Prozessor direkt ansprechen konnte.

Es dauerte keine zwei Minuten, bis sie die erwartete Rückmeldung bekam und erleichtert nach Nick rief. Erst in diesem Moment registrierte sie den Lärm, der bei ihm herrschte. »Nick? Alles in Ordnung bei dir?«

»Noch ja, aber nicht mehr lange«, antwortete er gegen das Hämmern und Poltern im Hintergrund an. »Sie bearbeiten die Tür mit schweren Werkzeugen. Lange kann es nicht mehr dauern, bis sie sie aufgebrochen haben. Dann kann ich nichts mehr tun.«

»Irgendwo vor dir muss es eine Eingabemöglichkeit für die Steuerung des Satelliten geben. Ein Keyboard oder so was.

Darüber kannst du gleich eingreifen, nachdem ich die Befehlssequenzen mit einem Code eingeleitet habe.«

Nick betrachtete die Plätze, an denen zuvor der Mann und die Frau gesessen hatten. Dort gab es tatsächlich eine Tastatur, die nur zum Teil Ähnlichkeit mit der eines herkömmlichen Computers hatte. Am markantesten war der Joystick in der Mitte.

»Ja, ich glaube, hier ist so was.«

»Gut. Was genau hast du mit dem Satelliten vor?«

»Ich werde versuchen, ihn zu drehen und dann den Antrieb kurz zu starten, sodass er den Orbit verlässt und sich auf den Weg ins All macht. Möglichst weit weg von der Erde.«

»Okay. Sei vorsichtig. Bist du bereit?«

»Ja, mach schnell.«

Carol wünschte Nick viel Glück und gab die entsprechenden Befehle an Bruno durch. Nachdem sie damit fertig war, beendete sie die Verbindung zu Bruno und suchte Ben Nader.

Wenn Nick erfolgreich war, würden die Kerle im Hotel bald davon erfahren, dass ihr irrer Plan geplatzt war. Keiner konnte wissen, wie sie darauf reagieren würden, aber so, wie Carol die Situation einschätzte, konnte es gut sein, dass sie ihre Wut an den Menschen im Hotel auslassen würden. Vor allem an den Staatschefs.

Sie musste handeln, bevor es zu spät war. Wenn sie erfuhren, dass Nick den Satelliten gewendet und auf seine Reise in die Unendlichkeit geschickt hatte, war es zu spät. Ihr blieben nur wenige Minuten, und sie brauchte Nicks Vater.

Sie entdeckte ihn etwa zehn Meter von sich entfernt auf dem Boden sitzend und zermarterte sich das Gehirn, wie sie es schaffen konnte, zu ihm zu gelangen, doch sie kam mit ihren Überlegungen nicht weit, denn eine bekannte Stimme meldete sich unerwartet bei ihr. Es war Jan. Da sein CBPI nicht manipuliert war wie das von Nick, musste er den Umweg über den Schulserver gegangen sein. »Carol? Kannst du mich hören?«

»Ja«, antwortete sie leise. »Wo bist du?«

»Wir sind vor dem Hintereingang des Hotels. Hast du eine Chance, uns da reinzuschleusen?«

»Noch nicht, aber ich lasse mir was einfallen. Haltet euch bereit.«

Sie sah sich nach den Bewachern um. Sobald sie versuchen würde, aufzustehen, wäre einer von ihnen sofort zur Stelle. Die hatten sie sowieso schon auf dem Kieker und sie wusste nicht, wie oft sie es noch riskieren konnte, ihnen aufzufallen.

Dann kam ihr eine Idee, die so simpel war, dass sie sich fast mit der Hand gegen die Stirn geschlagen hätte, weil sie nicht sofort daran gedacht hatte.

Leise gab sie ihrem CBPI ein paar Befehle. Sekunden später fiel in der Lobby die Beleuchtung aus, während gleichzeitig der Feueralarm losging.

31

Fasziniert beobachtete Nick, wie sich das Bild auf dem großen Monitor veränderte, noch während Carol ihre kryptischen Befehle aufsagte. Der Ausschnitt der Erdkugel nahm nur noch die Hälfte des Displays ein, während in dem anderen Bereich eine Reihe von Daten erschien, die Koordinaten glichen, darunter wurde in einem separaten Feld eine ganze Reihe an kurzen Befehlen eingeblendet, die wahrscheinlich die verschiedenen Optionen darstellten.

Nick musste sich nun voll und ganz auf die Steuerung des Satelliten konzentrieren und übergab die Waffe an Kwesi, der seine Bemühungen, etwas zu finden, mit dem er Dragos Leute fesseln konnte, mittlerweile aufgegeben hatte. »Hier, pass auf sie auf.«

Kwesi verstand und richtete die Pistole auf die drei, während Nick sich an den Platz vor der Tastatur setzte. Nachdem er sich einen kurzen Überblick verschafft hatte, warf er einen Blick auf die Uhr. Sie zeigte eine verbleibende Zeit von drei Minuten und zwölf Sekunden an. Von der anderen Seite der Tür drangen aufgeregte Stimmen zu Nick. Er versuchte, sie zu ignorieren, und betrachtete mit klopfendem Herzen das Keyboard. Wenn er nun einen Fehler machte und aus Versehen das Waffensystem frühzeitig aktivierte, konnte das das Ende der Erde bedeuten.

Behutsam legte er die Hand um den Joystick, atmete noch einmal tief durch und bewegte ihn dann ganz vorsichtig ein Stück nach links. Dabei beobachtete er gebannt den Monitor, wo sich aber nichts veränderte. Wieder richtete sich sein Blick auf die Tastatur, während er ein heißes Prickeln auf seiner Stirn spürte.

Noch zwei Minuten einundzwanzig.

Ruhig. Er musste ruhig bleiben. Irgendwo musste es eine Möglichkeit geben, den Joystick zu aktivieren.

Eine Taste mit einem roten Punkt darauf zog seine Aufmerksamkeit auf sich. Rot war die Farbe der Gefahr. Es konnte sich genauso gut um den Auslöser für die tödliche Waffe handeln.

Noch eine Minute fünfzig.

Nicks Finger schwebte über der Taste und verharrte dort einen Moment.

Eine Minute zweiunddreißig.

Jetzt. Alles oder nichts. Sein Finger senkte sich, legte sich auf die Taste, drückte sie nieder. Nichts geschah. Zumindest feuerte die Waffe nicht los.

Erneut umschloss er den Joystick, und als er ihn nun ein wenig nach links bewegte, veränderte sich das Bild des Erdausschnitts, woraufhin Nick den Stick noch weiter nach links drückte. Langsam drehte die Kamera sich von der Erde weg, bis sie aus dem Bildausschnitt verschwunden war. Nick brachte die Steuerung wieder in die neutrale Position, doch das Bild veränderte sich immer noch, drehte sich immer weiter vor Nicks Augen, bis von der anderen Seite die Erde sich wieder in den Bildausschnitt schob. Gegensteuern! Er musste natürlich gegensteuern. Die Drehung wurde ausgelöst durch einen Schub aus den Steuerdüsen. Im All gab es keinen Luftwiderstand, was bedeutete, eine einmal eingeleitete Bewegung wurde unendlich fortgesetzt, wenn keine gegenteilige Kraft einwirkte.

Noch fünfzig Sekunden, und die Erde war gerade wieder voll im Visier der Waffe.

Nick stöhnte auf. Das reichte nicht mehr. Er würde es nicht schaffen, den Satelliten wieder um einhundertachtzig Grad zu drehen und ihn Fahrt aufnehmen zu lassen, bevor die Waffe aktiviert wurde. Der Schweiß lief ihm mittlerweile in Strömen über die Wangen.

Was konnte, was *musste* er tun? Sein Blick raste über das Keyboard, blieb an einer weiteren auffälligen Taste mit den Buchstaben *FS* hängen.

Noch siebzehn Sekunden.

FS … Was konnte das bedeuten?

Zwölf.

FS … Mit einer hastigen Bewegung wischte Nick sich den brennenden Schweiß aus den Augen. Er musste sich konzentrieren, das konnte doch nicht so schwer sein.

Acht.

FS … *Fire System*?

Fünf.

Oder?

Drei.

Jetzt! Mit einem erneuten Aufstöhnen drückte Nick die Taste und schloss die Augen. Zwei, eins …, zählte er in Gedanken mit, dann hielt er den Atem an.

Drei, … vier Sekunden lang …

Er öffnete die Augen, blickte blinzelnd auf den Monitor und stieß erleichtert die Luft aus. Das Bild hatte sich nicht verändert. Kein gleißend heller Strahl, der auf die Erde gerichtet war.

Aber er war noch nicht fertig. Jeden Moment konnte es Dragos Leuten gelingen, die Tür aufzubrechen und die Waffe manuell zu aktivieren.

Nicks zitternde Hand schloss sich wieder um den Joystick, bewegte ihn ein Stück nach links. Nichts.

Die Taste! Er musste wieder die Taste mit dem roten Punkt drücken. Also noch einmal.

Als endlich erneute Bewegung in das Bild kam, ließ Nick den Joystick zurückgleiten, wartete, bis die Erde nicht mehr zu sehen war, und schob den Stick dann kurz ein Stück in die entgegengesetzte Richtung. Er hoffte, es war nicht zuviel gewesen.

Die Bewegung wurde langsamer, dann stand das Bild still, wie Nick anhand der Sterne erkennen konnte, die ihre Position auf dem Monitor nicht mehr veränderten.

Nun galt es, den Trabanten in Richtung All zu lenken. Also drückte Nick den Joystick nach vorne, wartete und beobachtete genau, was sich auf dem großen Display tat. Es dauerte einen Moment, in dem die Anspannung gnadenlos an Nicks Nerven zerrte, doch dann kam Bewegung in das Bild. Der Satellit nahm Fahrt auf, entfernte sich von der Erde in Richtung Unendlichkeit.

Mit einem Seufzer ließ Nick sich gegen die Rückenlehne des Stuhls fallen und rieb sich über die Augen.

»Hat es geklappt?«, fragte Kwesi zaghaft.

»Ja, das hat es.«

»Freu dich nicht zu früh, Bürschchen«, schleuderte der schwarz gekleidete Kerl Nick entgegen. »Glaubst du vielleicht, so einfach könntest du Dragos Pläne durchkreuzen? Wart's nur ab, das dicke Ende kommt noch für dich.«

Ohne ihn anzusehen, aber mit einem erleichterten Grinsen, sagte Nick: »Schnauze!«

32

Carol nutzte das allgemeine Chaos, um sich zu Ben Nader durchzuschlagen, doch als sie endlich die Stelle erreicht hatte, an der er kurz zuvor noch gesessen hatte, war er verschwunden.

Schnell blickte sie sich um. Sie konnte natürlich alleine versuchen, Jan, Petra und Paula in das Hotel zu schleusen, aber die Chancen würden weitaus besser stehen, wenn Nicks Vater ihr dabei half. Doch sosehr sie sich auch anstrengte, sie konnte ihn in dem Durcheinander aus hin und her laufenden Menschen und den dazwischen vereinzelt brüllenden und mit den Waffen herumfuchtelnden Geiselnehmern nicht entdecken. Hoffentlich ließ sich keiner der Kerle dazu hinreißen, in die Menge zu schießen.

Es nutzte nichts, sie musste es alleine versuchen. Während sie sich auf den Weg in Richtung Hintereingang machte, hoffte sie inständig, dass es Nick gelungen war, den Satelliten rechtzeitig von der Erde abzuwenden und das Waffensystem zu deaktivieren.

Sie durchquerte die Lobby und schlüpfte in den breiten Durchgang zum hinteren Teil des Hotels. Etwa nach der Hälfte des Weges kamen ihr zwei der bewaffneten Geiselnehmer entgegen, rannten zu ihrer Verblüffung aber an ihr vorbei, ohne sich um sie zu kümmern.

Kurz darauf hatte sie den rückseitigen Teil erreicht und sah den Hintereingang vor sich. Er war unbewacht. Carol fragte sich, wie das sein konnte, doch letztendlich war nur wichtig, dass sie die Tür öffnen und Jan, Petra und Paula einlassen konnte.

Sie erreichte die Tür, die zusätzlich mit einem Metallbügel gesichert war, der in Hüfthöhe über die gesamte Breite verlief und zu beiden Seiten in stabil aussehenden Ösen in der Wand endete.

Es war gar nicht so einfach, den schweren Bügel aus seiner Verankerung zu ziehen, doch schließlich hatte sie es geschafft. Sie legte ihn auf den Boden, packte dann den Hebel, mit dem die Flügel der Tür zusammengehalten wurden, mit beiden Händen und drückte ihn gerade hinunter, als eine Stimme hinter ihr sagte: »Hey! Sofort weg da!«

Carol ließ den Hebel los und wandte sich langsam um. Vor ihr stand einer der Geiselnehmer und sah sie wütend, nein, hasserfüllt an, während er seine Waffe auf sie richtete. Es war der gleiche, mit dem sie schon zweimal zusammengestoßen war. »Du gehörst auch zu denen, nicht wahr? Ihr glaubt, ihr habt gewonnen, aber da habt ihr euch …«

Mit einem Knall flogen die beiden Flügel der Tür auseinander, dann überschlugen sich die Ereignisse. Carol reagierte sofort und warf sich zu Boden. Ihr Widersacher wirbelte ein Stück herum, doch noch bevor er die Waffe in Position gebracht hatte, entstand in der Türöffnung eine gleißend helle Wand, die ihn so sehr blendete, dass er die Augen zukniff. Eine Gestalt flog regelrecht auf ihn zu und riss ihn zu Boden, wo die beiden sich ineinander verschlungen herumwälzten. Jan!

Carol wollte sich gerade aufraffen, als sie mit einem festen Griff am Arm gepackt und hochgezerrt wurde. Noch ehe sie verstand, was gerade passierte, umschlang ein kräftiger Arm sie von hinten und drückte so fest zu, dass sie kaum noch Luft bekam.

Der kalte Lauf einer Pistole wurde gegen ihren Hals gedrückt und eine heisere, wutverzerrte Stimme befahl: »Los, beweg dich, sonst knalle ich dich ab.«

Carol wusste im gleichen Moment, wem diese Stimme gehörte. Der Mann, der sie gerade in seine Gewalt gebracht hatte und mit einer Waffe bedrohte, war … Martin.

33

Nach einer Weile, in der Nick den Flug des Satelliten auf dem Monitor beobachtete und dabei den Triumph auskostete, die Erde vor der Vernichtung bewahrt zu haben, fiel ihm die Ruhe auf, die herrschte, seitdem er den Satelliten auf die Reise geschickt hatte.

Er wandte sich zu Kwesi um, der ihn breit angrinste. »Du bist ein Held.«

»Ja, aber bald ein toter Held«, sagte die Frau im weißen Kittel. Es waren die ersten Worte, die sie überhaupt sprach, seit Nick den Kontrollraum betreten hatte. In ihrer Stimme lag dabei etwas, das Nick alarmierte.

»Tot, wie wir alle.« Nun stieß sie ein bitteres Lachen aus. »Habt ihr wirklich gedacht, ihr könnt hier einfach so hereinmarschieren, den großen Plan zunichtemachen und dann wieder nach Hause gehen?«

»Ja, und das denke ich immer noch«, sagte Nick, war sich seiner Sache aber nicht so sicher, wie er es scheinen lassen wollte. Etwas stimmte nicht, das sah er nicht nur im Gesicht der Frau, sondern auch in denen der beiden Männer. Selbst der Wachmann war plötzlich ganz still geworden.

»Das ist aber ein Irrtum. Wirf mal einen Blick auf die Anzeige da.« Nick folgte ihrem Blick zu der Tafel, auf der kurz zuvor noch der Countdown für den Satelliten angezeigt worden war. Sie stand plötzlich wieder auf acht Minuten und sechsunddreißig Sekunden. War das Waffensystem des Satelliten wieder aktiviert? Aber selbst wenn – er musste mittlerweile so weit von der Erde entfernt sein, dass keine Gefahr mehr von ihm ausging. Zumal die Waffe ins All gerichtet war. Aber das sahen die drei doch auch.

»Du denkst an den Satelliten?« Anscheinend amüsiert schüttelte die Frau den Kopf. »Falsch. Die Anzeige hat nichts mehr mit dem Waffensystem zu tun. Das ist das Selbstzerstörungssystem, das Victor Drago gerade aktiviert hat. Wir wussten alle, dass das geschehen würde, wenn wir scheitern. In den Gebäuden hier ist so viel Sprengstoff angebracht, dass in acht Minuten von dem ganzen Gelände nicht mehr als ein tiefer Krater übrig sein wird. Und falls du daran denkst, es zu stoppen: Vergiss es. Einmal aktiviert, kann der Countdown nicht mehr angehalten werden. Was Drago macht, das tut sie gründlich.«

Alles in Nick wehrte sich dagegen, doch die Gesichter der drei sprachen Bände. Es stimmte, was die Frau sagte, da war Nick sicher. »Sie sagt die Wahrheit«, bestätigte in diesem Moment auch Bruno. »Die Selbstzerstörung ist eingeleitet und kann nicht gestoppt werden.«

Nicks Verstand begann fieberhaft zu arbeiten. »Öffne die Tür«, befahl er, woraufhin sie mit einem Summen aufsprang. Entgegen Nicks Vermutung stürmte jedoch niemand in den Raum. Er wandte sich an Kwesi. »Los, raus hier!«

Vielleicht hatten sie doch noch eine Chance, sich weit genug von den Gebäuden zu entfernen, bevor alles in die Luft flog.

Tatsächlich war der Raum vor der Tür leer. Auf dem Boden lagen noch allerlei Gerätschaften herum, mit denen man versucht hatte, die Tür aufzubrechen, aber es war weit und breit niemand zu sehen. Nick gab Kwesi einen Klaps auf den Rücken, dann liefen sie los.

Sie erreichten den nächsten Flur, als ihnen die ersten Männer begegneten, die sich allerdings nicht um sie scherten, sondern mit hektisch roten Gesichtern selbst in Richtung Ausgang rannten.

Die letzte Biegung, dann lag der Ausgang vor ihnen, durch den noch mehr von Dragos Leuten nach draußen strömten.

Nick war bis auf fünf Meter an die Tür herangekommen, als jemand ihm in den Weg trat und eine Pistole gegen seinen Kopf richtete. Es war eine Frau, und ohne sie je zuvor gesehen zu haben, wusste Nick, um wen es sich nur handeln konnte.

Er sah ihr fest in die Augen und sagte: »Hallo, Lea.«

34

Martin hatte Carol aus dem Würgegriff entlassen, sobald sie sich ein Stück vom Hintereingang entfernt hatten, aber die Waffe war weiterhin gegen ihren Hals gerichtet.

»Los, beeil dich«, herrschte Martin sie an. »Sonst knalle ich dich gleich hier ab. Ist mir absolut egal.« Er war außer sich.

»Dieser kleine Scheißkerl. Der ist mir zum letzten Mal dazwischengekommen.«

»Er hat es geschafft«, entfuhr es Carol, und trotz der gefährlichen Situation, in der sie sich befand, spürte sie einen Anflug von Erleichterung.

Martin hielt an und drückte sie mit roher Gewalt gegen die Wand. Sein wutverzerrtes Gesicht war nur Zentimeter von ihrem entfernt. »Ja, und dafür werde ich ihn umbringen. Und dann werden wir einen weiteren Satelliten ins All schicken, der dann ungestört von diesem Möchtegern-Agenten seine Arbeit machen wird. Jetzt ruf ihn.«

»Wen?«

Ohne einen erkennbaren Ansatz flog plötzlich Martins flache Hand auf Carols Kopf zu und landete klatschend auf ihrer Wange, von wo sofort ein brennender Schmerz über ihr ganzes Gesicht zog. »Ich rate dir, lass diese Spielchen. Du rufst jetzt sofort Nick und sagst ihm, dass du tot bist, wenn er nicht innerhalb von zwei Stunden hier auftaucht.«

»Nein.« Carol war sich voll und ganz bewusst, was ihre Weigerung nach sich ziehen konnte, aber sie würde diesem Wahnsinnigen nicht auch noch Nick ausliefern.

»Wie du willst.« Martin machte einen Schritt zurück und zielte mit der Waffe auf Carols Stirn.

»Dann sag der Welt Goodbye.«

Carol schloss die Augen. Der Schuss kam unmittelbar danach. Er war unfassbar laut und Carol wartete angsterfüllt mit geschlossenen Lidern darauf, was nun passieren würde. Wie es sich anfühlen würde, zu sterben. Doch statt den Aufprall der Kugel zu spüren oder einfach in Dunkelheit zu versinken, wurde sie von etwas an der Hüfte gestreift, hörte ein Stöhnen und gleich darauf ein polterndes Geräusch. Als sie die Augen wieder öffnete, wand Martin sich vor ihr auf dem Boden und drückte sich eine Hand auf die Schulter. Blut quoll zwischen seinen Fingern hindurch.

Hinter ihm, mit der Pistole in der erhobenen Hand, stand Ben Nader und starrte mit versteinerter Miene auf Martin.

»Du Hund«, stieß er aus, dann richtete sein Blick sich auf Carol, die noch immer wie erstarrt war.

»Er wird's überleben.«

35

»Das hast du gut erkannt«, sagte Lea van Rouwen und nickte Kwesi zu. »Du, verschwinde. Hier geht gleich alles hoch.«

Als Kwesi sich nicht rührte, sagte Nick: »Du hast gehört, was sie gesagt hat. Los, hau ab.«

»Nein, ich werde …«

»Du wirst jetzt hier verschwinden, verdammt«, schrie Nick ihn so heftig an, dass der Junge erschrocken einen Schritt zurückwich. Ein, zwei Atemzüge lang sah er Nick mit unendlich traurigem Blick an, dann wandte er sich um und lief los.

»Und wir beiden werden uns in den letzten Minuten noch ein wenig unterhalten. Da rein.« Sie deutete mit der Waffe auf eine Tür zu ihrer Rechten. Der Raum dahinter war nicht sehr groß, aber gemütlich im Stil eines Salons eingerichtet. Zentrales Möbelstück war eine dunkelrote Couch. »Setzen!«, sagte Drago und wartete, bis Nick ihrem Befehl nachgekommen war. Dann ließ sie sich auf einem Sessel ihm gegenüber nieder.

»Du bist wahrscheinlich stolz auf dich«, begann sie dann ohne Umschweife. »Aber ich kann dir sagen, du hast der Welt keinen Gefallen getan. Genau das Gegenteil ist der Fall. Du bist noch zu jung, um zu kapieren, wie kaputt und korrupt die Menschheit ist und dass für den Planeten ein Neuanfang das Beste gewesen wäre.«

»Mit Ihnen als Beherrscherin der Welt?« Nick spuckte die Worte regelrecht aus. Diese Frau hatte seinen Vater entführt und gefoltert. Sie hatte den Tod vieler Menschen auf dem Gewissen und hätte nicht mit der Wimper gezuckt, die gesamte Menschheit auszurotten. Nick spürte eine Wut von solch gewaltiger Intensität in sich, dass alles in ihm ihn danach drängte, diese Frau anzuspringen, obwohl sie eine Waffe auf ihn gerichtet hatte.

»Ja, das wäre definitiv die bessere Lösung gewesen. Aber das ist ja nun vorbei. Alles ist nun vorbei. Zumindest für dich und für mich. Deshalb sollst du wissen, dass von Anfang an ich es war, die seit deiner Zwischenprüfung jeden deiner Schritte gelenkt hat. Ich habe dafür gesorgt, dass du den Schlüssel zu dem Schließfach am Hauptbahnhof erhältst, das ich dort für dich eingerichtet habe. Ich habe dich nach London gelotst, weil ich dich dort schon aus dem Verkehr ziehen wollte. Leider hat Martin auf ganzer Linie versagt.«

Auch das war sie gewesen? Nick konnte kaum noch atmen. Die unermessliche Wut schnürte ihm im wahrsten Sinn des Wortes die Kehle zu, während ein gemeines Lächeln sich auf ihr Gesicht legte. »Aber am meisten Spaß hat es mir gemacht, deinen Vater zu foltern.«

»Wie sich gezeigt hat, sind Sie nicht nur unfähig, einen fünfzehnjährigen Jungen aus dem Verkehr zu ziehen«, presste Nick zwischen den Zähnen hervor, »sondern auch noch so geisteskrank zu glauben, Sie hätten tatsächlich mit Ihrem lächerlichen Plan eine Chance gehabt. Nein, Sie sind nicht nur krank, sondern auch strohdumm, und von allen Ihren bescheuerten Ideen ist die, sich selbst in die Luft zu jagen, mit Sicherheit die beste.«

Mit einem Satz war Lea aus ihrem Sessel, schnellte nach vorne und verpasste Nick eine schallende Ohrfeige.

Eine Sekunde später *sprang* er. Es hatte tatsächlich funktioniert. Er hatte Lea dazu gebracht, ihm im Zustand großer Wut Schmerzen zuzufügen.

Ohne sie noch eines weiteren Blickes zu würdigen, rannte er sofort los. Aus dem Haus, über den Vorplatz, durch das niedrige Tor in Richtung Wald. Er dachte nichts, sah nichts um sich herum, hörte nichts. Er erreichte den Waldrand und lief weiter, tiefer in den Wald hinein, so schnell es der Untergrund zuließ. Nur Sekunden, nachdem er zurück in die normale Zeit gefallen war, brach hinter ihm die Hölle los.

Nick ging in die Knie und lehnte sich so mit dem Rücken gegen einen Baum, dass der ihm Schutz bot. Obwohl er weit genug entfernt war, spürte er die Hitzewelle, die von den explodierenden Gebäuden ausging. Sie legte sich um den Stamm herum, als wollte sie ihn umarmen.

Eine Weile saß er so mit geschlossenen Augen, kaum in der Lage, einen klaren Gedanken zu fassen, weil alle Eindrücke der letzten Stunden gleichzeitig in seinem Kopf herumspukten, als jemand ihn am Arm berührte. Davon schrak er so sehr zusammen, dass er erneut *sprang*.

Als es um ihn herum schlagartig still wurde, stemmte er sich hoch und … entspannte sich in dem Moment, in dem er erkannte, wer ihn berührt hatte.

Ian hockte neben dem Baum und starrte mit schreckgeweiteten Augen auf die Stelle, an der Nick gerade noch gesessen hatte. Nick stieß ein erleichtertes Lachen aus bei dem Gedanken, dass er sich für Ian gerade quasi in Luft aufgelöst hatte.

Sein Ausflug in den verlangsamten Zeitfluss dauerte selbst für sein Empfinden nur wenige Sekunden, was daran lag, dass sein Körper sich so schnell wieder entspannt hatte.

Als Ian ihn wieder sehen konnte, nun jedoch auf seiner anderen Seite, gab er einen erschrockenen Laut von sich, fing sich aber recht schnell wieder und erhob sich. »Geht es dir gut?«

Nick warf einen Blick auf die brennenden und qualmenden Reste von Leas Zentrale. »Ja, dir auch?«

»Ja. Als der Alarm losging, habe ich mich rechtzeitig aus dem Staub machen können.«

»Ich hatte schon befürchtet, du steckst in Schwierigkeiten, weil du mir geholfen hast zu fliehen.«

Ian verzog den Mund zu einem missglückten Grinsen. »Das habe ich auch, und ich weiß nicht, was sie mit mir gemacht hätten, wenn der Alarm nicht losgegangen wäre.«

»Ich kann es mir ungefähr vorstellen.«

»Ja.« Ian nickte. »Ich auch. Was ist mit deinem Vater?«

»Das werden wir gleich herausfinden. Bruno?«

36

»Danke!« Carol ging um Martin herum auf Ben Nader zu und nahm ihn in den Arm.

»Schon gut«, sagte er matt. »Es war höchste Zeit, dass ihm jemand das Handwerk legt. Ich hatte bei einem Gespräch von zwei dieser Dreckskerle mitbekommen, dass er im Hotel ist, und nach ihm gesucht.«

Ohne Martin noch einmal anzusehen, wandte er sich ab. »Schauen wir mal, was dahinten los ist.«

Nun erst wurde Carol bewusst, dass um sie herum schwer bewaffnete Polizisten und Soldaten in das Hotel stürmten und die Geiselnehmer überwältigten, wo immer sie auf sie trafen. Soweit Carol es sah, geschah das ohne Gegenwehr. Dragos Verbrecher hatten offenbar erkannt, dass sie keine Chance mehr hatten.

Als sie Petra, Paula und Jan entdeckte, ging sie auf sie zu, lächelte sie an und sagte: »Danke!«

»War kein Problem«, sagte Paula.

»Nein, wirklich keins«, bestätigte Petra.

»Carol?«

»Nick!«, rief sie laut aus. »Gott sei Dank. Wie geht es dir? Alles okay?«

»Um es kurz zu machen: Satellit und Drago auf die Reise in die Unendlichkeit geschickt. Hier gab es gerade ein riesiges

Feuerwerk. Von Dragos Zentrale ist nichts mehr übrig. Von ihr auch nicht. Und bei euch? Geht es euch gut?«

In knappen Sätzen schilderte Carol die Vorgänge und endete mit Martins Verhaftung und bewachtem Abtransport in ein Krankenhaus.

»Ist mein Vater in der Nähe?«

»Ja.«

»Kannst du ihm bitte etwas von mir ausrichten?«

»Na klar, was denn?«

»Sag ihm, mir geht es gut und Ian auch.«

»Okay.«

»Und sag ihm noch etwas.«

»Und das wäre?«

»Ich bin stolz auf ihn.«

EPILOG

»Und? Was macht Kwesi?«

Nick lächelte. »Ich habe ihm als Dankeschön ein Smartphone geschenkt. Das war ein Fehler. Wir chatten täglich miteinander. Und er geht mir jeden Tag damit auf die Nerven, dass er in diese Schule und Agent werden möchte.«

Auch Carol lachte. »Hat er denn eine Chance?«

»Er hat zwar keine spezielle Begabung, aber er hat großen Mut bewiesen. Wer weiß …«

»Wirst du ihn wiedersehen?«

»Na klar. Das habe ich ihm und auch seiner Mutter fest versprochen, nachdem ich ihr versichert habe, dass unser *Ausflug*, bei dem Kwesi unser Dolmetscher gewesen ist, sehr erholsam und vollkommen ungefährlich gewesen war.«

»Na dann …«

Eine Weile gingen sie schweigend nebeneinanderher.

»Darf ich dich etwas ganz Persönliches fragen?«

Nick blieb stehen und sah Carol an. »Na klar, was gibt's?«

»Kannst du dir vorstellen, diesen Job dein Leben lang zu machen?«

Darüber musste er nicht lange nachdenken. Zwei Wochen waren nun vergangen, seit sie aus Kinshasa zurückgekehrt waren, und an jedem Tag in dieser Zeit hatte Nick darüber nachgedacht, wie die Welt aussehen würde, wenn es zu den vielen

Schurken und größenwahnsinnigen Verbrechern kein Gegengewicht in Form von Polizisten und Agenten geben würde.

»Ja, das kann und das werde ich.«

»Gut. Ich nämlich auch.«

Sie gingen weiter, doch nach ein paar Schritten hielt Carol erneut an.

»Und wenn du den Job aus irgendwelchen Gründen einmal nicht mehr machen kannst?«

Er zuckte mit den Schultern und grinste breit. »Dann mache ich das Gleiche wie mein Vater.«

Beide lachten. Kurz darauf hatten sie das Schulgebäude erreicht und verabschiedeten sich voneinander. Carol musste zu ihrem Job im Vorzimmer des Direktors und Nick hatte Unterricht.

»Viel Spaß an diesem besonderen Tag«, wünschte Carol, dann wandte sie sich ab.

Nick war der Letzte, der den Raum betrat. Als er sich auf seinem Platz niedergelassen hatte, nickte der Dozent in die Klasse. »Guten Morgen. Ich unterrichte euch ab sofort im Fach *Weltweites Organisiertes Verbrechen*.

Mein Name ist Ben Nader.«

ISBN 978-3-7432-0364-8